新诗评论

总第十六辑

2012年 第2辑

NEW POETRY REVIEW

北京大学出版社
PEKING UNIVERSITY PRESS

图书在版编目(CIP)数据

新诗评论. 2012 年第 2 辑(总第十六辑)/谢冕,孙玉石,洪子诚主编. —北京:北京大学出版社,2013. 1

ISBN 978-7-301-21808-2

Ⅰ. ①新… Ⅱ. ①谢…②孙…③洪… Ⅲ. ①新诗-诗歌评论-中国 Ⅳ. ①I207. 25

中国版本图书馆 CIP 数据核字(2012)第 304371 号

书　　　名:《新诗评论》2012 年第 2 辑(总第十六辑)
著作责任者:谢　冕　孙玉石　洪子诚　主编
本 辑 编 辑:吴晓东
责 任 编 辑:张雅秋
标 准 书 号:ISBN 978-7-301-21808-2/I · 2570
出 版 发 行:北京大学出版社
地　　　址:北京市海淀区成府路 205 号　100871
网　　　址:http://www. pup. cn　新浪官方微博:@ 北京大学出版社
电 子 信 箱:pkuwsz@ yahoo. com. cn
电　　　话:邮购部 62752015　发行部 62750672　出版部 62754962
编辑部 62752022
印　刷　者:北京大学印刷厂
经　销　者:新华书店
650mm × 980mm　16 开本　17. 75 印张　260 千字
2013 年 1 月第 1 版　2013 年 1 月第 1 次印刷
定　　　价:36. 00 元

目　录

新诗史研究

诗歌现场

诗人研究

穆旦专辑

新诗史研究

现代格律诗学的滥觞(上)

刘 涛

本文探讨的是百年现代格律诗学的生成问题。在探讨此问题之前,首先需简要回顾一下胡适等人所开创的白话—自由诗学。为什么?因为,从逻辑上讲,白话—自由诗学在诞生的同时,便伴随着其对立面——现代格律诗学——产生的可能性。白话—自由诗学在反叛传统的古典格律—形式诗学时,其激烈的态度,其二元对立的模式,势必要带来对它的否定与反叛。也就是说,现代格律—形式诗学的因子恰恰埋伏于白话—自由诗学的命题之内。没有传统的古典格律—形式诗学,就不会有"五四"白话—自由诗学之产生;同理,没有"五四"的白话—自由诗学,也不会有现代格律诗学。从古典格律—形式诗学到现代格律—形式诗学,恰好构成一个历史的否定之否定过程。

一 "五四"时期的白话—自由诗学

笔者把以胡适为代表提出的诗学主张命名为"白话—自由诗学"。此命名并非笔者独创,而是来自解志熙先生。他在《汉诗现代革命的理念是为何与如何确立的——论白话—自由诗学的生成转换逻辑》一文[①]中,将汉诗现代革命的首发运动命名为白话—自由诗潮,认为"自然主义"的白话诗风和"抒情主义"的自由诗风标志着它的两个发展阶段。他认为白话—自由诗潮的诗学主张,有两个影响深远的革命性诗

---

① 解志熙:《汉诗现代革命的理念是为何与如何确立的——论白话—自由诗学的生成转换逻辑》,《中国现代文学研究丛刊》2005 年第 2 期。

学信条，一是为了打破旧诗的困境及古典诗学传统加于汉诗的重重束缚，而从诗歌语言形式论到诗歌本质论上主张返璞归真的自然一还原主义；二是为了顺应创作主体情感表现的冲动，而在诗歌创作论上主张极端的自由一自发主义。通过仔细追溯这两个信条为何与如何确立的过程，解志熙先生揭示了汉诗现代革命基本理念的生成一转换脉络与理论逻辑及其在中国诗学史上的意义。笔者对他的这种观点深表赞同，“白话一自由诗学”命名就来自于他。

（一）胡适的“自然音节”理论

胡适，作为“五四”文学革命和诗体革命的发起人，奉行的是返璞归真的自然一还原主义。综观其创作实践和诗学主张，“自然主义”可看做是他诗学理论的出发点和基础。他认为诗歌应该从语言到形式解除一系列的外在束缚，语言上废弃文言，改用白话，形式上抛弃传统古典诗歌的一切外在规定，不讲究平仄和押韵。胡适把这称为“诗体的大解放”：

> 诗体的大解放就是把从前一切束缚自由的枷锁镣铐，一切打破；有什么话，说什么话；话怎么说，就怎么说。这样方才可有真正白话诗，方才可以表现白话的文学可能性。①

胡适《谈新诗——八年来一件大事》一文堪称早期新诗最重要的理论文献。在这篇文章中，他也提到了“诗体的大解放”：

> 这一次中国文学的革命运动，也是先要求语言文字和文体的解放。新文学的语言是白话的，新文学的文体是自由的，是不拘格律的。初看起来，这都是“文的形式”一方面的问题，算不得重要。却不知道形式和内容有密切的关系。形式上的束缚，使精神不能自由发展，使良好的内容不能充分表现。若想有一种新内容和新精神，不能不先打破那些束缚精神的枷锁镣铐。因此，中国近年的新诗运动可算得是一种“诗体的大解放”。因为有了这一层诗体的解放，所以丰富的材料，精密的观察，高深的理想，复杂的感情，

---

① 胡适：《〈尝试集〉自序》，《胡适全集》第1卷，第193页，安徽教育出版社，2003年。

> 方才能跑到诗里去。五七言八句的律诗决不能容丰富的材料,二十八字的绝句决不能写精密的观察,长短一定的七言五言决不能委婉达出高深的理想与复杂的感情。①

胡适在早期留学日记中所说的"要须作诗如作文"②、"近来作诗颇同说话"③也是同样意思。

为什么要抛弃一切外在形式的束缚呢?就是因为形式限制了诗人的自由表达,违背了自然的法则。他在论述自己初期试做的白话诗时,形象地使用了缠脚的比喻:"我现在回头看我这五年来的诗,很像一个缠过脚后来放大了的妇人回头看她一年一年的放脚鞋样,虽然一年放大一年,年年的鞋样上总还带着缠脚时代的血腥气。我现在看这些少年诗人的新诗,也很像那缠过脚的妇人,眼里看着一班天足的女孩子们跳上跳下,心里好不妒羡!"④所谓的"少年诗人"指湖畔派诗人,胡适把他们的诗看做"天足",从而与自己的"放足"相对照。这种比喻依据的就是他的自然主义的理论尺度。⑤ 在其他诗学文章中,胡适也一再提到"天足"这个词语,用它来代表心目中白话新诗的自由自然状态。这种自由主义与自然主义的尺度是贯穿其诗歌理论的一条重要线索。

那么,胡适这里所说的"自然表现"在诗歌中到底指的是什么呢?仔细阅读他的诗学文献,便可发现他所说的"自然"主要指"语言的自然"、"音节的自然"。如《答钱玄同书》:

> 五言七言之诗,不合语言之自然,故变而为词。词名长短句。其长处正在长短互用,稍近语言之自然耳。……故词与诗之别,并不在一可歌一不可歌,乃在一近言语之自然而一不近言语之自

---

① 胡适:《谈新诗——八年来一件大事》,《胡适全集》第1卷,第160页,安徽教育出版社2003年。

② 胡适:《依韵和叔永戏赠诗》,1915年9月21日日记,《胡适留学日记》,第564页,岳麓书社,2000年。

③ 1916年1月29日的日记,《胡适留学日记》,第597页,岳麓书社,2000年。

④ 胡适:《〈尝试集〉四版自序》,《胡适全集》第2卷,第813—814页,安徽教育出版社,2003年。

⑤ 胡适:《〈蕙的风〉序》,《胡适全集》第2卷,第824页,安徽教育出版社,2003年。

然也。①

在“自然”概念的基础之上，胡适又提出“自然音节”：

> 新诗大多数的趋势，依我们看来，是朝着一个公共方向走去的。那个方向便是“自然的音节”。②

胡适《〈尝试集〉再版自序》对“自然的音节”有更清晰的说明：

> 所以朱君的话可换过来说：“诗的音节必须顺着诗意的自然曲折，自然轻重，自然高下。”再换一句说：“凡能充分表现诗意的自然曲折，自然轻重，自然高下的，便是诗的最好的音节。”古人叫做“天籁”的，译成白话，便是“自然音节”。③

虽然认为自然的音节是不容易解说明白的，胡适还是分别对“节”与“音”作了解释。胡适认为“节”指的是“诗句里面的顿挫段落”，这个概念类似于后来闻一多提出的“音尺”和朱光潜提出的“顿”，即诗行内的自然停顿。相对于旧体五、七言固定的两个字一“节”，新体诗句子长短无定，句子的节奏依着意义的自然区分与文法的自然区分来分析，故白话诗句子的“节”所包含的音节数即字数是不固定的，往往是三个字一节，甚至四五个字一节。“音”指诗的声调。胡适认为新诗声调有两要件，一是平仄自然，二是用韵自然。白话诗的声调不在平仄的调剂得宜，全靠自然的轻重高下。由于新诗的声调在骨子里，在自然的轻重高下，在语气的自然区分，故有无韵脚都不成问题。

胡适认为音节中的“音”与“节”，即每句的自然停顿与语言的声调韵律，都应追求“自然的状态”，无形之中消解掉了传统的“音节”概念。在消解掉传统的音节概念时，胡适又对这个概念重新加以阐释：

> 内部的组织，——层次，条理，排比，章法，句法，——乃是音节的最重要方法。我的朋友任叔永说，“自然二字也要有点研究”。

---

① 胡适：《答钱玄同书》，《胡适全集》第1卷，第41页，安徽教育出版社，2003年。

② 胡适：《谈新诗》，《胡适全集》第1卷，第170页，安徽教育出版社，2003年。

③ 胡适：《〈尝试集〉再版自序》，《胡适全集》第1卷，第202页，安徽教育出版社，2003年。

研究并不是叫我们去讲究那些“蜂腰”,“鹤膝”,“合掌”等等玩意儿,乃是要我们研究内部的词句应该如何组织安排,方才可以发生和谐的自然音节。①

在胡适这里,作为诗学重要概念的“音节”,被他悄悄转换成了文章组织结构安排的文章学概念,从而,“诗”也成为了“文”。这种对“音节”概念偷梁换柱式的阐释,应该正是出自胡适的有意为之。因为他早就提出了“作诗如作文”的理论,既然作诗如作文,那么,音节,作为一诗学概念,被他转换成“文章学”概念,就是自然而然的了。

“自然”及“自然音节”的理论基点,最终导致诗文界限模糊不清,诗歌失去艺术上的本体特征。钟军红在《胡适新诗理论批评》一书中认为,胡适的“作诗如作文”观存在着“命题的诗学依据缺失”和“命题的审美思想缺失”,因此,本体理论的缺失和诗学依据、诗美思想的先天不足,决定了它在未来诗歌理论的建构中不应再占有一席之地。②这种论断,笔者完全赞同。只不过,她没有指出胡适这个诗学命题的理论依据是来自他的自然美学观,而这种自然美学观无力解释诗与文各自的艺术规定性是什么,这导致“作诗如作文”、“作诗如同说话”命题失去存在依据。

胡适自然美学观是白话—自由主义诗学的美学基础,在当时影响很大,如刘半农谈及自己爱好歌谣的理由:“它的好处,在于能用最自然的言词,最自然的声调,把最自然的情感发抒出来。”③“自然”“自然的音节”两词成为白话—自由诗学的核心关键词,在白话—自由诗学论者的文章中出现频率极高。“自然音节”也成为当时白话—自由诗学论者的理论基点和批评标准。从康白情《新诗底我见》,可以看出胡适的“自然音节”说在当时的影响。

---

① 胡适:《谈新诗》,《胡适全集》第1卷,第173页,安徽教育出版社,2003年。

② 钟军红:《胡适新诗理论批评》,第131页,人民文学出版社,2005年。

③ 刘半农:《〈国外民歌译〉自序》,见鲍晶编:《刘半农研究资料》,第219页,天津人民出版社,1988年。

康白情《新诗底我见》一文是与朋友诗学讨论的产物。① 文章很长，对新诗理论的方方面面皆有探讨和研究，在"五四"新诗界影响颇大。该文以对诗的定义开始："在文学上把情绪的想象的意境，音乐的刻绘写出来，这种的作品就叫做诗。""音乐"体现在音节上面，"刻绘"指的则是表现手法。在这两方面，新诗比旧诗都具有优越性。旧诗音乐性，依赖音韵平仄清浊等满足感官的东西。"因为格律底束缚，心官于是无由发展；心官愈不发展，愈只在格律上用工夫，浸假而仅能满足感官；竟嗅不出诗底气味了。"新诗排除格律，只要自然的音节。情发于声，因情的作用起了感兴，而其声自成文采。看感兴底深浅而定文采的丰歉。这样的文采就是自然的音节。我们的感兴到了极深时候，所发自然的音节也极和谐，其轻重缓急抑扬顿挫无不合于自然的律吕。不要说诗，文学家的散文，音节和谐，不但悦耳，还可悦心，使我们同他产生同一感兴。

可见，康白情是用胡适的"自然音节"理论，来解释新诗音乐上的优势。自然音节成为新诗创作优势和合法性的理论支撑点。新诗采用的是自然的音节，旧诗依靠的则是人为的格律。新诗的优势就体现在它去除任何外加的束缚，从自然的音节发展出内在的音乐性。

新诗采用自然音节，那么，新诗与散文之间的界限如何区分呢？新诗与散文之间是否没有界限了呢？康白情认为不然。他认为诗和散文，本没有什么形式的分别，不过主情为诗的特质，音节也是表现于诗里的多。诗大概起源于游戏冲动，而散文大概起源于实用冲动。两者起源稍异，因而作品里所寓感情不同，所流露的节奏也有差别，人一见就可以辨出哪些是散文哪些是诗。

这样的解释明显有点站不住脚。连康白情自己也只好说："若更要追寻为什么？便只好诉诸直觉了。"可见，自然音节理论无法解释诗与散文的分别。

朱自清为白话一自由诗学阵营的重要成员，他的白话自由体诗

---

① 康白情：《新诗底我见》，《少年中国》第1卷第9期"诗学研究号（二）"（1920年3月）。

《毁灭》在当时影响很大。俞平伯曾把《毁灭》、《小河》(周作人)与白居易《长恨歌》、《琵琶行》相提并论,认为两诗声价不在它们之下。[①]作为过来人,朱自清后来在《诗的形式》一文中,对自然音节说的理论缺陷进行了反省:

> "自然的音节"近于散文而没有标准——除了比散文句子短些,紧凑些。一般人,不但是反对新诗的人,似乎总愿意诗距离散文远些,有它自己的面目。[②]

(二)朱执信的"声随意转"说

在胡适的"自然音节"说之外,有朱执信的"声随意转"说。胡适《尝试集》出版后,引发胡怀琛等人关于"诗的音节"问题的讨论。为什么这个问题在当时引起大家的关注呢?这是因为,在早期白话诗学建设中间,"音节"是一个最为根本的问题,是诗体能否成立的命脉所在。朱执信认为做旧诗的人不懂旧诗的音节,做新诗的人不懂新诗的音节,是很危险的事情,"将来要弄到诗的破产"。[③] 胡适《尝试集》出版后,胡怀琛发表《读胡适之〈尝试集〉》等文,就音节问题来批评新诗。胡适对胡怀琛有关新诗音节的看法并不认同,于是写文章专门讨论新诗音节。双方一来一往的讨论,引起朱执信的注意。他不满意胡适关于新诗音节的解释,认为胡适所说的"平仄自然""自然的轻重高下",说的还是太抽象。胡适所举,又多是双声叠韵,这会使人产生误解,认为诗的音节仅止于双声叠韵而已。而对于胡怀琛对《尝试集》细枝末节的指摘、修改与批评,他更是无法认同。鉴于新体诗初建时期音节问题的重要,以及一般人对音节问题的误解,朱执信特著《诗的音节》一文[④],予以解说。

朱执信认为"音节断不能孤立的",因此,单单从声调本身,并不能解决音节是否和谐问题。他认为要发现音节和谐的标准虽很困难,但

---

① 俞平伯:《诗底新律》,《俞平伯全集》第3卷,第583页,花山文艺出版社,1997年。
② 朱自清:《诗的形式》,《朱自清全集》第2卷,第396页,江苏教育出版社,1996年。
③ 朱执信:《诗的音节》,《朱执信集》下集,第791页,中华书局,1979年。
④ 朱执信:《诗的音节》,《星期评论》第51号(1920年5月23日)。

可以“暗示他一个大略的框子架子”。那么,他所发现的“大略的框子架子”是什么呢? 用他的语言概括,就叫“声随意转”,具体说就是:“一切文章都要使所用字的高下长短,跟着意思的转折来变换。”他举王维诗《送元二使安西》为例,譬如“西出阳关无故人”的“关”字,是全篇所注意的,经过这一个字才到“人”字,所以“关”字长而高,“人”字长而下。那上句“劝君更尽一杯酒”的“酒”字,因为是促起下句的,所以用顶高音,不用长音。这是全首诗的意思流注倾向到这一路生出来的。“一个字在一句里,是不是合自然音节,不能凭空拿字音来说,一定要从有这个音的字,在一句一章里头的位置,来判定他这个音是不是合于音节。”“音节不是一句一句可以讲的。到这句意转了,调也要转。”①

朱执信的“声随意转”说,是白话诗学初建时期出现的较有理论深度的诗学理论,在现代诗学史上占有一定地位。“声随意转”说把新诗音节与诗的内容联系起来考察,认为音节是为表达诗意服务的,诗意的高下转折决定音节的高下转折。因此,只有从诗意的研究入手,才能发现诗人音节使用的技巧与奥秘。这个理论的提出,为诗歌音节和谐的研究,提供了一个初步的标准。

(三)俞平伯的自由主义诗学观

由于白话诗学追求的是打破一切形式束缚,在收获自由的同时,其实也给自身带来相当大的挑战。这种绝无任何依傍的白话—自由诗看似容易写作,事实却并非如此。与胡适同属白话—自由诗派的俞平伯就认识到这个问题:

> 他是赤裸裸的,没有固定的形式的,前边没有模范的,但是又不能胡诌的:如果当真随意乱来,还成个什么东西呢!所以白话诗的难处,不在白话上面,是在诗上面;我们要谨记,做白话的诗,不是专说白话。白话诗和白话的分别,骨子里是有的,表面上却不很显明;因为美感不是固定的,自然的音节也不是要拿机器来试验的。白话诗是一个“有法无法”的东西,将来大家一喜欢做,数量

① 《朱执信集》下集,第793、795页,中华书局,1979年。

自然增加,但是白话诗可惜掉了底下一个字。[①]

这里,俞平伯注意到诗的艺术规定性。诗到底是什么,或者诗与散文、诗与白话的分界线是什么,成为他关注与考虑的焦点。但是,对于这个问题,他也无法给予正面解答。胡适所说的"自然的音节",在美感上"不是要拿机器来试验的",从而也是无法说清的。为了使白话诗不要掉了"诗"这个字,他主张"增加诗的重量"。至于什么是"诗的重量",俞平伯并没有解释清楚。

胡适自然主义诗学观对俞平伯早期的诗学观念也有影响。胡适强调的是"语言的自然",俞平伯强调的则是诗人创作动机的"自由":

> 凡做诗底动机大都是一种情感(feeling)或是一种情绪(emotion),智慧思想,似乎不重要。我们从心理学上,晓得这种心灵过程是强烈的,冲动的,一瞬的。若加以清切的注意或反省,或杂以外来的欲望,便把动机底本身消灭了。所以要做诗,只须顺着动机,很快速自然的把它写出来,万不可使从知识或习惯上得来的"主义""成见",占据我们底认识中心。
>
> 随盛兴[②]来的诗,未必定是好的,却还不失诗底精神。听他底自然来去,不加一些人为的做作;已是我深信的一条最有效的做诗方法。我底主张,是诗底解放,第一步要解放做诗底动机。[③]

由于注重顺着诗人灵感与兴会的自然来去而创作,因此,俞平伯反对诗人创作时对"诗律"的关注和有意经营:

> 诗有什么调子句法,我不是瞎说,从来没理会到这个。人家都说,新诗底律是件难事,因为没有固定的规则。我底意见都和他们相反。我以为诗律既不难,而且有很精严的规则——自然的规则——存在,但是我们却不要管它,不要有意的遵守它。只趁着

① 俞平伯:《社会上对于新诗的各种心理观》,《俞平伯全集》第3卷,第511页,花山文艺出版社,1997年。

② "盛兴"当为"感兴",形近而误。

③ 俞平伯:《做诗的一点经验》,《俞平伯全集》第3卷,第519—520页,花山文艺出版社,1997年。

“兴会”做我们底诗，他自会如形影的来符合我们。[①]

俞平伯一方面认为白话诗不是没有“诗律”，而且其“诗律”有非常精严的法则，但另一方面又认为白话诗的“诗律”是“自然的规则”。“自然的规则”是什么？他并没有说明，也无法加以说明。因为“自然”的概念在白话—自由诗学论者那里，只是一个近乎先验的价值评判，无法说明而又不必说明。“自然”既是他们持论的前提，又是他们最终的目标。

在《诗底自由和普遍》一文中，俞平伯坦言“自由”是他做诗的第一个信念，自由诗学观使他对诗的形式显示出比胡适更激进的态度：

> 我最讨厌的是形式。不但那些音律句法底老谱，叫人皱眉不消说了；就是那些学问上的偶像，所谓“道气”，当做诗的时候，也恨不得远远请他们去。[②]

自由主义的创作观落实在诗歌形式上，就是诗歌形式的自由主义。针对诗坛对白话—自由诗不是诗的质疑，俞平伯的回答非常干脆：“我们就自认做的是散文，不是诗，也没什要紧！”[③]他这句话是对周作人的响应。周作人《小河》自序（1919 年 2 月 15 日《新青年》第 6 卷第 2 号）有一句话：“或者算不得诗，也未可知；但这是没有什么关系。”周作人与俞平伯的两句话，说明白话—自由诗学论者是不惜冒着非诗化的危险，来追求形式绝对自由的。

（四）郭沫若的极端自由—自发主义诗学观

胡适的自然主义，注重的是语言形式的自然，要求打破传统语言及一切形式戒律的外在束缚；俞平伯的自由主义，注重顺应创作主体情感表现的自由冲动，其目标指向创作主体的创造自由。这种自由主义诗学观上承胡适，下启郭沫若。

---

① 俞平伯：《做诗的一点经验》，《俞平伯全集》第 3 卷，第 520 页，花山文艺出版社，1997 年。

② 俞平伯：《诗底自由与普遍》，《俞平伯全集》第 3 卷，第 522 页，花山文艺出版社，1997 年。

③ 同上书，第 525 页。

郭沫若在诗歌创作上主张极端的自由一自发主义:

我对于诗词也没有什么具体的研究,我也是最厌恶形式的人,素来也不十分讲究它。……只是我自己对于诗的直感,总觉得以“自然流露”的为上乘,若是出以“矫揉造作”,不过是些园艺盆栽,只好供诸富贵人赏玩了。天然界的现象,大而如寥无人迹的森林,细而如路旁道畔的花草,动而如巨海宏涛,寂而如山泉清露,怒而如雷电交加,喜而如星月皎洁,没一件不是自然流露出来的东西,没一件不是公诸平民而听其自取的。①

“自然流露”说极大抬高了创作主体的位置,而艺术表现或艺术表达方式则居于附属的客体位置。艺术表达只要遵从主体情感的自然流露,其最终表现(艺术作品)就是完美无缺的。对形式的刻意谋划经营,是对主体天才与灵感的怠慢,违反自然美,是作假和人工,因之,是应该完全摒弃的。正是由此观点出发,郭沫若认为诗是“写”出来的,而不是“做”出来的。所谓“写”,就是艺术表达听从主体灵感的召唤而自然呈现,不需要刻意的构思谋篇布局修辞润饰。“做”则与此相反。诗是“做”还是“写”的问题,在当时引起过很大争论。这种争论,在思潮上,是浪漫主义与古典主义之争;在文本内部,是重视形式(艺术)还是重视内容(主义、思想、精神)之争;在艺术表现方式上,是重视表达还是重视表现之争。争论的发展过程大致为:争论之初,拥护“写”的观点占上风,随着争论的深入,有一些人开始对此说提出质疑,渐渐有人认为“做”与“写”同等重要,不可偏废。如宗白华就认为真诗好诗固然是“写”出来的,不是“做”出来的,但要达到“能写出”的境地,也还要经过“能做出”的磨炼过程。因为诗是一种艺术,总不能完全没有艺术的学习与训练。②

郭氏的“自然流露”说在“五四”时期影响很大,这种浪漫主义的诗

---

① 郭沫若:《论诗三札》,见吴奔星、徐放鸣选编:《沫若诗话》,第10页,四川人民出版社,1984年。

② 参见宗白华:《新诗略谈》,《少年中国》第1卷第8期“诗学研究号(一)”(1920年2月)。

学观恰恰迎合了追求自由解放的时代思潮，同时也迎合了胡适反传统格律形式的主张，为白话—自由诗学提供了理论基础。

在诗歌创作上，郭沫若主张“自然流露”，这种观点与俞平伯的诗学主张很相似，都是强调诗情、灵感的自然流泻。有关郭氏的浪漫主义诗学观，相关研究很多，这里不再细述。郭氏的诗学观与胡适诗学观念之间确有内在差异，但是，在服膺“自然”这一点上，两人倒非常一致。只不过胡适关注的是语言工具的自然，郭沫若关注的则是诗情感发的自然。胡适关心工具（语言、诗体形式）的自由与解放，代表白话—自由诗学发展的第一个阶段；郭氏更加关注诗歌创作主体的自由与解放，代表白话—自由诗学发展的第二个阶段。仅有工具的解放还不够，主体精神的自由与解放，才能真正带来诗体的大解放。所以说，从胡适的自然主义诗学观到俞平伯、郭沫若的自由主义诗学观，是白话—自由诗学合乎逻辑的必然发展。

在概念范畴上，郭沫若提出了“内在的韵律”或“内在律”的概念：

> 诗之精神在其内在的韵律（Intrinsic Rhythm），内在的韵律（或曰无形律）并不是什么平上去入，高下抑扬，强弱长短，宫商徵羽；也并不是什么双声叠韵，什么押在句中的韵文！这些都是外在的韵律或有形律（Extraneous Rhythm）。内在的韵律便是“情绪的自然消涨”。……内在韵律诉诸心而不诉诸耳。
>
> 这种韵律异常微妙，不曾达到诗的堂奥的人简直不会懂。这便说它是“音乐的精神”也可以，但是不能说它便是音乐。音乐是已经成了形的，而内在律则为无形的交流。大抵歌之成分外在律多而内在律少。诗应该是纯粹的内在律，表示它的工具用外在律也可，便不用外在律，也正是裸体的美人。散文诗便是这个。①

按照郭沫若的观点，“外在律”指诗歌外在的平仄、押韵、节奏等格律，而“内在律”则指“情绪的自然消长”，“无形的交流”。

---

① 郭沫若：《论诗三札》，见杨匡汉、刘福春编：《中国现代诗论》（上编），第51—52页，花城出版社，1985年。

把郭氏的“内在律”理论放在整个现代白话—自由诗学概念范畴的发展史上,才能真正看清它的贡献与缺失。“内在律”是继胡适“自然音节”之后出现的另一重要概念,它的提出,是白话—自由诗学发展的重要一环。郭沫若发明“内在律”这个概念,目的是为白话—自由诗学寻求理论支撑。因为,白话—自由诗学绝对自由的形式观,极端自由—自发的创作方式,都可从郭沫若这个显得较为神秘的“内在律”中,找到解释。“内在律”把诗歌的体式与诗人的情绪连结起来,情绪自然流泻,随物赋形,便成为最完美的形式,这里的形式其实是不加修饰的,甚至是反形式的。灵感的来去无踪,情绪的自由流泻,决定诗歌的形式没有定型,不可讲究“外在格律”,这就为自由诗体从根本上找到了理论的依据。后来戴望舒提出“情绪的抑扬顿挫”理论,与郭氏“内在律”理论之间,有一脉相承之处。

把“内在律”解释为“情绪的自然消长”,这种解释与胡适把“自然的音节”解释为“诗意的自然曲折,自然轻重,自然高下”很相似。胡适的“自然音节”说着眼点在“诗意”,而郭沫若着眼点在“情绪”,在重视诗歌的抒情特性的同时,把诗人与诗体更紧密地联系在一处。

郭沫若“内在律”理论的缺失同样也是明显的。潘颂德先生认为:“一味强调‘内在韵律’,无视诗歌声律的作用,过分地强调诗歌形式的绝端自由,导致丧失诗的形式要素,其结果导致取消诗的恶果。”①“内在律”理论在给自由诗学找到理论依据时,却无法解释诗与非诗的散文,在体式上到底有何不同?郭氏认为诗应该纯粹用“内在律”,作“裸体美人”,完全排斥“外在律”,思维模式陷入二元对立。这种非此即彼的偏激观点,极大影响和制约了整个20世纪自由诗体和现代格律诗体的创作与发展。

从胡适发展到郭沫若,从“自然音节”理论发展到“内在律”理论,“五四”时期的白话—自由诗学,已经达到自己的成熟形态。紧随其后,现代格律诗学便要登场亮相了。(未完待续)

---

① 潘颂德:《中国现代新诗理论批评史》,第41页,学林出版社,2002年。

夹缝中的立场重构

——对第三代诗的“反叛”的分析

许莎莎

20世纪90年代以前的中国当代新诗史可以说是一段思潮与论题不断涌现的历史。而自“文革”至80年代末诗坛上所经历的从“文革”地下文学(主要指“白洋淀诗群”)到朦胧诗再到第三代诗的过程可以说是历时短而颠覆性强。在“今天派”喊出“我不相信”不久,诗坛上便出现了“Pass 北岛”的口号。可以说在人们的印象中,乃至在对这段历史的书写中,第三代诗人总是以激烈的反叛力和令人眼花缭乱的流派示人。然而在“去政治化”的80年代中末期登上舞台的第三代诗人是否已经完成了与意识形态的完全脱钩仍然值得商榷。

1986年9月底至10月,由徐敬亚、姜诗元等筹划,《深圳青年报》和《诗歌报》联合用7个整版的篇幅,举办“中国诗坛1986现代诗群体大展”,预示着新诗“后朦胧”时代的降临,也是第三代诗人群体形成的标志。这其中比较具有影响力的,主要有南京的“他们文学社”,其代表人物有韩东、于坚等;四川的“莽汉主义”,其代表人物有万夏、胡东、李亚伟等;四川的“非非主义”,其代表人物有周伦佑、蓝马、杨黎等。其他比较有影响的还有“海上”诗群和第三代诗中的女性诗歌,另外还应当包括以北大为中心的,以海子为代表的诗人群体。[①] 而从风格上来看,第三代诗歌在内部依然存在着很大的差异性,其风格取向和文学

① 此分类参考洪子诚、刘登翰:《中国当代新诗史》,北京大学出版社,2005年。

资源并不一致。[①] 但这并不妨碍我们对这一诗潮进行整体性的研究和探讨，正如在《现代诗内部交流资料》1985 年第一期的“第三代诗会”专栏的题记中所标榜的那样：“随共和国旗帜升起的为第一代，十年铸造了第二代，在大时代广阔的背景下，诞生了我们——第三代人。”[②]自称为一代人的第三代诗人群必然面对着同样的背景与社会问题，而在诗歌与思想姿态的选择上，也必然有着隐秘的联系，可以说这远比他们表面上所显现的要复杂得多。

一、从几种维度理解第三代诗的“反叛”

在文学史叙述中，第三代诗总是以其对前人的反叛和颠覆性而闻名。在《中国当代新诗史》一书中，作者这样评述这一代诗人：“而在 80 年代中后期前后，‘纯文学’、‘纯诗’的想象，成为文学界创新力量的主要目标。这种想象，在当时的历史语境中，既带有‘对抗’的政治性含义，也表达了文学（诗）因为‘政治’长久过多缠绕而谋求‘减压’的愿望，表现了对诗歌美学的新见解。”[③]借用第三代诗人韩东自己的话来讲，他们是“第二次背叛”。从这里我们或许可以看出这样一个递进关系，它也是在传统文学史中叙述第三代诗人与前人关系的策略，即如果说朦胧诗松动了诗歌与政治的关系，诗歌开始关注个人的情绪和姿态而不再与政治紧密地捆绑在一起，那么第三代诗的内容则进一步由朦胧诗所表达的大写的“人”转向小写的“人”。诗歌与政治完全脱离了关系，甚至不再像“今天派”那样是反政治的，而是彻底的去政治化。这种论述当然具有一定的真理性，但在这一系列本质化的叙述后面，我

---

① 在李振声《季节轮换：“第三代”诗叙论》中，作者将第三代诗进行了这样的区分：诗意的放逐与收复：“他们”与“莽汉”现象；构筑诗的巴别塔：“非非”现象；“夕阳下的家园”：一群深度抒情者；智者之虑；既成言路的断裂（指诗的散文化现象）；女性诗歌：人物与风景。复旦大学出版社，2008 年。

② 《现代诗内部交流资料》1985 年第 1 期“第三代诗会”专栏的题记，转引自洪子诚为《第三代诗新编》所作的序。洪子诚、程光炜编选：《第三代诗新编》，长江文艺出版社，2006 年。

③ 洪子诚、刘登翰：《中国当代新诗史》，第 209 页，北京大学出版社，2005 年。

们也许可以更深层次地从别的角度来分析第三代诗的“反叛”。究竟他们要拒绝的是什么?

1. **从“中/西”转向“内/外”**

其中一种可能有效的阐释是:第三代诗所拒绝的是中/西的意识形态框架,而选择用个人的内/外来代替它。

80年代的后冷战环境使得西方不再作为一个敌对的形象出现,西方从缺席变为在场,这使得人们在处理中/西问题时的情况愈加复杂。有两种选择倾向是比较明显的,其一是像80年代小说界的现代派、先锋派那样毫不讳言受到西方文学资源的影响并对“世界主义”抱有极大的认同;另外一种倾向则是像寻根派那样重新寻找民族文化的活力,可谓是某种意义上的“民族主义”。在诗歌方面,白洋淀诗群和朦胧诗基本上比较倾向于第一种选择,都是或明或暗地运用西方文学资源来书写自己的反政治性诗歌,这其中的西方文学资源包括西方现代派文学(包括洛尔迦、里尔克这样的诗人)、苏联的诗歌文学资源等等。从某一角度来看,像北岛这样的诗人,恰恰是借鉴了苏联文学中一系列对战争经验的修辞式的知识分子书写①,只不过在他那里,苏联诗人诗歌内容中的第一次世界大战转变成了中国的政治动乱。而第三代诗人则似乎放弃了中/西式的选择,从表面上来看,后冷战时代的去政治化到他们那里已经完成,世界在他们那里似乎已不存在中/西的模式,而只有个人的内在与外界之分,这里的“外界”甚至不再有进一步细分的必要。这种姿态看起来是非历史性、非空间性的,正像韩东在谈到他自己的文学资源时说:“首先,呈现在我面前的诗歌,不论中国的,外国的,它们一概都是汉语文本。在这个意义上,我把所有的诗人都当成了汉语诗人,包括美国诗人、西班牙诗人。在我看来,如果把洛尔迦和吕德安放在一起,也许吕德安对于我更有帮助。或者丁当对于我更有帮助。

① 关于这一观点,北岛《时间的玫瑰》一书能够给予我们更好的说明,此外也可参见查建英《八十年代访谈录》中北岛关于爱伦堡《人·岁月·生活》的回忆。

未必就是洛尔迦对我帮助更大，未必就是叶芝、史迪文斯更大。”[①]在这里我们看到一个对于中西资源个人内在化的过程。可以说在这一点上，第三代诗人有着一定的警惕性，主体的姿态得到了完整的确立（这可以说是第三代诗与朦胧诗最本质的分野之一）。[②] 这样看来，似乎这一论述已经不证自明。但我们所应当时刻注意的是勿要将知识本质化。尚有一个疑问值得我们去思考：第三代诗看似对于中、西不做出选择，看似已经彻底完成了去政治化，究竟是他们自觉的选择还是另一种情况——时代的政治和意识形态已经过于复杂使得他们的反击失去明确的对象，如同打在一块海绵上一般无法显现？

2. 先锋派对艺术自律性的自我批判

我们或许可以从艺术发展自身的规律性上来寻找另一种对“反叛”的阐释。比格尔在谈到艺术的自律性的时候借鉴马克思对宗教进行分析的方法来解释其矛盾性：

> 在资产阶级社会，艺术起着矛盾的作用：它投射了一个更好的秩序的意象，就此而言，它是对流行的坏秩序的抗议。但是，通过在想象中实现更好秩序的仅仅是外观的意象，它对现存社会中那些导致变革的力量所造成的压力起舒缓作用。[③]

比格尔引入“自我批判”的概念来说明先锋派对艺术所做的一切：

> 对作为社会子系统的艺术进行自我批判只有在内容也失去它们的政治性质，以及艺术除了成为艺术之外其他什么也不是时，才是可能的。这一步是在19世纪末，在唯美主义那里才实现的。……在艺术摆脱了所有外在于它的东西之时，其自身就必然出现了问题。当体制与内容一致时，社会无效性的立场成为资

---

① 刘利民、朱文：《韩东采访录》，收入韩东《韩东散文》，第290页，中国广播电视出版社，1998年。

② 事实上，朦胧诗的主要代表诗人们并没有建立自足的主体性，他们或是借助反叛英雄的姿态，或是借助历史，或是借助一个抒情的大的群体对象来完成看似存在的主体意识。但这种建构显然是不成功的。

③ 彼得·比格尔：《先锋派理论》，高建平译，第121页，商务印书馆，2002年。

> 产阶级社会的艺术的本质，因此激起了艺术的自我批判。历史上的先锋派运动值得赞扬之处就在于它提供了这种自我批判。[①]

比格尔的观点是：西方资产阶级社会的艺术发展到唯美艺术阶段已经完成了艺术的自律性，也就是艺术本位的建立。在这一阶段，艺术的内容已不再和艺术之外的任何东西相关，而形式与内容合为一体。这使得艺术的发展与社会具有了矛盾性，而先锋派正是针对这一问题提出自己对艺术的主张：

> 它（先锋派艺术——引者按）既反对艺术作品所依赖的分配机制，也反对资产阶级社会中由自律概念所规定的艺术地位。……先锋派的抗议，其目的在于将艺术重新结合进生活实践之中，揭示出自律与缺乏任何后果之间的联系。[②]

比格尔进而介绍说：

> 只有先锋派才使具有普遍意义的艺术手段成为可认识的，这是因为它不再按照一种风格的原则来选择手段，而是将这些手段作为手段来运用。[③]

也就是说，先锋派并非强调一种艺术风格，而是强调作为整体的艺术体制的社会功能，将已脱离生活实践的自律性的艺术重新与生活结合在一起。最终目的是“无法再发现艺术的目的，因为构成目的或有意识的运用这一概念的两个相互区分的领域（艺术与生活实践）的存在已经结束了”[④]。

我们可以说比格尔对西方先锋派的分析也可以适用于第三代诗的观点和目的。虽然第三代诗并不完全受到西方先锋派的影响，对于他们来说，影响包括西方现代至后现代以来的各种理论与文学资源，但不可否认的是，先锋派的观念绝对是其中重要的一股力量，比如“非非主

---

① 彼得·比格尔：《先锋派理论》，第92页。
② 同上书，第88页。
③ 同上书，第84页。
④ 同上书，第195页。

义"的名字来源就受到了"达达主义"的启发。而在各个第三代诗人群体的宣言中,我们更可以看出他们的理想在某种程度上来说与西方先锋派有异曲同工之妙。比如在《为〈他们〉而写作》中,"他们"宣言:"为《他们》写作是我们这些人的写作方式,它使我们的诗歌成为可能。可以为一张光洁的纸而写作,可以为好用的笔,我们为《他们》,是同一个意思。"[①]在这里,书写诗歌的目的与写作诗歌的实践性行为合一,艺术的自律性目的消亡。在"非非主义"的宣言中,他们这样介绍"非非"的含义:"非非,乃前文化思维之对象、形式、内容、方法、过程、途经、结果的总的原则性的称谓。也是对宇宙的本来面目的'本质性描述'。非非,不是'不是'的。"[②]这里对"非非"的定义,同"达达"一样强调事物本质性的、纯粹的一面。也许周瓒对于诗歌理论界中"写作"与"创作"的分析可以辅助我们更加看清这个问题,她说:"人们发现,'诗歌写作'一语代替了'诗歌创作'的说法。如果考察汉语中的'写作'(writing)和'创作'(creation)两个词语的涵义差异,人们会自然而然地体会到,'写作'一词指的是一种行为,而'创作'偏重于指一种带有神秘性的思维活动的成果。"[③]可以说以"写作"代替"创作",将诗歌与实践合一而不再强调其艺术的自律性,正是从第三代诗那里开始的。我们分析第三代诗的作品本身,也能够感受到这一点,他们强调语言原初的、与生活相结合的、不加以夸张和修辞的作品形态。

但是作为先锋派,也许这种艺术规律意义上的反叛注定要被消解。正如比格尔在分析著名的马塞尔·杜尚的《泉》时所说:"既然历史上的先锋派对作为体制的艺术的抗议本身已经被接受为艺术,新先锋派的抗议姿态就不再显得真实。"[④]而具体到中国的第三代诗的语境,我们还应当思考的一个问题是,他们所要将诗歌结合的生活实践究竟是

---

① 韩东执笔:《为〈他们〉而写作》,收入洪子诚、程光炜编选《第三代诗新编》,第325页。

② 蓝马执笔:《非非主义宣言(1986.5.4—中国·成都)》,收入洪子诚、程光炜编选《第三代诗新编》,第317页。

③ 周瓒:《透过诗歌写作的潜望镜》,第95页,社会科学文献出版社,2007年。

④ 彼得·比格尔:《先锋派理论》,第124页。

一种什么样的实践?

二、与寻根和朦胧诗的复杂关系

上文中,我们从诗歌外部与内部两个层面简要分析了两种对第三代诗之反叛的阐释。我们可以发现这两种阐释模式都仍然存在一些遗留的问题。这些问题也许需要我们进一步来探讨分析第三代诗所反叛和颠覆的对象究竟是谁。李振声在《季节轮换:"第三代"诗叙论》一书中提出一个观点,他认为在朦胧诗与第三代诗之间存在着"寻根诗"的形态,也就是以杨炼、江河的诗歌为代表的一种长诗。而第三代诗实际上反叛的是"寻根诗",从朦胧诗中则实际汲取了更多的诗学营养。[①] 对于这一观点,贺桂梅在其新作《"新启蒙"知识档案——80 年代中国文化研究》一书中也给予了肯定。[②] 那么,第三代诗的反叛对象究竟是谁?其立场与寻根和朦胧诗的关系究竟是什么样的情况?下面我们就针对最能支持第三代诗反叛"寻根诗"的例子来做一下个案分析。

1. 分析个案:韩东《有关大雁塔》

首先需要明确的一点是所谓的杨炼的《大雁塔》究竟是不是"寻根诗"。它和后来在文学艺术领域的寻根思潮究竟是不是相一致的。我们可以将这首诗的最后一部分"思想者"放到这里来仔细地分析:

5. 思想者

我常常凝神倾听远方传来的声音
闪闪烁烁、枯叶、白雪
在悠长的梦境中飘落
我常常向雨后游来的彩虹
寻找长城的影子、骄傲和慰藉
但咆哮的风却告诉我更多崩塌的故事

---

① 见李振声《季节轮换:"第三代"诗叙论》前三章的论述。

② 见贺桂梅《"新启蒙"知识档案——80 年代中国文化研究》第三章,北京大学出版社,2010 年。

——碎裂的泥沙、石块，淤塞了
运河，我的血管不再跳动
我的喉咙不再歌唱

我被自己所铸造的牢笼禁锢着
几千年的历史，沉重地压在肩上
沉重得像一块铅，我的灵魂
在有毒的寂寞中枯萎灰色的庭院呵
寥落、空旷
燕子们栖息、飞翔的地方……
我感到羞愧
面对这无边无际的金黄色土地
面对每天亲吻我的太阳
手指般的，雕刻出美丽山川的光
面对一年一度在春风里开始飘动的
柳丝和头发，项链似的
树枝上在熟的果实
我感到羞愧

祖先从埋葬他们尸骨的草丛中
忧郁地注视着我
成队的面孔，那曾经用鲜血
赋予我光辉的人们注视着我
甚至当孩子们来到我面前
当花朵般柔软的小手信任地抚摸
眸子纯净得象四月的湖
我感到羞愧

我的心被大洋彼岸的浪花激动着
被翅膀、闪电和手中升起的星群激动着

可我却不能飞上天空，象自由的鸟
和昔日从沙漠中走来的人们
驾驶过独木舟的人们
欢聚到一起
我的心在郁闷中焦急地颤栗

就让这渴望、折磨和梦想变成力量吧
象积聚着激流的冰层，在太阳下
投射出奔放的热情
我象一个人那样站在这里，一个
经历过无数痛苦、死亡而依然倔强挺立的人
粗壮的肩膀、昂起的头颅
就让我最终把这铸造恶梦的牢笼摧毁吧
把历史的阴影，战斗者的姿态
象夜晚和黎明那样连接在一起
象一分钟一分钟增长的树木、绿荫、森林
我的青春将这样重新发芽
我的兄弟们呵，让代表死亡的沉默永久消失吧
象覆盖大地的雪——我的歌声
将和排成“人”字的大雁并肩飞回
和所有的人一起，走向光明

我将托起孩子们
高高地、高高地，在太阳上欢笑……①

将这一部分完整地录入是为了比较全面地呈现这首诗的含义。我们知道寻根思潮所倡导的是一种边缘的、少数的文化，而传统的、中央的文化则被认为是“死”文化，是不被提倡的。但是，从《大雁塔》这首诗中，事实上我们看不到任何边缘的文化，这首诗的写作思路是以大雁塔的

① 杨炼：《有关大雁塔》，收入《五人诗选》，第35页，作家出版社，1986年。

视角来回顾中国的历史，从唐朝一直到作者所处的"文革"后的年代。这种思路并不是一种寻根的思路，这不过是一种对历史发展的抒情方式。最能体现这首诗本质的就是最后这一段中笔者加点的这些句子——而这也是作者或者说"大雁塔"在追述完深重的历史之后的希望和结论。作者只是在重述着一定意义上80年代的"主旋律"：人道主义，而且是"被大洋彼岸的浪花激动着的"人道主义。从这样的角度来分析，《大雁塔》这首诗非但不是什么"寻根诗"，反而可能是最具有朦胧诗气质的朦胧诗。那么《有关大雁塔》所反对的，也就不是"寻根"。

事实上韩东的《有关大雁塔》并不像以往论者论述的那么简单。有学者认为这首诗如果不与杨炼的《大雁塔》进行对读，就是一首最不起眼的诗。但事实并非如此。可以说造成这种结论的一个原因是以往论者太过注重这首诗的最后一段，而要真正领会作者所传达的情绪，通读全篇甚至是文本背后的信息是非常必要的。

有关大雁塔

有关大雁塔
我们又能知道些什么
有很多人从远方赶来
为了爬上去
做一次英雄
也有的还来做第二次
或者更多
那些不得意的人们
那些发福的人们
统统爬上去
做一做英雄
然后下来
走进这条大街
转眼不见了

也有有种的往下跳
在台阶上开一朵红花
那就真的成了英雄
当代英雄

有关大雁塔
我们又能知道些什么
我们爬上去
看看四周的风景
然后再下来[1]

我们看到，如果只引用最后一段，那么就会遗漏在诗中反复出现的一个意象，也就是“做英雄”的话题。“做英雄”成了当代人登上大雁塔的唯一目的，而这一目的却恰恰是荒谬的。这与笔者在上文中所分析的时代与政治情形的愈加复杂使得诗人的立场愈加游移有关，第三代失去了明确的目标和对象，似乎成为了不断自我挣扎的困兽。诗人无疑对于这种“无能”有着某种自觉，韩东在一篇回忆这首诗创作过程的文章中提到的一个细节也许可以成为这首诗情绪表达的注脚：

> 八三年马原从沈阳返回西藏，途径西安，我和他一起登上大雁塔。他和我一样，仅仅从美学角度而非在“历史感”上肯定了这一古建筑的价值。在半空之中我们曾有过一次谈话，是关于出人头地的。马原说当今世界第一等人是政治家，他们的名字每天都出现在报纸杂志上。第二等人是体育大明星。下面，第三等才轮到影视明星。做一个作家是不得已而求其次。总之这是一次有关人生价值的谈话，属于广义的英雄梦的范围，年轻的我不禁受到感动。[2]

在这样一种情绪下，杨炼那种过于宏大的、官方性的文字自然会显

① 韩东：《有关大雁塔》，收入洪子诚、程光炜编选《第三代诗新编》，第 33 页。
② 韩东：《有关〈有关大雁塔〉》，收入《韩东散文》，第 157 页。

得虚假和难以接受。韩东也谈到两首诗的关系,介绍说:

> 八二到八四年,我在西安陕西财经学院教书,我们学校就在大雁塔的下面。从大雁塔上看我们学校就像一个财主的院子。同样,从学校的院子里看大雁塔也挺令人失望。当时我是一个"诗人",来西安之前刚读过杨炼的"史诗"《大雁塔》。在这首浮夸的诗里大雁塔是金碧辉煌、仪态万方的。我的失望之情开始针对大雁塔,后来才慢慢转向杨炼的诗。在此刻单纯的视域里,大雁塔不过是财院北面天空中的一个独立的灰影。它简朴的形式和内敛的精神逐渐感染了我。这是我的美学观形成的一个重要时期。[①]

从这段话中我们除了可以印证刚才所说的由现实状况引发的对杨炼的诗学的不满,还可以看出诗人并不仅仅是反叛,而是在反叛之余进行了选择。在韩东那里,大雁塔的历史,英雄的年代已经不可触及,吸引他的是大雁塔实实在在的"简朴的形式和内敛的精神",可以说这不仅仅是关涉到韩东一个人的美学形成,也是第三代诗人美学选择的整体写照。

或许王光明对第三代诗的"反叛"所做出的分析更准确一些,他认为:"它出现在朦胧诗处于生存的焦虑('三个崛起'受到严峻的批评)、影响的焦虑(在西方现代主义诗歌中认出个人经验的远亲之后重临新的艺术选择)、自我的焦虑(如何面对新的个人经验和完成自我超越)三重情况交织下,'重聚自身的光芒'、寻求自我超越的语境中,既继承了朦胧诗的许多原则,但又带着新的心理机制和艺术选择。"如果这样的论述可以成立的话,那么我们可以说第三代诗与寻根和朦胧诗的关系就不仅仅是简单的"反叛",它所反叛的对象实际上是由非常复杂的各个因素组织起来的一种困境。而如果我们注意到王光明提到的"影响的焦虑"的话,更可以说第三代诗是一种变向的寻根,因为它与寻根思潮所遇到的情况何其相似。在西方的影响被切实地意识到以后,如何避免仅仅是简单的重复,如何寻找新的基点也成为第三代诗人所同

---

① 韩东:《有关〈有关大雁塔〉》,收入《韩东散文》,第156页。

样面临的选择。

2. 口语化以及民刊的独立性

如果说寻根思潮为了应对西方文化“影响的焦虑”选择的是对边缘的、少数民族的文化所进行的民族主义式重构，那么第三代诗则对“民间”有所倚重去重新确立在西方与在地政治权威之外的立场。

这种观念在他们诗学的一系列观念和倡导中均有所显现。在这其中最能说明问题的可以算是“口语”的问题。

于坚在为《1998年中国新诗年鉴》作序时比较系统地对“口语”问题进行了自我阐发，这虽然是90年代的文章，却可以被看成是第三代诗自80年代发展至今的诗学理论的一次梳理。于坚在这篇文章中对于“口语”进行定义：“口语——在区别于作为意识形态工具的普通话的白话——原生的、日常的、人性的汉语这个意义上，乃是第三代诗歌运动的伟大旗帜。”①我们可以看到在这里“口语”在一开始就作为区别于意识形态工具的概念而出现。在第三代诗人那里，“口语”是民间写作的核心，是“平民化、现时性和亲切、随意的”，可以说他们正是借助于这一概念来对此前诗歌中的精英化、严肃性、意识形态化进行否定和消解。于坚认为：“口语写作软化了由于过于强调意识形态和形而上思维而变得坚硬好斗和越来越不适于表现日常人生的现时性、当下性、庸常、柔软、具体、琐屑的现代汉语，恢复了汉语与事物和常识的关系。口语写作丰富了汉语的质感，使它重新具有幽默、轻松、人间化和能指事物的成分。”②

同时，“口语”概念不仅拒绝意识形态和精英立场，也是对倚重西方资源的一种否斥。就像上文所引的韩东在谈到自己文学资源时说的话，在他看来西方诗歌首先必须呈现为汉语诗歌（翻译转换过程），才能被他所接受，并且当代汉语诗歌对于他的文学创作的启发性会更大。

---

① 于坚：《穿越汉语的诗歌之光》，见杨克主编《1998中国新诗年鉴》，第5页，广州花城出版社，1999年。

② 于坚：《诗歌之舌的硬与软：关于当代诗歌的两类语言向度》，《诗探索》1998年第一辑。

这种对“民间”立场的选择也与诗歌创作发行渠道的半地下化有关。自《今天》创刊以来，当代诗歌界的一个重大的转变或许就是民刊的出现和兴盛。于坚在《穿越汉语的诗歌之光》一文中也提到：“当年《他们》初刊的时候，就表明这是一份‘诗歌内部交流资料’。”[①]对于民刊独立性的自觉使得第三代诗人有媒介和空间来建构和想象一种立场。诗歌的塑造与媒介和发行渠道的关系早已不是什么新话题。就像新诗研究者姜涛所强调的那样：“‘发表’与‘成集’，建构出新诗的‘传播空间’，但这绝非一个单纯的载体问题……简单地说，‘发表’不只传播了‘新诗’，而且还可能发明了‘新诗’，使它的社会及美学价值得到新的塑造。”[②]这种观点同样适用于民刊和第三代诗人立场间的关系。民刊的出现和一定程度的合法化才使得既不认同官方政治意识形态也拒绝被西方影响的民间立场可以得到文学的呈现和传播。在这种意义上，民间刊物与民间立场本身也具有一定的契合性。

三、“民间”立场与知识分子立场的重构

现在来探讨第三代诗的“民间”立场可以说就显得水到渠成了。这究竟是一个什么样的概念？它和各种其他思潮的关系究竟是什么？我们应当如何看待它？

1. “民间”概念的建构和反叛的实质

第三代诗人中对“民间”概念的定义仍然要以于坚的定义为代表。在于坚那里，“民间”立场的建构总是伴随着对其对象——知识分子写作的建构。于坚对于“知识分子写作”的看法如下：

> 九十年代的“知识分子写作”是对诗歌精神的彻底背叛，其要害在于使汉语诗歌成为西方“语言资源”、“知识体系”的附庸，在这里，诗歌的独立品质和创造活力被视为“非诗”。……五十年代

① 于坚：《穿越汉语的诗歌之光》，见杨克主编《中国新诗年鉴十年精选》，第460页，中国青年出版社，2010年。

② 姜涛：《“新诗集”与中国新诗的发生》，第30页，北京大学出版社，2005年。

以来中国诗歌依附于某种“庞然大物”的老路，正是为“知识分子写作”所继承。这种写作仅仅是某种庞然大物的傀儡，与诗歌在历史上曾经有过的那种伟大的创造精神相反，它不是通过自由的、独立的、异质的、另类的、天马行空的、自由自在的、原创性的品质复苏人们被权力话语和文化秩序异化、僵硬了的想象力、创造力，不是来自生命的感受，对经验世界、知识系统的陌生化、对存在的觉悟，不是对既有的文明史的一次次改写；而是被用来势利眼地与某种“三十年河东，三十年河西”文化霸权、主流意识形态、富国的知识系统“接轨”。诗歌成了只是为了“走向世界”在世界之外成为被翻译成强势语言的资格证书、“语言策略”，成了在某个庞然大物之上添砖加瓦的小动作。①

于坚对“知识分子写作”的批评显得有些极端，但这并不妨碍我们从中发现他将“知识分子写作”建构成一种依附于“庞然大物”的写作，而这种“庞然大物”指的是“走向世界”的主流意识形态。于坚在这里虽然是针对90年代诗歌发言，但同样能代表第三代诗在80年代的选择倾向，因为他们的观念是从80年代延续至90年代的。

无独有偶，对于“民间”的关注不仅仅发生在80年代的诗歌领域，同样发生在文学研究领域。在80年代“重写文学史”的浪潮中，陈思和的“中国新文学整体观”是一个重要的新的概念。而在这一重述文学史的阐释策略中，其中颇为引人瞩目的一点是陈思和将“民间文化形态”作为切入中国新文学发展的一个新视角。在陈思和的论述框架中，中国新文学的发展历史也是三股文学力量相互作用的历史，它们是：国家权力支持的政治意识形态、知识分子为主体的外来文化形态和保存于中国民间社会的民间文化形态。② 这里有意味的地方在于陈思和同样将民间文化形态对立于国家权力意识形态和外来文化形态，而且同于坚一样，他也将外来文化形态与知识分子天然地结合在一起。

陈思和对于民间文化形态的定义和说明还有更加复杂的一面，在

---

① 于坚：《穿越汉语的诗歌之光》，见杨克主编《中国新诗年鉴十年精选》，第459页。

② 参见陈思和《中国新文学整体观》第五章，上海文艺出版社2001年。

他那里“民间”是与国家相对的一个概念，民间文化形态是指在国家权力中心控制范围的边缘区域形成的文化空间。从这里我们也可以看出所谓的“民间”概念与“寻根”存在着的紧密的关联。陈思和还认为民间文化形态虽然是个藏污纳垢之所，但也比较自由，比较真实地表达出民间社会生活的面貌和人民的情绪。他还认为民间文化形态的文学作品中存在着一种“民间隐形结构”，藏匿于文本之中，构成对于国家政治改造和渗透的反改造和反渗透的活力。他说：

> 考察从抗战到“文革”的文学史，不难发现，其文学发展的过程也是民间文化形态随战争而起，随“文革”而衰的过程。另一方面，民间文化形态又以无孔不入的精神融汇在文学创作中，成为一种隐形的文本结构，甚至可以说，它充塞了这一历史时期的最辉煌的文学创作空间，尤其是在1955年胡风为代表的知识分子集团被毁灭以后。“文革”时期，它从文化的大传统中被排斥，重新返回小传统，拓展其地下文学的空间，直到八十年代，才逐渐地为知识分子重新赏识。①

可以说，在陈思和的论述中民间文化样态的作用被夸大化了。在其对“十七年”文学和“文革”时期文学的论述中，他将能够吸引读者的文学魅力全部归于民间文化的魅力所在，而将知识分子的作用削弱，比如他在对京剧《沙家浜》的分析中，就把这部作品的魅力归结为民间故事中的“一女三男”结构，而他认为执笔者汪曾祺几乎没有对作品能够吸引观众做出什么大的贡献。而在对“文革”后文学作品的分析中，陈思和将新写实小说、新历史小说，甚至是《霸王别姬》这种以西方想象阐释中国文化的电影②统统归入“民间文化样态”。

我们可以看出，无论是于坚的叙述还是陈思和的叙述，事实上都是一种在后冷战时代选择焦虑的表现。他们与寻根派面临同样的问题，既不愿意认同国家权力意识形态，更不愿意认同知识分子借西方的文化资源表达的“走向世界”的幻想，甚至于在他们的眼中，两者很可能

---

① 陈思和：《中国新文学整体观》，第145页。

② 关于这一点可详见戴锦华对电影《霸王别姬》的分析。

是勾结在一起的，形成了一个愈加庞大的"庞然大物"。于是他们选择转向各自生活的自身，转向底层，认为那里蕴含着巨大的力量足以给予他们一个重新建构自我立场的空间。

因此第三代诗的作品并不像他们的姿态和他们的宣言那般有力，事实上在其中不免有忧伤和留恋的情绪。即使是言语极端的于坚，他的"民间"在诗歌中也是以这样一种方式呈现：

一些人结婚了
一些人成名了
一些人要到西部
老吴也要去西部
大家骂他硬充汉子
心中惶惶不安
吴文光　你走了
今晚我去哪里混饭
恩恩怨怨　吵吵嚷嚷
大家终于走散
剩下一片空地板
像一张旧唱片　再也不响
在别的地方
我们常常提到尚义街六号
说是很多年后的一天
孩子们要来参观①

这样一种对于"民间"的书写，自身就带有一种怀旧和哀伤的氛围。诗人所爱的尚义街六号终有一天会只"剩下一片空地板"，而人们结婚的结婚，成名的成名，这也许是诗人所要肯定的日常生活避免不了的悲情，但总不免让人觉得在骄傲的立场和宣言背后，仍然是挥之不去的宿命般的无力。

---

①　于坚：《尚义街6号》，收入洪子诚、程光炜编选《第三代诗新编》，第9、10页。

2. 被遮蔽的问题

在韩东一篇名为《论民间》的文章中，作者指出："民间并非出自任何人的虚构，更非出自某些人有目的的炒作或自我安慰的需要，它始终是一个基本的事实。"①可以说这句话也正反映了第三代诗人所倚重的"民间"立场的问题所在。事实上，这种论述恰恰把"民间"的知识本质化了，认为"民间"是一个事实，而没有认识到它其实只是一种被不断建构的想象。事实上，正是80年代中后期社会意识形态的复杂状况使得人们发现了"民间"并建构了"民间"。正如刚才所说，这种对"民间"的倚重，不仅仅在诗歌领域，在其他文化领域也存在着，如刚才所提到的陈思和的文学史研究，乃至小说领域新写实小说的崛起，王朔、王小波作品的成名等等，都可以说是对这一立场进行建构的变奏。

但这一立场被本质化以后必然会遮蔽一些问题，最重要的一个问题是所建构的"民间"真的是事实的民间吗？

事实上，在对这一立场的建构过程中，"民间"被美化了、简单化了。在第三代诗人的作品中，原来朦胧诗里形象鲜明的抽象的"英雄"成了生活中的普通人，在庸常中上演着庸常的悲剧，比如韩东或于坚等的诗歌；"民间"变成某种带有生命原初能量的土地、乡村意象，比如海子等的诗歌；"民间"变成文学青年自由自在、无拘无束的生活，比如李亚伟等的诗歌……可是，我们需要质疑的是，现实中的民间是这样的吗？第三代诗人所倚重的这样的"民间"存在吗？

而另一个或许更重要而没有被第三代诗人所意识到的问题则是，"民间"早已不再是想象中质朴、纯粹的民间。在国门开放以后，中国的民间社会就必然与市场经济紧密相连了。此时的民间将变成与市场经济相适应的民间，其文化则成为被经济带着走的"大众文化"。那么提倡"民间"的第三代诗人将不能再真正了解和代表民间。民间也成为了"庞然大物"的一部分。

也许在这个意义上来说，第三代诗人并不能算作是彻底的先锋派，

---

① 韩东：《论民间》，《芙蓉》2000年第1期。

因为他们依然有其隐蔽的立场和目的。进入 90 年代，诗人们对这一问题有所警惕，也许真正的以形形色色的个人的经验和立场来回应现实更加有效。但如何在当今这个时代中自处，随时防止自己被“庞然大物”所吸纳，仍然是值得去思考和不断实践的问题。

四、结语

在以往的文学史叙述中，“反叛”一直是解读 80 年代中后期席卷诗坛的第三代诗的关键词。但是究竟该如何理解这一代诗人的反叛？其反叛的对象是谁？其反叛的实质又是怎么样的？笔者认为这些问题在以往的研究中并未得到比较好的解答。

在以往针对诗歌外部与内部的分析中，第三代诗人的“反叛”得到了部分的说明，但无论是其接续朦胧诗进一步将诗歌表达转向个人的叙述还是从艺术发展规律上认为它将重新建立艺术与实践的关系的叙述都不足以完整地说明其“反叛”的本质。

深入分析，我们可以否定一些论者所认为的第三代诗反叛的对象是寻根诗，而恰恰发现了其在立场选择上与寻根派所面临的相似的困境和相似的选择倾向。

实际上，在 80 年代中后期意识形态纷杂的状况下，国家权力意识形态与外来文化意识形态已经很难再进行严格的区分，很多情况下他们都是勾连在一起的。而一部分知识分子倚重西方文化资源，梦想与世界接轨的情形也引起了一代新人的不满。在这种情况下，诗人们选择了“民间”作为重构自我立场的空间，在一定程度上这一立场也的确有所建立。

但问题在于，这种对“民间”立场的建构并不与事实上的民间相契合。在当今这个时代，“民间”在某种程度上已经成为一种适应市场经济的社会空间，其文化也成为了一种“大众文化”。在这种情况下，诗人们不但有可能需要面临其所构筑的“民间”事实上已经成为他们所反对的国家意识形态与外来意识形态相勾连的“庞然大物”的一部分这个事实，更有可能遭遇反被“民间”所左右和“牵着鼻子走”的窘境。

而在另一层面上,我们也应当思考,第三代诗人对汉语口语的强调,对外来文化的坚决否斥,是否会带来他们与寻根派另一个相关的问题:这是否是一种变相的民族本位(中心)主义?

诗歌现场

“快感之快”与当代诗歌的总体性

姜　涛

自浪漫主义之后，诗歌在一般的公共视野里，更多缩减为一种抒情性文体，似乎更多与私人的、内面化的经验相关，这当然配合了社会领域的不断分化，也呼应着追寻主体内在解放的现代性逻辑，但诗人在赢得某种“治外法权”的同时，或许也失掉了曾有的大片领地。在上世纪70—80年代之交，为了与以往的“政教”系统相剥离，上述文体想象，与诸多时髦的写作观念相激荡，在当代诗歌的展开中，确实曾起到过革命性的作用。由此出发，读者和批评家们，似乎更激赏那些能够从笨重的历史中脱颖而出的写作，那些能不断安排思想的迷局或语言的奇境的写作，对于个人情感和局部社会情状的幽微呈现，也成为当代诗最重要的主题。

然而，自80年代中后期开始，一部分有抱负的诗人，其实已经在考虑另外的出发点，考虑在一个“方生方灭”的价值重建时代，诗歌该如何挣脱自身的文体限制，挣脱现代审美话语的规约，在广阔的历史视野中，重塑自身的形象。如果说最初的尝试，还受困于某些过于空泛的文化图式，缺乏充沛的内在“现实感”，那么最近的20年里，当“历史强行进入视野”并不断逆转，急骤变动的情感、知识、经验，也给出了诗歌“强行进入历史”的机遇。我们已看到一些心智强健的作者，早已正视自身及他人的困惑，在更广泛的社会联动、更驳杂的语言资源中，有力地展现了诗歌空间拓殖的可能。尤其近年来，一些体制庞大的长诗、组诗相继出现，或采取整体的象征模式，为溃乱的当代精神赋予造型；或贴近地方性场景，从微观洞察社会人心的变迁；或回到时间的深处，发展出一种纵深的历史想象。此类作品的数量，虽然不是很多，但已构成了某种特定的“征兆”，暗示当代诗歌内部能量的重新裂变、聚合，或许会将新的写作前景挤压出地平线。

诗人骆英称自己是个“扔石头的人”，《第九夜》、《小兔子》这两部诗集，就是他主动丢向诗坛的两块大石头，它们可能引起的震动，在某种意义上，也属于上述“地壳变迁”所激起的宽广脉冲的一部分。有关这两部诗集在形式上的突破，有关其中“末世论”的批判视野，有关其排山倒海的句式和节奏，已经有不少精彩的阐述。而在我看来，在诗集本身的评价之外，还有一个问题特别值得关注，那就是，在当下的诗歌氛围中，《第九夜》、《小兔子》的独特性在哪里？在何种意义上，对它们的阅读，不只构成一种参照，一种身心的抵触或感奋，同时还构成一种可能的启示？事实上，无论是开放的、野蛮的语言风格，还是书写向下的、不雅的、猥亵的经验，类似的写法并不外在于现代文艺“审丑”的传统；在繁荣中透视文明的毁灭，将人类生存场景看成一片废墟，也是批判性的现代文学、思想的一贯主题。骆英的写作直接针对了高楼林立、人欲横流的中国场景，也最大限度地开发了汉语“异质混成”的潜能，但与其说他提出了新的问题，创造了新的形式，不如说他在新的情境中，又一次强有力地唤醒了现代诗歌中这些曾有的传统。因而，这两部诗集的独特之处，可能不在形式和主题本身，而在于骆英对于这些形式和主题的运用上，他不由分说、不计后果，在密不透风、酣畅淋漓的词语组接、转换中，将自己的观察、想象、句法贯彻到极点、放纵到极点，丝毫不顾及节制、含蓄、精妙的尺度，甚至不在乎节奏的复沓乃至雷同。可以说，对速度的追求，是骆英个人风格的一个关键，这也就构成了诗人杨小滨所概括的“快感之快”。在这种风格的背后，我们不仅读到了难以抑制的语言兴奋，更能读到一种主动决断的意志，一种清新的果敢。相形之下，某些审慎写出的成熟诗歌，为什么反倒显得有些俗气、涣散？

在当代诗歌中，处理复杂现实经验的说法，其实已经成了一种套话。大部分诗人都知道应该敞开自己的视角，将纷乱喧嚣的生活场景，扫描到诗行当中。但类似写作也面对了困境，特别是一些辛苦写出的叙事性作品，读来总是感觉浮泛、琐碎，缺乏内在贯通的张力或线索，更缺乏支撑性的认知骨干。经典的现代诗学,倾向于解脱诗人的认知责任,挪用破碎的蒙太奇美学,去搪塞相关的责问。比如艾略特,他就认为思想在诗歌中只是第二位的,特别是在思想系统破碎的时代,一个诗人只能像只喜鹊那样,叼起一些残片丢进自己的诗篇。这当然是普遍的境遇,当代中国的诗人更不例外。诗人不是思想学者,在一定程度上,还要以抗拒思想的固化为责任,但这不等于取消认知活动在写作中的重要性,对于重大思想命题的回应,往往有助于激发新的写作激情,这样的范例在文学史上并不少见。反之,当作者普遍树立不起一个看法,无从担当,更无从决断,诗风的疲惫与松懈,也就势在必然了。在这个意义上,骆英写作中的强度、速度和冲击力,不单来自个体的修辞魄力,其实也与风格背后的总体性视野、总体性隐喻相关,如果脱离了这样的"导航"系统,所谓气喘吁吁的"快感之快",也就没有了投掷的方向、命中的焦点。

需要说明的是,强调诗歌的"总体性",并不意味着挪用宏大的伦理判断,去替代艰苦、细致的文本耕耘,而是指想象力不是在自我挥霍,而最好能有一个纵横开展的方案。在《第九夜》、《小兔子》这里,借助"小兔子"、"蝌蚪"、"马"、"猫"、"虫子"等一系列形象,骆英建立了一个人兽相杂的庞杂系统,"人类世界"与"动物世界"之间的冲突、挤压、变形,构成了诗篇背后的寓言结构。由此出发,"经济的世界"、"文化的世界"、"消费的世界"、"欲望的世界",也像套盒一样被层层地展开。在不同世界的交错、重叠中,毫无疑问,"性"是作为一个枢纽性话题出现的,对于身体、性爱经验的无度书写,大概是这两部诗集最能引起争议的部分。谈起与"性"相关的表述,在当代文化消费的氛围中,总会给人以某种与政治正确相关的僵硬感、甚至流俗感,因为"性"的话语,总会莫名其妙地包含了反抗的意涵。显然,骆英不是从这个方面着眼,如果迷恋于纵欲的解放政治,《第九夜》、《小兔子》不仅会格调低下,也不可能如此勇猛、坚挺。在骆英这里,"性"与其说是一种实体化的身体经验,不如说是一种抽象原则,一种神话性的机制,它潜在支配了这个疯狂生产、消费、投机的时代。

简而言之,所谓"性"的原则,就是交配的原则,通过不断的交配,追求持续的快感，而快感之后，又是持续的匮乏与疲倦，如此往复，即“快感之快”。当这种原则从身体的领域扩张到了一切的事物，那么“快感之快”也就溢出了身体与美学的疆界，可以看作是流通于不同“生活世界”背后的总体性隐喻。可资参照的是，在经济的世界里，货币的原则也与此类似，通过不断的交换、投入、增值、再交换、再投入，来获得更大的利润，如此往复，其实也重现了“快感之快”，而最终的导向也是一片虚无，把一切价值的差异抹平。对于“货币”这种抽象符号体系对社会生活的改写，齐美尔的分析发人深省，他曾指出在现代社会，货币已“从一种纯粹的手段与先决条件，向内生长成为一种终极目的”，它“激发起一种认为所有其他的东西唾手可得的幻觉”，“给现代人提供了一种持续不断进行活动的策动力”，这一点和基督教的永恒精神形式——“对神的渴求”，在心理上并无本质的不同。(《当代文化中的货币》)从这个角度回看，“性”在骆英的笔下，似乎也包含了一种“无目的”宗教性狂热，那些痉挛中的男女与犬马，无休止地沉浸于交配的活动，仿佛也在追求某种“不可能之事”，“快感之快”朝向了永恒的虚空。

这样的想象不仅对于欲望的世界、经济的世界有效，骆英还将视角转向了文化的世界。因为，在文化的世界里，“性”的作用其实可以被“词语”替代——“我及词语的我们甘愿像性奴一样生存，也就是说，集体性地被奸淫之后再集体性地相互奸淫”(《蝌蚪论》)。所谓“词语的我们”，可以让人宽泛地联想到沉溺于文字的诗人、作家、学者们，“我们”的工作不过是通过“词语”不断的配置、变形、交换(交配)，来繁殖更多的意义，生产更多的利益和快感，反过来，“我们”的生存，也被蝌蚪一样繁殖出来的“词语”所操控、规定。在这个意义上，对于人、动物、词语及万物之间混乱交配的书写，不简单地是在批判纵欲之恶，而是无情地展示了市场时代、消费时代内部看不见的蒙昧与野蛮，这其中当然包含了总体性认知的可能。换言之，在城市与高楼之间，那匹为追求“快感之快”而精疲力竭的公马，其实已接近于一个当代的神话原型。

匿名、隐身与行动者诗人

——后消费时代，诗人何为？

周　瓒

这篇短文旨在思考诗人在当今世界中的位置，它不强化诗人个体或群体身份认同的焦虑，不抱怨大众对诗歌的轻慢，不妄想有朝一日诗歌成为立言世界的中心。同时，它的思考也是非学术的，目的是梳理作者近年来对于诗歌生态考察的感受。她认为，当代诗的对抗性和有效性需要重新衡定，诗人的工作将获得再度打量。

上个世纪末发生在中国大陆的那场诗歌论争，如果考察其负面的影响，可以说它是那以后十余年的诗界内部瓦解的发端。旧共同体的瓦解，内耗，以指责他人圈子化而形成的更分明与封闭的圈子；通过贬低对手的承传、影响源和智识而把自己撇清在历史之外，只求获得眼前虚设的利益；缺乏危机意识地翻滚于尘世的消费洪流中，费力于生存和功名，转眼岁月衰老了心力和青春的纯粹。十多年间，诗人形象不断遭遇漫画化、丑化，诗歌在当代文化语境中日益孤立，以至于我这个诗歌观察者不得不感叹自己跟个怨妇似的，在差不多写了七八年的诗歌年度回顾文字中，反复提及出版的冷遇、媒体的歪曲以及诗人的不争气。如果期待合理的环境已经不可能，何不反思自身，以积极的态度寻求最低限度的变化，改造我们的生活与状态，肯定这种主动性带来的一切征兆，从而朝着新开辟的方向进发？

立足诗歌的内部朝外面望去，自然满眼的世态炎凉。市场化了的出版界不问津于诗集的面世与流通发行，被快餐文化喂养的大众不情愿品味与消化诗歌的复杂与晦涩，更有甚者，机巧的商人利用现代人对传统诗歌大国的碎片记忆，将新诗收编为楼盘广告、市场开发的素材与资源。当互联网兴起，全面占据年轻一代人的闲暇生活和娱乐空间，触网的诗人一度欣喜于新媒体的便捷、新奇和丰富，也曾寄希望于网络传播新诗的声名、激发写作的活力，而终于，现实叠印于网络，更改了生活的面貌。诗歌依然小众，诗人还是旁观者，怨天尤人于诗无补，当代诗的动力学面临挑战。

诚然，有必要分辨并非铁板一块的诗歌界近年的构成，而依然坚守在民间出版物和网络上写作、发表的当代诗人，仍在内部的代际话语中进行写作的自我辩护。“70后”、“80后”、“独立”、“先锋”等术语也已耗尽了各自的阐释势能，因为位置不复存在，身份已然架空，剩下的只是话语消费。“诗人”概念就像一件衣服那样，可以披上也可褪下，诗人之名变得可疑而滑稽，抑或，这正是其应有的形态？哪怕从感受和策略的层面，一个诗人都可以选择暂时以匿名的方式，加入生活贫乏而多彩的空间。脱掉诗人的花格外衣，在生活的剧场上，诗人应该能够出演各种角色，体验另外的人生。当诗人既是写作者又是读者的时候，他也应该意识到这出孤独戏剧的急迫性。

被誉为20世纪最后一种现代主义艺术的日本舞踏的诞生(1950年代末)，给了我思考当代诗动力学的一点启发。舞踏诞生于行为艺术、即兴艺术和小剧场艺术活跃的时期，它的动力之一是舞者出于对动作的拓展与身体性的寻根而作的种种尝试。过了若干年，当舞踏风格基本成形，它的学习者和模仿者们却以为怪异、扭曲与审丑即为舞踏。殊不知那只是舞踏的风格化躯壳，是形式主义的舞踏，而非舞踏发生时期真实而单纯的冲动。我认为，当代诗人需要的正是不断寻找诗歌的发生动力的瞬间。在那些瞬间，诗不纠缠于浪漫派、现代派以及后现代的风格辨认，不盲目于区分诗与非诗、诗意比重，以及诗歌的功能与功利，更不急于为诗人在文化创造中定做浪漫主义的新制服。诗歌行业中的人需要的是匿名和隐身，起码在当前。应激励诗人潜伏到各行各业中去，破除政治紧张和商业侵蚀这两股力量带来的单向对抗关系和腹背受敌的处境，而更积极地同社会中的不同群体建立多层次交流。要求诗人在诗中容纳众声喧哗并建立起相应的层面丰富的诗的结构。

当舞踏舞者开始表演时，他首先倾心的是动作与身体状态，耐心细腻，注重每一刻感受的真实，然后，慢慢地，意义因素开始出现。从动作带动身体开始，发展出一系列的动作，当观众在一些时刻勾起内心久已遗忘或竟是在梦中遇见的一个动作、姿势的时候，意义便产生了，哪怕那根本无关乎舞者的意图。当代诗歌也应回归这种感性基础，从无意义出发，从语言的历史和本性的寻根中，从转化、形变的系列中，汇集诗歌的政治伦理、价值担当和存在感。

在先秦时代，诗人的角色之一是采风者、汇集者。在东西方文化的源头阶段，诗人往往是隐身的、匿名的，他们更多参与收录和编订，而创造蕴藏于这个过程之中。后来还有祭司和通灵者的身份，帮助诗人体认创造的天成和诗歌伦理的隐身术。只是到了浪漫主义时期，诗人的自我才被放大到一个不切实际的状态，仿佛一颗巨大头颅与正常躯体的比例失调。但是，诗人并非巨人族，而更像潜行者。

互联网作为新媒体之一，它和当代诗的关系也是需要我们思考的问题。

传播功能是当代诗人触网的最初意图，在这里，网络只是一种中性的传播媒介，它成为现实场景的虚拟版，方便诗人交往与扩大诗的影响面。然而，以下活生生的现实为写作中的中国诗人所忽视。首先，作为社会互动过程的媒体化网络具备有待拓展的实践性。我们已经看到，近十年来，部分自称为诗人的娱乐利用互联网不断制造新话题，在文化斗争与娱乐大众之间暧昧而自觉地谋求自身的利益的最大化。大部分诗人疏于在互联网中积蓄和创造积极的新公共性能量。其次，网络并不仅仅是新技术的更替场所，它同时也是技术社会化，政治势力与经济利益博弈的多层空间，诗人一旦放弃了投入这种空间的兴致，也就相当于自觉退出新文化的阵地，顶多成为被卷入的对象，进而更趋向于采取文化保守主义立场，徒劳地为诗辩护，为自我辩护。再次，网络正行使着重构现实的强权，它变成了现实世界的一部分。新闻、娱乐、游戏，当代人的生活一旦在对网络的想象中介的全面臣服中持续下去，他也就会沦为为这个世界添砖加瓦的一枚棋子，听任权力和经济之手操控而不自知。当 BBS（网络论坛）风行时，诗人们曾乐观地估计了诗的行动力。还记得 2003 年 1 月 9 日，在当时的北京大学新青年网站“新青年论坛”上出现过网友征稿，为山东民工讨薪自焚事件写诗，一时间，网上诗人和各大诗歌网站纷纷响应。在当年的诗歌回顾文章中，我曾乐观地写道：“从这场以诗歌关注现实问题的一次行动当中，我们或许能够发现，当代诗歌正在发生全面的现实转型，或至少在某个方向上，自觉实现着向现实的拓展。”“现实，就是我们每天经历的被书写的生活。没有书写，也就没有所谓现实及其评价。”到了2010年，我发现，新诗如何获具公共性的问题依然严峻。微博上每天更新的事故事件，一方面暴露了现实社会矛盾的尖锐和深刻，另一方面也向书写者提出了应对的挑战，亦即如何再书写已经被书写过的现实。表面上是思想界的分化、知识人的内部冲突，背后更可能潜藏着政治矛盾疏解、转移和话语消费的精神内耗。当代诗人对此必须有清醒的意识。

在互联网等新媒体上，文化的生产者和消费者界限模糊，话语繁殖比文化创造更能获得现世的利益与即时的效果。近十年余来，各种诗歌话语，如下半身、草根写作、打工诗歌、梨花体、羊羔体、新红颜写作等，都显示了被风景化之后的诗歌置身被看、被消费的境地，而这些话语本身并无能力转化为诗歌写作的真问题，以至于一些紧随其后的批评也沦为商品的附赠品，过眼烟云。与此同时，即便是坚持严肃立场的写作者当中的最优秀者，也同样面临着如何让诗歌进一步社会化的挑战：仅仅处于写作着、写作中的状态而导致总体性的薄弱而虚无；仅仅玩味词语、进行词语内部的拆解重组也走不了多远；仅仅在微博、论坛、博客、开心网、豆瓣上标明诗人身份更不是诗歌社会化的行动，当代诗人需要有一种选择的自觉，一种存在主义式的积极态度，在否定中肯定，在拒绝中建设。

在这里，当代诗人包括了那些来自不同年代、不同背景但有着共同的担当与理想的一群人，懂得自觉抵制已然沦为消费话语和政治内讧（其背后是发动群众整群众的权力伎俩）的自由主义和新左派的站队行为，抵制学院（知识分子）和民间（独立自由人）对峙的、已然失效的体制话语，对复杂的国际政治关系的历史和现实有思考，而非简单地以东西方的笼统眼光判断时事、空谈未来。匿名、隐身的诗人是行动者，越界者，独立人，尊重自由，渴望并积极地打开交流空间，有能力交出自己，与他者发生能量转换的关系。

这篇短文乃针对当代诗人在写作中的伦理和责任有感而发。据我观察，诗人中不乏头脑聪明的人，不乏搬弄各种知识进行的发声练习和在纯思辨中获得的取巧回报，可我倒是宁愿写作的人笨拙一点，与随大流的愤怒、怨恨保持距离，更多一些身体力行的执拗。行动者的含义大概就在于此吧，又或许，往大的方面说，这个期待多少和鲁迅所谓“中国的脊梁”有关。

2011 年 5 月 18 日

江南诗人的超然与入世

张永峰

本文所谓的江南诗人是指发起和聚集于苏州"三月三诗会"的一个当代诗歌群体，主要代表诗人有张维、庞培、李少君、杨健、长岛、潘维、陈东东等，诗会结集出版的诗集有陈东东主编的《将进酒：三月三诗会（2005年至2009年度）作品选》，李少君、张维主编的《三月三诗歌年选（2010年卷）》等。

关于"三月三诗会"，李少君在《草根性与新世纪诗歌》（2009年）一文中说："这些年来，苏州的'三月三诗会'，采取纯民间形式，恢复古代的文人雅集形式，成为江南和全国诗人的盛会。目前已历五届。是国内最自由随意的开放性诗会，融踏春、饮酒、吟诵、创作于一体。"[①]农历三月初三，相传是黄帝的生日，古代称为"上巳节"，有百姓祓禊沐浴、踏青游春，文人曲水流觞、宴饮吟诗的习俗。苏州"三月三诗会"的举行正是基于这一古老的民间习俗。2005年苏州"三月三诗会"的发起词中这样写道：

> 1633年（癸酉春）"三月三·虎丘诗会"首次在中国苏州的乡间亮相，且以纯民间诗人雅集形式，历久弥新，……今天，我们力主恢复这一传统，尝试这样一份古老悠久的诗歌精神，在新诗即将抵达百年诞辰之际，通过汉语诗的不断更新，面向新诗的力量之源——民间。[②]

从这里可以看出，"三月三诗会"是试图借助恢复传统的诗人雅集形

---

① 李少君：《草根性与新世纪诗歌》，《南方文坛》2009年第4期。

② 同上。

式，获取“古老悠久的诗歌精神”，使新诗面向民间汲取力量。这样说来，诗会的创办举行事关对新诗发展状况及未来图景的思考，但新诗发展史的问题不是本文关注的焦点，本文关注的焦点是：这些诗人何以要借助雅集形式获取“古老悠久的诗歌精神”？所谓“古老悠久的诗歌精神”指什么？这些诗人的创作与“古老悠久的诗歌精神”构成怎样的关系？下面围绕这些问题进行讨论。

一

诗人潘维说：“一首诗是一场信仰仪式，为了文明而做的一场心灵仪式。”胡志毅评论道：“在一个部落中，最重要的是有共同的信仰，在我们这个普遍失去信仰的时代，诗歌就成了我们的信仰。”[①]这说明诗人和评论家是从现代文明所驱逐了的信仰和神话的意义上来理解诗歌，认为诗歌是信仰，诗会是召回信仰的仪式。与此相类，另一位江南诗人张维在谈及在虎丘塔下举行诗会时说：“塔，乃通天地之气的祭器，召唤神性，祝祷万物，与诗同质。”[②]这样，就首先产生了一个问题：诗人们为什么会这样理解诗歌？根本原因在于驱逐了信仰和神话的现代文明所许诺的对人的解放，最终变成对人的控制和奴役。

资本主义所造就的现代社会，其弊病之一是工具理性对人的统治。所谓工具理性，按照马克斯·韦伯的研究，是与价值理性相对而言，指这样一种思维方式和行为原则：在功利目的驱使下，只关心最有效地实现目的的手段、工具和技术，而不关心目的和手段的正当性如何。这导致的结果是，对最有效地实现目的的工具、手段、技术的权衡计算取代了目的本身，也就是说手段变为目的。价值理性相信的是行为的无条件的价值，强调的是目的的纯正及选择正确的手段实现目的，而不管结果如何。韦伯认为，“谁的行为如果不考虑预见到的后果，而只坚持其

---

① 胡志毅：《江南诗志：一个江南的诗人部落》，李少君、张维编：《三月三诗歌年选（2010年卷）》，上海人民出版社，2011年。

② 《三月三诗会同仁说》，李少君、张维编：《三月三诗歌年选（2010年卷）》。

关于义务、尊严、审美、宗教律令、虔诚或‘事实’的正确性的信念，并且不管对他提出的是何种要求，那么，他的行为就纯属价值理性行为”①。在韦伯看来，在资本主义社会产生之前，在文化、社会以及人们头脑中价值理性占据主导地位，资本主义社会产生之后，价值理性日渐衰落，工具理性日益占据统治地位。② 这个过程可以从工具理性与宗教改革及资本主义精神之间的关系来理解。

韦伯在《新教伦理与资本主义精神》中指出，新教伦理（如加尔文教）的“命定论”③使得信徒只有通过世俗职业的成功来显示上帝的恩宠，以证明自己是上帝的选民，这使得取得世俗经济活动成功成为一种“天职”。而要取得世俗经济活动成功就要按照工具理性的逻辑采取最有效的手段实现资本增值，这推动了资本主义精神的产生，也推动了工具理性的发展。但是随着资本主义的成熟，经济活动背后的宗教动力逐渐丧失，这样，原本是作为得救证明手段的按照工具理性组织起来的营利活动本身便成为目的，这意味着工具理性突破了崇高目标的限制，成为套在人们身上的“铁笼”。韦伯有一段名言：“巴克斯特认为，对圣徒来说，身外之物只应是‘披在他们肩上的一件随时可以甩掉的轻飘飘的斗篷’。然而命运却注定这斗篷将变成一座铜墙铁壁。自从禁欲主义着手重新塑造尘世并树立起它在尘世的理想时，物质产品对人类的生存就开始获得了一种前所未有的控制力量。”④

工具理性是启蒙精神、科学技术和资本主义发展演变的结果，而随着工具理性的极端膨胀，“工具理性已变成社会的组织原则，它渗透到社会的整体结构和社会生活的各个方面，造就了异化、物化或单面的社会和单面的思维方式及思想文化，成为社会对人进行全面统治、控制和

① 哈贝马斯：《交往行为理论》（第1卷），曹卫东译，第166页，上海人民出版社，2004年。

② 参见阳海音：《论马克斯·韦伯的合理性理论》，《世纪桥》2008年第10期。

③ “命定论”认为，一个人能否得救是上帝预先就已经判定的，上帝在创造人类以前，便将世人分成“选民”和“弃民”，世人无法改变自己已被判定的命运。这种教义给人带来的恐惧和焦虑使得人们亟须从自己的世俗工作及成绩来证明自己是上帝的选民。这样，勤勉地从事世俗工作，争取获得职业（包括财富创造）上的成功就成为建立获救信心的唯一手段。

④ 哈贝马斯：《交往行为理论》（第1卷），第237页。

操作的深层基础”[①]。这样一种社会现实带来人格现实的巨变，促使资本化人格的形成。所谓资本化人格简单地说就是受工具理性和资本逻辑驱使的人格模式。其不仅是指经济领域最有效地追逐资本增值和利益最大化的“经济人”人格，也指在生活领域按照投入/产出的逻辑（无论投入的是时间、精力、感情还是其他什么），精确计算如何使自身利益或效用最大化的人格。这种人格模式既表现为明确的感受方式，也进而体现为理解社会的认知模式和表达交往的行为模式。这种人格模式虽然产生于资本主义世界，但随着中国日渐深度卷入资本主义主导的全球化格局当中，其在中国也成为普遍的人格现实。这种人格现实昭示出工具理性和资本逻辑对人的奴役，人丧失了追问意义、追求崇高价值的意识和动力，由自觉自主的主体变为追逐利益的“机器”。

正是由工具理性与资本逻辑造就的这种社会现实和人格现实，成为江南诗人追求“古老悠久的诗歌精神”的反面推动力。不管诗人们对这种动力自觉到何种程度，诗人们的追求都构成了对这种社会现实和人格现实的回应。那么，诗人们所谓“古老悠久的诗歌精神”是指什么？简单地说，就是指被工具理性与资本逻辑所驱逐了的对世界的理解与自我理解，或者说不同于工具理性的自我与世界的精神联系。张维说：“我们恢复这样一个诗会，这样一个仪式，就是恢复一种自然诗意的生命态度，让新诗接上传统悠远的气息。”这里所说的“自然诗意的生命态度”与“古老悠久的诗歌精神”是一致的，其可以是对宗教、信仰、历史、传说等超越现实时空之物的体验，可以是恬淡自然的非功利的生活态度，也可以是与义务、尊严、意义紧密相连的价值理性。而这些往往首先表现为对现实生活的一种超然态度。

二

诗人们的超然态度，其实质是借助古代传统达成对现实世界的超

① 陈振明：《工具理性批判——从韦伯、卢卡奇到法兰克福学派》，《求是学刊》1996年第4期。

越与反思，这在诗人创作中的一个体现就是对“故乡家园”的追忆书写。汪雨涛在文章中论及“三月三诗会”诗集《将进酒》，说：

> 当“还乡记”在诗歌中被一再书写，隐藏在这个依托灵魂而疏离现实的“故乡”背后的，其实是这个时代人们所特有的时空焦虑。人们不可避免地开始了对生命无限渴望的原初象征的寻找，也在恐惧和皈依的本能引领下灵魂“还乡”。因此，“在近些年的中国诗歌中，更多的诗人开始追忆和书写的，恰恰是远离人工化的城市和制度化的时间的‘故乡’”。①

这篇文章认为诗集中的“还乡记”有两种模式：“回望家园”与“返归自然”。“家园”是祖先的栖居之地，“自然”是更大范围的家园，这两者构成对“人工化的城市和制度化的时间”的疏离超越，构成诗人的审美乌托邦。对于江南诗人来说，“故乡家园”不仅是承载着历史文化、由江南山水、生活物象构成的自然空间，而且还是可供反思自身与传统、与现代之间关系的文化结构。

长岛的《画中游》这样书写作为沉思对象的虞山尚湖山水：

> 尘世，就在须臾里，在烟雨花开的一瞬里
> 也在惘然的天光里。钟声响了，从拂水岩畔的
> 僧舍梵宇，一直落在破山寺的空心潭上
> 你在那里有多少个千年，等待着与我的相遇？②

诗中的“你”表面上是爱情的投射对象，实质上是一个内在于山水家园的文化主体位置。如果山水家园是一幅画，那么这个位置就体现为画中人，或者说是画中人所在的位置，是历史文化使得这个位置内在于山水家园，使得据有这个位置的人（画中人）与山水家园融为一体，而“我”则因现代的隔离（工具理性的现代造成人与自然的隔离）在山水家园外面（即使从物理时空上说“我”在里面）。这个位置召唤着

---

① 汪雨涛：《当下诗歌的“还乡”意识——评〈本草集〉与〈将进酒〉》，《文艺争鸣》2011年第3期。

② 长岛：《画中游》，李少君、张维编：《三月三诗歌年选（2010年卷）》，上海人民出版社，2011年。本文所引江南诗人的诗歌均见此诗集，以下不再一一注明。

“我”，等待了“我”不知多少个千年，“我”一直期望超越现代的隔离进入这个位置。因此诗人写道：

清风，从读书台的老石阶，一直吹至维摩山庄的旧庭院
你在清风里叹息，将柳如是墓碑上的字念了又念
“浅深绿水琴中听，远近青山画里看”
一缕尚湖的波光映照你，而我们的手一直在阳光里紧握

无论是梁代昭明太子的读书台、南宋始建历经兴废的维摩寺，还是明末才女柳如是墓，都是界定这个位置、赋予这个位置以意义的结构因素，“我们的手一直在阳光里紧握”，这种爱欲行为隐喻着抒情主人公进入山水家园之内据有这个位置（画中人的位置）的梦想。

如果说长岛面对山水家园的沉思体现出诗人超然于现实时空之外而进入山水家园内部（借助历史文化的召唤力量）的诉求，那么诗人张维的超然书写则抹去了这个进入的路径，而直接呈现进入之后的境界。张维在《兴福寺》中这样证悟这个境界：

我们来此静坐　喝茶　交谈
无非是把残破的生活带到
水流休息的地方　让一切
澄静　“兴福”圆明起来
无非是松开时间　让
高僧　常建　香樟　虞山　佛
你和我在此会面
山水事物齐备了
多好　皆　大欢喜

证悟境界之前，诗人给出何以如此的现实原因：“把残破的生活带到/水流休息的地方”，“松开时间”，这使得反思现实的维度明朗化。但是，张维并不“执著”于此，因为任何对现实的“执著”都潜藏着打破“澄静”、“圆明”境界的危险。与此相类，《尚湖》一诗中，张维书写“尚湖”的变与不变，书写尚湖的历史沧桑与人们“以史为水，以湖为镜”的介入态度，但诗人更关心的是“山孕湖特有的清明”境界。因此，诗歌最

后说:“留下的依然是/几个垂钓的人/一片茫茫的芦苇/一湖熠熠的清辉/还有几朵雨云投下/对这片清辉能否持久的担心。”这体现出江南佛学文化在张维诗歌中起到的结构性作用。

如果说以上两位诗人偏重于抒情主体与江南历史文化的汇通交融,那么庞培的诗则更关注个人的“家园”经验记忆与自我形成的关联。在《南方的雨》中,庞培这样追忆童年时光给自我意识留下的印记:“我活在雨天的气息里/活在南方古老的庭院/那里的苔痕,残破的屋瓦/令孩子们绝望。”正因为更执著于个人经验记忆的反思,所以庞培的诗更容易在对江南时空的交错呈现中凸显个人对现实世界的反思维度,或者说他对现代的反思更明确地指向现代。比如《幽灵巷》一诗,诗人基于个人童年记忆在交错呈现家园物象而形成的惝恍迷离的氛围中,突现惊人之句:“人是一名矿工呆在岁月的矿井/那可能随时有坍塌危险的无垠星空。”这种对岌岌可危的封闭与隔离的现代时空的警觉与恐惧,发人深省。而《在江边》则直指现代工业对自然的野蛮征用:

水是人类扔在荒野
最原始的一件工具
有一天我路过江边
看到闪闪烁烁的长江水
像一堆暗夜燃起的篝火
一艘油轮途经,仿佛
火上炙烤半熟的野猪
波浪的脂肪溅落
星星点点的火苗
篝火四周,那些渡轮、集装箱吊塔
起重机林立的码头
仿佛一群群伐木者部落
每个人手里都有锋利的石斧
围绕潮汐神秘地
来回致命地走动

这里可以清楚地看出，江南诗人在超越现实世界工具理性与资本逻辑的宰制而表现超然境界的同时，又在以自己的方式介入社会现实，这首诗对工具理性与资本逻辑的批判跃然纸上。这彰显出江南诗人积极入世的一面。这一面在杨健身上有更切实的体现。

与沉思江南市镇历史文化的诗人相比，杨健的诗更侧重于表达江南农村的时空感受与生活体验。根据不完全归纳，杨健的诗有这样两类，一类可以称为“以物观人”，另一类可以称为“以人观世”。前一类诗歌中，诗人体悟天地自然作为一个有生命的整体其内在的精神的、伦理的联系，从而映照出人对自然的功利态度以及人渐已丧失的精神图景。比如《稻草》一诗：“人啊，你将这些泥土的儿子/烧成了骨灰//你无法否认天地间永远循环着/用完之后又被弃绝的忧伤//一阵风吹得这些骨灰就像旋涡一样/却没有声音//泥土怀抱自己儿子的骨灰/在苍天下软弱绵延。”又如《荒草不会忘记》：“人不祭祀了，/荒草仍在那里祭祀。/大片大片的荒草，/在一簇簇野菊花脚下牺牲了。/你总不能阻止荒草祭祀吧，/你也无法中断它同苍天/同这些野菊花之间由来已久的默契，/为了说出这种默契，/荒草牺牲了，人所不能做到的忠诚，/由这些荒草来做。/荒草的苍古之音从未消失……”在这类诗歌中，对自然生命的书写既包含对人的反省，也蕴藏着对人世悲凉的幽深幽微感叹。后面的维度是通向第二类诗篇的通道。

第二类诗篇往往通过对父老乡亲悲凉命运的书写叩问人心世道。这类诗篇中常常出现悲苦的农村“老妇人”形象，比如《丧乱帖》、《孤寒、贫瘠》、《奶妈》、《母亲》等。悲苦“老妇人”或者是抒情主人公的邻里乡亲，或者也就是“母亲”。实际上，杨健诗中悲苦“老妇人”形象具有多重隐喻内涵：首先，“老妇人”是儿女的养育者，是生活的负荷者，其悲苦命运既喻指世道的不公不义，也暗示祖先或传统在现代的命运；其次，现代化以来，农村为城市的发展付出巨大牺牲，无论是解放前城市畸形发展、建国后城市工业化时期还是改革开放以后都是如此，因此，农村悲苦“老妇人”形象就又隐喻着现代化过程中农村、农民的命运。以上列举的几首诗其隐喻内涵就在这几个层面间移动。

比如，《丧乱帖》开篇推出这样的画面：“一个八十岁的老太太在大地这头衰老的牛身/捡拾残剩的麦粒”，接着记述她的“丈夫”、“大儿子”、“二儿子”、“唯一的女儿”相继死去，“她现在只有这九分地，/一领破草席，十来只羊，八块木板做的床”。老太太的绝后与悲苦不仅是喻指世道不公，更是隐喻某种传统的中断：“当我回到这里，/她已是最后一个活着的某种技艺的传人，/躺在床上，/奄奄一息。/我的痛苦/是中断的痛苦/我没有其他痛苦。”传统中断的痛苦是诗歌的主要内涵。又如《奶妈》一诗中，“母亲回忆起五十年代她在芜湖做奶妈的事情”，乡下的母亲用自己的乳汁哺育城里的婴儿，这是五十年代城乡关系的隐喻，所以“母亲”说，“在赭山/当她登上振风塔，看见/整个城市如同一片荷叶浮在水面”。为城市工业化做出牺牲的悲苦的农村、农民正是浮起荷叶的水。不过，诗歌没有止步于揭示悲苦牺牲，而是进一步探究超越血缘阻隔——城乡阻隔——的情感力量：“孩子两年后断奶，/母亲回到老家。//两天后，这位城里的母亲/带着儿子火速赶到我母亲那里，/大哭不止的孩子紧紧搂住我母亲的脖子，/他紧紧搂住的小手引起母亲内心长久的悸动。”诗人认为，这种一直深埋在“母亲”心里的“悸动”正是“一切优秀文学的源头”。如果说这首诗意在揭示城乡之间复杂的伦理情感关系，那么《母亲》一诗则直指造成城乡阻隔的城乡二元体制：“母亲好像从来没有年轻漂亮过，/她是如何从割麦子的女孩变成在长江边砸矿石，/在解放牌卡车上运水泥的妇女？/她一生做过十三种临时工，/为什么离开泥土一切都变成临时的？/她做梦都想变成正式工，/但一生也没有做成。”基于此，诗人进一步质问这种制度性的不公在下一代身上的复制：“我记得父母亲好像从来没有快乐过，/我们兄弟三个也没有，/为什么没有快乐也会遗传？”正是基于这种对现代社会体制的批判，诗人怀念起那一去不返的现代之前的时代：“我保留了两张照片，/一张是我们全家的，/一律的呆滞、迷惘。/一张是我曾祖的，/表情肃穆、恭敬，只能来自于君主时代。”这首诗通过社会体制批判构成对现代的反思，更能体现杨健反思现代性的诗篇是《多年以后》，全诗如下：

那是在很久以前了，
我在离开寺院的路上同你相识，

我的灵魂就此喑哑，
再没有开口说过话。

很多年以后，
我才知道你没有归宿，
所以你不是我的归宿，
这时我已临近中年。

我面对的不再是你，
而是我的祖先。
祖先说:到处都是码头，
我却看不见。

日子飞逝了，
审判者临近了，
审判者不是别人，
乃是我日渐鲜明的良知。

我多么希望匍匐，
而不是站立。
我多么希望停下，
而不是奔跑。

就在这里,在长江边，
我折断一根松枝，
随后融入那折断的声音。

我看见暮色里站满了列祖列宗，
我惭愧地站在大堤上，
双手空空，

早已丧失了继承的能力。

诗中的“你”喻指弃绝信仰、为工具理性所支配的现代,“我在离开寺院的路上同你相识”,喻指抛弃宗教信仰等超越性价值而接受了现代,从此,“灵魂喑哑”,“再没有开口说过话”;多年以后,当“我”发现现代带给人的只是无家可归的惶惑、现代没有归宿的时候,“我”业已丧失了祖先所谓的“到处都是码头”的发现能力。没有信仰可以崇敬,没有归宿可以栖身,只有遥望“列祖列宗”,感愧自己无力继承传统,感愧自己“双手空空”。

杨健基于现代性反思而产生的“无力感”还在写作伦理上带来一种可能性,即对书写者身份的反思。《孤寒、贫瘠》一诗这样结尾:“这样孤寒、贫瘠的画面是否是暂时的呢?/一个穿黑棉袄的老妇人在田里弯着腰,/一条大黑狗在她晾晒的破棉絮下大喊大叫。/我只是看见她的贫瘠没有看见她的灵魂。”既然接受现代造成自身“灵魂”喑哑,那么这就意味着书写者与被书写者之间“灵魂”的隔膜,因此,书写者是否能够内在于被书写者,书写者是否有能力有资格书写悲苦的“老妇人”,就成为一个问题。对这个问题的自觉意味着对书写者身份的怀疑。这或许是杨健诗歌中常采用限知视角(包括童年视角)的原因。

以上的讨论显示出江南诗人从超然到入世的轨迹。既超然于现实之外又介入到现实之中,这两个方面在李少君的诗歌中又有别样的体现。李少君的诗歌一方面通过对故乡家园的书写传达一种恬淡自然的生活态度,另一方面则把现实批判指向更加根本的制度弊端。前者如《故乡感》与《三角梅小院》:

我和各地的人们都有过交流
他们都有着固执但各异的故乡感

胡同那头射来的一道晨光
映照热气腾腾的早点铺
磨剪子戗菜刀的吆喝声
……这一切是秋风唤起的故乡感

也有人重点强调阳春三月杏花江南
悠长小巷里打着印花雨伞
结着丁香一样的哀愁的红颜女子

但是,最打动我的是一个游子的梦呓:
院子里的草丛略有些荒芜
才有故园感,而阔叶
绿了又黄,长了又落……

三角梅占据这个院子的中心
清风则是这里的特色

在这海边的小院里
绿叶和青藤从海滩一直爬到墙角
码头从小院直接伸到海中央
海风清爽啊,小弟砍椰待客忙
我躺在一张吊床上晃晃悠悠

在辛苦忙碌了一天之后
这是上天给我的最好的恩赐

后者如《反对美的私有制》:

在公有制时代,美也是公共的
她总会坐公汽,总会在公众场合露面
她的美坦荡,落落大方,气质高雅
只要你有心,总能与美邂逅,将美寻觅

而在一个私有化时代,美遮隐不见
她居于深庭高院,出入有专车
交际在私人会所,她被私吞藏匿

你再也闻不到一丝芳香，看不到一点美人踪影

现代经济私有制或生产资料私有制是资本主义统治世界的基础，其也正是造成工具理性膨胀、商品拜物教以及人的异化和物化的根本原因。这首诗则把目光投向这种制度下的“审美”命运，揭示出这种制度对“美”的禁锢与专制。正是从“审美”命运的层面揭示制度统治才使得制度统治更加形象可感。这种对制度的美学批判标示出江南诗人介入现实的新的深度。

三

本文对江南诗人创作的讨论没有专门涉及诗歌写作技巧，汪雨涛在文章中讨论了这个问题。汪雨涛认为，中国文学对于书写农耕时代的“家园”有深厚悠久的传统，“还乡”的曲调在漫长的历史上“被多少朝代的诗人们一再吟唱”，所以当我们书写我们时代的“还乡记”时，不应该只是重复古人的“归去来辞”。但可惜的是：

> 在书写“故乡”这一恒久主题时，我们的许多诗人在感受特定时代时空焦虑的同时，却似乎并未感受到属于诗歌的影响焦虑。当他们在诗中返回农耕时代的“湿件”时光，在祖先栖居之园与父辈耕种之地建构审美乌托邦时，却有意无意在诗歌意象、修辞方式以及审美理念等方面复制着古典诗人的创造。所以，讽刺的是，表达抗议“硬件”时代工具理性宰治的文学“还乡记”，常常呈现的依然是类型化的“静穆”、“淡远”、“浑朴”等美学样式，甚至被“硬件”时代打上所谓“经典怀旧”的文化标签，被有效地收编为商业文化的一部分即时出售。①

汪雨涛提出的诗歌的“影响的焦虑”及诗歌类型化导致被商业文化收编的问题，的确是需要认真面对的问题。对这个问题的解决，汪雨涛寄

① 汪雨涛：《当下诗歌的“还乡”意识——评〈本草集〉与〈将进酒〉》，《文艺争鸣》2011年第3期。

希望于诗歌技巧的独到与创新。他通过解析陈东东《题〈题破山寺后禅院〉》一诗修辞策略及解构、反讽等手法的独特运用，来展望解决问题的方案。但是，这种寄希望于技巧创新的思路同样潜藏着危机。因为诗人们追忆“故乡家园”是出于对“工具理性宰治”的抗议，而把诗歌抵制传统美学的影响单纯地寄希望于技巧创新却正是工具理性的体现。

在韦伯看来，现代文化中工具理性不仅表现为“对待自然的客观化方法、数学的理论形态以及面对自然时的工具立场和经验方法”，表现为“以规范和普适性原则为核心的伦理学”，而且还表现为“从传统的伦理和宗教关系中解脱出来，不再承担宗教、政治和道德教化功能”的“自主的艺术”。因此，韦伯得出这样的结论：“现代艺术不同于古典艺术的地方在于它正逐渐蜕变成一种操作和调控材料的专门技术。现代艺术只涉及实现价值的技术而不涉及价值本身。”①如果观察一下当今社会一方面是工具理性与资本化人格横行，另一方面是文学自主与技术主义的“纯文学”旗帜高扬，两者并行不悖，就会发现韦伯所言非虚。因此，如何回应汪雨涛提出的问题，需要在发现技术主义与工具理性的同构关系的基础上进行更深刻的思考。

---

① 阳海音：《论马克斯·韦伯的合理性理论》，《世纪桥》2008 年第 10 期。

诗人研究

“古意”的现实性

——林庚30年代诗歌新论

高恒文　毕　婧

关于林庚的诗歌创作，已有比较充分的研究，并且这种研究主要集中在对其30年代的作品的论述[①]，比如林庚30年代格律诗的理论及其创作实践，比如戴望舒对《北平情歌》之“古意”的批评，等等，都是核心问题，本文试图在此基础上对几个重要问题进行深入的再探讨。

（一）

自从戴望舒发表《谈林庚的诗见和“四行诗”》[②]以后，关于林庚影响最大的诗集《北平情歌》，戴望舒所谓的“古意”之说，被后来的研究者充分注意并沿用，然而，令人遗憾的是，大多数研究者对戴望舒批评林庚“只是拿白话写着古诗而已”，片面地理解为只是关于形式的批评。正如解志熙在最近的研究中所指出的那样：戴望舒的批评，主旨不在于林庚“四行诗”的新格律体这个形式问题，而是这种作品的思想、情调的问题——“（戴望舒）所质疑的不是林庚发明的四行诗作为一种新格律诗体是否得当，而是林庚把他所发明的新诗体‘四行诗’实际上

① 关于林庚诗和诗论的研究，成果累累，有孙玉石、解志熙、陈国球、冷霜、罗振亚、林清辉等诸家的专著或专文，此处难以一一列举，从略。

② 戴望舒：《谈林庚的诗见和“四行诗”》，《新诗》第1卷第2期，1936年11月。在这篇文章中，戴望舒批评林庚《北平情歌》中的诗“是一种古诗的氛围气”，“林庚先生原也不过想用白话去发表一点古意而已”。

写成了'旧诗'——'诗人林庚在以白话文做旧诗了'"[1]。当然,这个误解,也与林庚在回复戴望舒的批评时的说法有关,亦如解志熙所说:"林庚只看到自己'写白话的格律诗而走向文言化'是个失败,却没有认识到其新格律诗如'蓝天上静静的风意正徘徊'的问题,并非仅仅在于语言文字的文言化了,更在于情调意境的旧诗化——林庚始终没有意识到他是在'拿白话写着古诗'。"[2]

本文之所以首先提出林庚诗歌研究中的这样一个问题,是因为这个问题关乎对林庚30年代创作的一个更为重要的问题,而不仅仅是这个问题本身。

戴望舒的批评,无疑是很准确的,这一点姑且不论,问题是戴望舒的这个批评被林庚本人以及后来的研究者有意或无意地误解为关于形式的批评,并且又是以《北平情歌》等"四行诗"为主要的批评对象,因此,即使意识到戴望舒批评的主旨是指林庚诗的情调、意境的"古意",也会以为林庚30年代的创作,从自由体到格律体,直至1934、1935年间写作《北平情歌》这样的"四行诗",才随着格律体的艺术形式的追求,以至于诗的情调、意境也变得十分"古意"了。其实,考察林庚的具体创作,不难发现,从30年代初开始,林庚最初的新诗创作,就有十分明显的情调、意境之"古意"的特征。

且以《沪之雨夜》为例,具体地讨论这个问题。全诗如下:

来在沪上的雨夜里
听街上汽车逝过
檐间的雨漏乃如高山流水
打着柄杭州的油伞出去吧

雨水湿了一片柏油路
巷中楼上有人拉南胡

---

① 解志熙:《林庚的洞见与执迷——林庚集外诗文校读札记》,见解志熙《考文叙事录——中国现代文学文献校读论丛》,第142、148、156页,中华书局,2009年。

② 同上。

是一曲似不关心的幽怨
孟姜女寻夫到长城[①]

这首诗收入诗集《春野与窗》，写于1933年。就常理而言，对于在北平长大的林庚来说，第一次来到当时中国最繁华并且有“十里洋场”之称的上海，应该对这个现代大都市有惊奇之感吧？毕竟北平和上海相比，更是一个古旧的城市，林庚在他的诗中不是也一再称之为“古城”吗？然而，在这首诗中，我们几乎丝毫也看不到这种感受。废名独具慧眼，他在分析这首诗时说：“诗是写实，‘来在沪上的雨夜里，听街上汽车逝过’，上海街上的汽车对于沙漠的来客一点也不显得它的现代势力了。”[②]细读之下，我们不难发现：第一，题目“沪之雨夜”，明确表明这是一首写旅居、客居之孤独、寂寞情怀的作品；“雨夜”二字，令人想起晚唐诗人李商隐的名作《夜雨寄北》；题目的这种文言的句式，也强化了这种旅居、客居情怀的“古意”性质，让读者联想到中国古代大量的书写这种旅居、客居之孤独、寂寞之情怀的诗词。第二，北平也有“汽车”（如废名《街头》），但“柏油路”极少，更不可能像上海这样连“巷”（北平的“胡同”）的地面也铺上了“柏油”。也就是说，除了“汽车”和“柏油路”之外，诗中没有更为典型的现代大都市的意象。并且，即使是“汽车”、“柏油路”这两个分别出现在第一和第二节中的意象，其现代气息也被第一节中的紧接着“汽车”这个意象在下一行中同时出现的“雨漏”和“高山流水”这两个古典意象的意味所冲淡了，更何况接下来连续出现的“油伞”、“南胡”、“孟姜女”、“长城”等古典意象，仿佛诗人一步步地沉浸到古典诗词抒写旅居、客居之孤独、寂寞情怀的境界之中了。第三，第一节中的“乃如”自然是文言语汇，第二节中的“幽怨”其实也是婉约情味的古典诗词中常用词语，和题目的文言句式相呼应，烘托、渲染出全诗“古意”浓厚的思想、情感的氛围。

---

① 林庚：《沪之雨夜》，收入诗集《春野与窗》，引自《林庚诗文集》第一卷，第125页，清华大学出版社，2005年。

② 废名：《谈新诗·林庚同朱英诞的诗》，引自《废名集》第四卷，第1789页，北京大学出版社，2009年。

但是，这首诗的思想、情感的性质，却并非如此简单。上文所分析的这种似乎是刻意经营的充满“古意”的思想、情感的氛围，原来是别具匠心的艺术处理。古典意味的意象、语汇和句式的使用，营造充满“古意”的氛围，完全是为了在全诗的最后一句完成一个反讽：由抒发旅居、客居之孤独、寂寞的情怀，到无意中听到一个著名的古曲，于是旅居、客居之孤独、寂寞的情怀和“孟姜女寻夫到长城”的苦难，构成了对照关系，也就使得旅居、客居之孤独、寂寞情怀的自我感伤，显得自怜而可笑。我以为，这就是这首诗令人惊叹的具有现代性的思想特征，对旅居、客居这个传统的古典诗词的主题进行了颠覆性的改写，体现了诗人对传统诗词的常见的主题，具有深刻反思的现代意识，因为在传统的古典诗词中，这种旅居、客居之孤独、寂寞情怀的抒写，作为一种常规，是沉湎于自我感伤的抒发的，几乎没有《沪之雨夜》这样的通过反讽以自嘲的例子。

尽管可以这样高度评价这首《沪之雨夜》，但我们也应该注意到，林庚在诗中能够这样娴熟地使用充满“古意”的意象、语汇和句式，这样精彩地模拟“古意”，难道就不可能同时也具有另外一方面的影响吗？也许可以借用一句“子曰”来提出这个问题：“攻乎异端，斯害已也？”也就是说，这样深刻的与古典诗词的关系，自然也会深刻地影响到林庚的创作，并且这种影响肯定是复杂的，既会有《沪之雨夜》这样有积极意义的影响，自然也会有戴望舒所谓的消极意义的影响。

其实，不仅是创作，而且谈诗、论诗的时候，林庚的思想中萦绕的也几乎全是中国古典诗词；通读他30年代发表的关于新诗的创作和艺术问题的文章，其中所举的例子，几乎完全是来自中国古典诗词，如《极端的诗》、《为什么为文学》、《什么是艺术》等；对于外国诗，仅仅只是提到篇名而已：“荷马的史诗，但丁的《神曲》，米尔顿的《失乐园》。”[①]尤

---

① 林庚：《极端的诗》，《国闻周报》第12卷第7期，1935年2月。引自解志熙《林庚集外诗文辑存》，见解志熙《考文叙事录——中国现代文学文献校读论丛》，第92页，中华书局，2009年。

其意味深长的是这样两个细节:一是《极端的诗》的结尾——

> 记得一个下午,那时我还在清华读书,因为有点要紧事,骑一辆自行车赶到城里,等事情办完了,日已傍山,我仍又出了城沿着铁路赶回清华,当时便不断的念起:"谁能瘦马关山道,又到西风扑鬓时!"一路上翻覆的念似便得到无限的精神,其实我那时并无悲凉的事,更无所谓关山,瘦马。诗正是这样的会在并不华丽的物质条件上开出可爱的花果来;而人生只要有时间,我想,他的时间便是该由这些诗句来陪伴的;然而这话并非说诗人能无中生有,如"大漠孤烟直",即可证明。①

纳兰性德《鹧鸪天》中的这两句词在此可以说是具有"准创作"的意义;而所谓的人生"便是该由这些诗句来陪伴的",也可以说是把古典诗词的阅读当作是创作的一种替代了。二是《甘苦》:

> 自九一八后,清华因有过一度三星期全校军事训练;从那时起,每天天才亮时有升旗号,日暮时又有落旗号。……没有一个人听见那悠扬的声音不会怀疑,怎么如此简单的乐器也有那样缠绵和美的声调;更没有人不因此会联想到"悲笳"两个字义上去了。②

这是自叙写作《破晓》一诗的来历时说的。由现代的军号声竟然会联想到古代边塞诗中常见的"悲笳"一词,此亦可见林庚的思想、情感与中国古典诗词的情调、境界之间的深刻联系。并且,《破晓》一诗的第二节竟然是这样的:

> 远远无人的城楼上
> 第一个号兵
> 吹起清脆的羌管③

诗的第一节中有"如一卷迷濛的古代的画"一句,表明这首诗书写的完

---

① 林庚:《极端的诗》。
② 林庚:《甘苦》,《文饭小品》第5期,1935年6月。
③ 同上。

全是现代的境界和情感，但这第二节中的“羌管”意象，使得诗意竟然成了“羌管悠悠霜满地”那样的古代边塞诗词的意境了，古意盎然。由此可见，林庚的思想、情感与中国古典诗词的情调、境界的深刻联系，自从他30年代初开始自由体新诗创作时，就一直存在着，只不过不如30年代中期写作《北平情歌》那种格律体的“四行诗”之“古意”表现得那样十分醒目、突出而已。

进而言之，林庚的思想、情感与中国古典诗词的情调、境界的这种深刻联系，也不完全是不自觉的，只不过他有另外的解释。在《诗的韵律》一文中，林庚这样说过：

> 一个文学作品有三件基本的东西，一是人类根本的情绪；这情绪是亘古不变的；所以我们才会读到佳作时，便觉得与古人同有此心。二是所写到的事物，这也是似变而其实不变的。……曰然则文章岂不亘古不变乎？岂不写来写去不过如此乎？曰不然，还有第三呢，那便是感觉……①

林庚只是认为“感觉”是世代“进展”的：“一方面固要靠已有的诗情为其基础，一方面却更要从新的生活中体会。”这里林庚对他所谓的“一个文学作品”的“三件东西”的解说，第一和第二与我们现在讨论的问题密切相关。第一，“情绪”既然“是亘古不变的”，那么离愁别恨、寂寞、孤独之类的人情之常，就没有什么“古意”与今情之别了，本质上是完全一样的，因此现代诗中所表现的思想、情感，看似“古意”盎然，也就没什么值得奇怪的了。第二，这种所谓“是亘古不变的”之“情绪”，通过“所写到的事物”来表现，而这种“所写到的事物”也是“似变而其实不变的”，那么“是亘古不变的”之“情绪”不就更被表现得“古意”盎然了吗？林庚尚且这样以自己创作《破晓》一诗为例说：

> 如从前写一刀一枪的战争，现在写飞机大炮的战争，从前人写武士恋爱，现在人写洋泾浜恋爱；中国字的二加三等于五与阿拉伯

---

① 林庚：《诗的韵律》，《文饭小品》第3期，1935年4月。

字的 2+3=5,似变而其实没变。古人写海,今人亦写海,古人写青山,今人亦写青山,古人写背井离乡,今人亦写,不过古人坐牛车而今人或乘飞机,略不同耳。①

但如果如上文所分析的那样,林庚在创作中践行像《破晓》一诗中把现代的军号这种“事物”写成“羌管”那样的古典诗词中的意象,“今人”的“情绪”不就被表现成了宛如“古人”的“情绪”了吗?而在《春野与窗》的《自跋》这篇写于 1934 年的文章中,林庚说:“内容则古今如一”,“材料虽然时时不同”。② 这里的“内容”和“材料”,即上引《诗的韵律》那段话中所谓的“情绪”和“事物”。可见林庚的这个思想是一以贯之的。更值得注意的是,林庚之所以在《自跋》里说到这个问题,是因为文章前面的一个问题:“我好像到如今还不大懂得什么是‘内容’,也不很懂得什么叫‘意识正确’,什么叫‘没落’。”③这显然是在回应对他的诗的批评;“没落”显然是指他的诗的“内容”——即思想、情感——的“古意”吧?由此也可以看出,早在《北平情歌》之前,就有批评林庚诗“没落”的“古意”之思想、情感特征的了。

总之,林庚 30 年代诗的“古意”之思想、情感的特征,早在戴望舒批评《北平情歌》的“古意”之前,就一直存在着,并且是有其特殊的原因的。废名说得好:“在新诗当中,林庚的分量或者比任何人要重些,因为他完全与西洋文学不相干,而在新诗里很自然的,同时也是突然的,来一份晚唐的美丽了。”④因为废名津津乐道“晚唐诗”,自然不免偏爱林庚的诗的“晚唐的美丽”,甚至溢美,但他所谓的“完全与西洋文学不相干”,却是十分准确的,毕竟废名十分了解林庚其人及其创作,是莫逆之交,熟悉他的创作情况,所言自然有据。

---

① 林庚:《诗的韵律》,《文饭小品》第 3 期,1935 年 4 月。

② 林庚:《春野与窗·自跋》,引自《林庚诗文集》第一卷,第 152、151 页,清华大学出版社,2005 年。

③ 同上。

④ 废名:《谈新诗·林庚同朱英诞的诗》,引自《废名集》第四卷,第 1789 页,北京大学出版社,2009 年。

（二）

同样还是因为戴望舒关于《北平情歌》的“古意”的批评，也导致了后来的研究者们缺乏对《北平情歌》的思想、情感特征的更深入、全面的分析与概括。戴望舒的批评是典型的批评文章，不是学术性的研究文章，抓住要点，使批评所指出的问题更集中，更醒目，而批评也就更有力度，就此而言，戴望舒的批评是敏锐而深刻的，由此所构成的对《北平情歌》的阅读、理解和评论的“前见”，以及进而由这种“前见”所导致的一定程度的“遮蔽”，仅仅以“古意”过滤《北平情歌》中的所有作品，则显然是忽略了这本诗集所表达的思想、情感的丰富性和复杂性，尤其是其中的现实性很强的家国情怀和忧世伤生的情怀。

为了方便展开讨论，且引述林庚《关于〈北平情歌〉——答钱献之先生》中的一段较长的文字：

> 《北平情歌》中的诗实在有一个不如《春野与窗》的地方，那便是因为我住在北平，对于这边城之感终不免常露出许多无谓的感情，而我又爱北平，这或许是更苦了自己的事，如《北平一》：
>
> 冬风吹来时天蓝如海上
> 北平的居民在边城古巷
> 昨天的朋友从此去远方
> 请勿告我以江南的惆怅
>
> 如《落花》：
>
> 清晨的孩子拾去了残花
> 窗外飞红时朋友来我家
> 桥头的夜话流水悠悠的
> 边城的一夜安息下风沙
>
> 如《秋深一》：
>
> 北平的秋来故园的梦寐轻轻如帐纱

边城的寂寞渐少了朋友远留了风沙
月做古城上情人之梦吧夜半角声里
吹不起乡愁吹不尽旅思吹遍了人家

如《秋深二》:

黄昏的风色渐冻老红叶吹上了城楼
画角的哀愁如一曲梦寐如有着隐忧
今年的天气寒意较迟的若记下爱恋
街头的小贩以新的叫卖知道已秋收

这样我直到写了《爱之曲》那首诗才得到了解脱;所以这本诗集也就在那里结束了。之后又写了一首《古意》作序曲,或者这一本诗集中只有这首诗还写得比较好些,其余的诗若有人因为我太浅薄而说它坏,我将是得着一位好友;但如果说它不“时代”岂非十分冤枉吗?虽然这冤枉是我希望而未能做到的。[1]

连原文所引作品也一同引述在这里,是因为这些作品恰恰正是我们下文所要分析、讨论的。林庚在引述自己的四首诗之后所谓的“如果说它不‘时代’岂非十分冤枉吗”,显然是针对批评《北平情歌》思想“没落”、没有“时代性”之类说法的愤然反驳,那么,他引述具体作品为例来说明“因为我住在北平,对于这边城之感终不免常露出许多无谓的感情,而我又爱北平,这或许是更苦了自己的事”,究竟是什么意思呢?

首先,这个自我解释中的“边城”一词,十分重要,是这段话的关键词,也是所引四首诗中每一首诗中都出现了的关键词。“九·一八”事变之后,日本军队向关内步步紧逼,先后有著名的《塘沽协定》和“华北五省自治”之类的引起国人义愤的重大政治事件发生,北平也正是在这种政治、军事的形势之中,一步步沦为“边城”。因此,林庚特意强调了这个在他作品中一再出现的“边城”二字,是有特殊语义的,点明了

① 林庚:《关于〈北平情歌〉——答钱献之先生》,引自解志熙《林庚集外诗文辑存》,见解志熙《考文叙事录——中国现代文学文献校读论丛》,第118—119、120页,中华书局,2009年。

这些作品的现实感、时代性很强的语境。与“边城”一同出现的还有“角声”、“画角”等词，虽然仅仅从字面上看，颇有“古意”，冲淡了诗中本来就有的现实感、时代性的十分明显的重大而严肃的意味，但这其实是诗人故意以平淡写沉痛的艺术风格。这也是林庚把他抒写的“对于这边城之感”说成“终不免常露出许多无谓的感情”的意思吧？

其次，与此相应，诗中也只是用“惆怅”、“寂寞”、“乡愁”、“哀愁”、“隐忧”等情歌词汇，看似写闲愁，颇为浮泛，其实却是用来指称现实性很强的家国情怀和忧世伤生的情怀。《北平一》中的“昨天的朋友从此去远方/请勿告我以江南的惆怅”，《秋深一》中的“边城的寂寞渐少了朋友远留了风沙”，看似寻常的离愁别恨，其实恐怕是写朋友面对随时可能到来的“边城”沦陷之大难而作出的逃离吧？所以，“夜半角声里”，“吹不起乡愁吹不尽旅思吹遍人家”，就不是一般意义上的“乡愁”与“旅思”，而是沉重的背井离乡的家国之恨；也不仅是“朋友”，而是所有的“人家”，都有这迫在眉睫的身处“边城”的岌岌可危的“隐忧”。

第三，考虑到林庚和周作人、俞平伯、废名的亦师亦友的密切关系，尤其是周作人写于此前并引起轩然大波的《五十自寿诗》，我以为，周作人的那种被林语堂解释为“寄沉痛于闲适”的艺术风格①，对林庚创作这样的作品是有巨大而直接的深刻影响的。因此，也正如《五十自寿诗》曾经遭到误读而围攻，林庚的这样的作品被误读为“没落”、“古意”，也是十分自然的了。当然，区别是有的，周作人的《五十自寿诗》使用的是古典的形式和古典的意象、语汇，表达的明显是一个现代知识分子的身世之感，并且充满了反讽意味；林庚的《北平情歌》则是现代白话诗，虽然是所谓的“新格律体”，每一首诗都有其“格律”，但其实没有统一而固定的格律，每一首诗对“格律”的处理，还是有相当的自由的，而以古典的意象和语汇来表达沉痛的家国情怀，寄沉痛于平淡，却由于没有周作人那样的反讽的艺术处理，因而缺乏寄沉痛于平淡所应有的艺术张力，原本十分沉痛的情感，却刻意出之于古典的意象和语汇，以及所谓的“情歌”的节奏和语调，反倒确实被表现得平淡了。

---

① 林语堂：《周作人诗读法》，《申报·自由谈》，1934年4月26日。

因此，和本文第一节所讨论的问题联系起来看，我以为，虽然《北平情歌》确实别有艺术趣味，独具风格，但就其与中国古典诗词的思想、情调和艺术方式的关系而言，似乎不及此前的《春野与窗》中写得最好的作品——如《沪之雨夜》——那样具有思想深度和艺术力度。这当然并不是说，一定要进行如《沪之雨夜》那样的反讽的艺术处理。其实，除了《沪之雨夜》，《春野与窗》中的作品，艺术上十分成功的并不少，如《异乡》：

异乡的情调像静夜
吹拂过窗前夜来的风
异乡的女子我遇见了
在清晨的长篱笆旁
黄昏的小船在水面流去
赶过两岸路上的人了
前面是樱桃再前面是柳树
再前面又是路上的人
在树下退后的走着
异乡的情调像静夜
散落在窗前夜来的雨点
南方的芭蕉我遇见了
在清晨的长篱笆旁
黄昏的小船在水面流去
赶过两岸路上的人了
前面是樱桃再前面是柳树
再前面又是路上的人
在树下退后的走着
异乡的情调像静夜
吹落在窗前夜来的风雨①

① 林庚《异乡》，收入诗集《春野与窗》，引自《林庚诗文集》第一卷，第119—120页，清华大学出版社，2005年。

全诗写在南方的异乡的旅行情怀，抒发“异乡的情调像静夜”的感受，平淡而有韵味；从“吹拂过窗前夜来的风”，到“散落在窗前夜来的雨点”，最后以“吹落在窗前夜来的风雨”结束，实际上是由“风”而“雨”而“风雨”，诗人的这一点巧思，增加了诗的情趣，却又宛如《诗经》中《芣苢》那样的素朴；全诗实际上可以分为三节，最后两句为一节，但这样连在一起，全诗只有这样一节，加强了复沓的艺术效果，生动地表现了异乡旅途的单调、寂寞的情怀。尤其值得注意的是，这首诗的节奏和语调，很有“牧歌”的韵味，似乎也可以说是预示了后来的《北平情歌》的“情歌”文体的写作。这一点，和我们已经分析、论证过的《北平情歌》之前的作品中的“古意”的存在，都说明了30年代创作的内在的连续性和一致性，而这显然又比仅仅看到他的创作从自由体到格律体的显而易见的外在的形式之变化，更为重要。

（三）

其实，除了林庚在《关于〈北平情歌〉——答钱献之先生》中所举的作品之外，有别于家国情怀的现实性很强的作品也不少。如《井畔》：

冬天的井畔是凝着冰的
而冰上也有绳索印子了
夜深的月色曾照在人家
井畔的女儿终年起得早①

这是对“边城”也是“古城”的独特的市井风情的写照，朴素的写实，加强了作品的现实性，表现了诗人对民间冷暖的关怀；“月色”既不浪漫，也没有什么“古意”。再如《柿子》：

冰凝在朝阳玻璃窗子前
冻红的柿子赛蜜一般甜

① 林庚《井畔》，收入诗集《北平情歌》，引自《林庚诗文集》第一卷，第171页，清华大学出版社，2005年。

街上有疏林与冻红的脸
冬天的柿子卖最贱的钱①

这是写实性很强的表现市井风情的作品，表达了诗人对下层百姓艰苦生活的同情。如果我们没有忘记《北平情歌》中反复出现的"边城"一词所提示的特殊而有具体所指的语境，那么从这首诗中就应该看到更多、更深的思想内涵：沦为"边城"的北平，在日本侵略的威胁之下，危城中经济萧条，物质生活日趋艰难，因此诗人在对下层百姓艰苦生活的同情之中，有着更为深广的悲愤。这首诗在艺术上的特色是十分明显的，"朝阳"、"冻红的柿子"、"冻红的脸"，全诗充满了暖色，却是表现下层民众的暗淡、凄凉的生活，借用古代诗话的说法，可谓是"倍增其哀也"，这是典型的反讽。

这样的作品，当然也不能以"古意"概之。与此相应，也没有了古典的意象和语汇，代之以写实性的平凡、日常的景物和人事。这使我们联想到卞之琳30年代表现北平现实社会的同样性质的作品。卞之琳这样谦虚地自述：

> 这阶段（按，指1930—1932年）写诗，较多表现当时社会现实的皮毛，较多寄情于同归没落的社会下层平凡人、小人物。……我主要用口语，用格律体，来体现深入我感触的北平街头郊外，室内院角，完全是北国风光的凄凉境界。可能我着墨更平淡一点，调子更低沉一点。我开始用过去所谓"不入诗"的事物，例如小茶馆、闲人手里捏磨的一对核桃、冰糖葫芦、酸梅汤、扁担之类。我也常用冷淡盖深挚或者玩笑出辛酸。②

这段话大体上似乎也可以用来解说林庚《北平情歌》中的表现下层百姓艰苦生活的作品，只是"冷淡盖深挚或者玩笑出辛酸"这一点略有区别吧！艺术形式上，因为《北平情歌》的"情歌"文体，所以不仅是不同

---

① 林庚：《柿子》，收入诗集《北平情歌》，引自《林庚诗文集》第一卷，第178页，清华大学出版社，2005年。

② 卞之琳：《雕虫纪历·自序》，卞之琳《雕虫纪历》"增订版"，第4、16页，人民文学出版社，1984年。

的格律体，而且风格也大有区别；又因为《北平情歌》中的作品基本上都是“情歌”的风格，比较单纯，所以也没有卞之琳这类作品变化多端、多样的艺术实践。但是，更重要的还不是这些区别，而是这里引入卞之琳作品来进行比较分析所要说明的更为重要的问题：

“不入诗”之说，是中国古典诗论的一个概念，不仅是指口语、俗语之类的“不入诗”，而且也是对写入诗中的事物的规定。古人批评元（稹）白（居易）诗“浅俗”，就是因为这个原因；而到了宋代诗人杨万里，俗语、俗物十分醒目地写入诗中，所以钱锺书说：“在当时，杨万里却是诗歌转变的主要枢纽，创辟了一种新鲜泼辣的写法，衬得陆（引按，陆游）和范（引按，范成大）的风格都保守或者稳健。”[①]但这到底不是中国古典诗的主流，不过是偶尔出现的新变而已，所以即使杨万里在当时影响很大，但是“宋代以后，杨万里的读者不但远少于陆游的，而且比起范成大的来也数目上不如”[②]。但是，这只是历史的一面，其实在《诗经》中，有的是平凡、日常的事物，甚至引起后来诉讼不已的所谓“淫奔”等问题，中国古典诗的伟大开端本来是生动活泼的，并无后来的那些禁忌，犹如词，本来出诸酒席、北里的倡家小唱，无所谓什么雅俗的，然而自从侧目所谓的柳永的“俗”，就堂而皇之地走起了端庄的台步，至周邦彦、姜夔、吴文英一路下来，径自直入大雅之堂，以至能否“入词”乃至“代字”，诸说纷起，宜乎《人间词话》所讥。就此而言，林庚的《井畔》、《柿子》等表现市井风情和民间疾苦的作品，将“不入诗”的事物写入诗中，也是他的这些作品全然没有“古意”的一个重要原因，从而使得作品的写实性具有了十分明显的现实感，但这种看似没有“古意”的作品，实则颇得中国古典诗词的真传。这令人想起周作人30年代的“夜读抄”，对中国古代文化、文学别有欣赏，于“正统”之外对“异端”有别具会心的发现；他对郝氏说《诗》、贺贻孙论《诗》、《读风臆补》等称赏不已，就在于“其谈《诗》只以文学论，与经义了不相关，实为

① 钱锺书：《宋诗选注》，第158、158页，人民文学出版社，1989年。
② 同上。

绝大特色,打破了千余年来的窠臼"[①];他对《食味杂咏注》、《岭南杂事诗抄》等兴味盎然,就因为"所咏大部分是关于风俗的","颇有风人之旨"[②],并且引述乡贤孙子九《过浦东口占》以说明"普通一点的风物诗可以写得好"[③]。林庚在30年代中期和俞平伯亦师亦友,与周作人、废名亦交往密切,后在1936年主编《世界日报》的"明珠"副刊时,邀请周作人、俞平伯、废名等为主要撰稿人,此事周作人后来十分看重,"以为是颇有意义的事"[④]。不仅是废名之于"晚唐诗",对林庚影响至深[⑤],而且周作人的影响也应该是确实存在的。

卞之琳将"不入诗"的事物写入诗中,如其自述,是来自法国诗人波德莱尔的启发:"我前期最早阶段写北平街头灰色景物,显然指得出波德莱尔写巴黎街头穷人、老人以至盲人的启发。"[⑥]而林庚,如废名所说,"此新诗可以与古人之诗相比较也,新诗可以不同外国文学发生关系而成为中国今日之诗也"[⑦],是与西方诗没有什么关系的。除了上文论述的可能来自周作人所谓"风物诗"表现"风俗"而"颇有风人之旨"的影响之外,我以为,林庚的将"不入诗"的事物写入诗中,最近、最直接的启发还可能来自周作人和废名的具体创作实践及其作品。周作人《五十自寿诗》中,"谈鬼"、"画蛇"、"玩古董"、"种胡麻"、"吃苦茶"、"咬大蒜"、"拾芝麻"等等,不仅造语奇特,令人警醒,而且也是以"不入诗"事物入诗,因而诗的意象大大越出正统、典雅的古典诗词的意象系统的范围,这样也就刻意塑造出一个异端、叛道的自我形象。《五十自寿诗》的引人注目甚至拍案的意象的奇特性,应该对林庚的创作有一定的影响。

---

① 周作人:《〈读风臆补〉》,《中央日报》,1936年11月22日,署名"知堂"。

② 周作人:《〈岭南杂事诗抄〉》,《大公报》"文艺"副刊,1935年10月25日,署名"知堂"。

③ 周作人:《〈食味杂咏注〉》,《文饭小品》第3期,1935年4月。

④ 周作人:《怀废名》,《古今》第20—21期,1943年4月,署名"药堂"。

⑤ 参阅朱光潜:《〈桥〉》,《文学杂志》,第1卷第3期,1937年7月。

⑥ 卞之琳:《雕虫纪历·自序》,卞之琳《雕虫纪历》"增订版",第4、16页,人民文学出版社,1984年。

⑦ 废名:《〈冬眠曲及其他〉序》,引自《林庚诗文集》第一卷,第224页,清华大学出版社,2005年。

再看废名的影响。林庚早在30年代初就与废名谈诗并讨论创作；1931年的一天，有人提议“把大家的诗，一人选一首，拿出来出一本集子”，废名自己选不出来，还是林庚替他“选了一首《妆台》”[①]，可见林庚不仅熟悉废名的诗论，而且熟悉废名的诗。如果说废名的《桥》曾给予林庚巨大的影响和启发，成就了林庚的诗被废名称之为“晚唐的美丽”的独特风采，那么，我以为，废名的那些表现他在北平街头、院内的独特感受的诗，意象奇特，恐怕也给予了林庚以某种程度的影响。例如废名的《街头》：

行到街头乃有汽车驰过，
乃有邮筒寂寞。
邮筒 PO
乃记不起汽车的号码 X，
乃有阿拉伯数字寂寞，
汽车寂寞，
大街寂寞，
人类寂寞。[②]

面对“汽车”和“邮筒”，竟有这么多的“寂寞”，最后甚至衍成了无边的“寂寞”，看似“为赋新诗强说愁”，实则充分显示了废名诗的玄想深远的思想特征；“汽车”和“邮筒”这两个意象，却是来自“街头”的平凡事物，以此来表现深远的玄想，在诗中重复得如此醒目，更见意象的奇特性。再如《理发店》：

理发匠的胰子沫
同宇宙不相干，
又好似鱼相忘于江湖。
匠人手下的剃刀
想起人类的理解，

① 废名：《谈新诗·关于我自己的一章》，引自《废名集》第四卷，第1822页，北京大学出版社，2009年。

② 废名：《街头》，引自《废名集》第三卷，第1591页，北京大学出版社，2009年。

划得许多痕迹。
墙上下等的无线电开了,
是灵魂之吐沫。①

连"胰子沫"、"剃刀"、"吐沫"这样的意象竟然也和"无线电"一起,在诗中出现了,意象之奇特,整个现代诗中是极其少见的。这两首诗是废名自己颇为自得的,他在《谈新诗》中特意选了自己的这两首诗并加以解释。林庚《北平情歌》中的那些抒写闲愁、清愁的作品,刻意出之以平淡、冲和,看似"古意"盎然,诗中自然不可能出现周作人、废名的诗这样的奇特的意象;即使是表现"古城"的风情和民间的疾苦,诗中出现的意象,也不至于这样奇特,虽然是由平凡、日常的事物构成,但到底还是有分寸的。也正因为如此,林庚的那些表现"古城"风情和民间疾苦的诗中,出现了通常"不入诗"的事物,就显得不属于他艺术个性的常态了,毕竟《北平情歌》的抒情主体是一个优雅而敏感的唯美主义诗人②,是一个用语造句十分考究的青年知识分子,正是从这个意义上说,他受到了周作人、废名的上述影响。比较而言,本节开始所引述的《井畔》、《柿子》,还算是写得比较雅致的,稍微出格的还是下面这些作品,如《秋晨》:

清晨如少女般羞人怯怯的
轻轻在纸窗下收拾起残夜
秋深中的笤帚风声沉默时
今早上卖柴声乃无所凭籍③

"笤帚"、"卖柴声"等,是很显眼的。再如《雨巷》:

---

① 废名:《理发店》,引自《废名集》第三卷,第1577页,北京大学出版社,2009年。

② 解志熙在《林庚的洞见与执迷——林庚集外诗文校读札记》中说:林庚的文学观在30年代中期"转向了高度的浪漫中带有浓重的唯美情趣";"在那浪漫而且唯美的文学观之下,他所孜孜以求的乃是永恒纯粹的'美'与'真',只要那'美'与'真'够得上纯粹和永恒,则古旧又何妨呢"。见解志熙《考文叙事录——中国现代文学文献校读论丛》,第154页,中华书局,2009年。

③ 林庚:《秋晨》,收入诗集《北平情歌》,引自《林庚诗文集》第一卷,第209页,清华大学出版社,2005年。

清早上霏霏的雾湿了楼台
冷清的朱门外秋雨正徘徊
一夜的寒意后寂寥长巷里
打伞的油条贩敲梆才走来①

在"清早上"这个口语词汇之后，是连续的书面语，并且词汇基本上是古典诗词中常见的词汇，因此最后一句中的"打伞的油条贩"，极其醒目。"卖柴声"和"油条贩"，都是"不入诗"的事物吧?

下面，再辨正两个与本文的论题相关的问题。

第一，还是因为囿于戴望舒对《北平情歌》的"古意"的批评，不仅导致了如本文第一节所讨论的对林庚《北平情歌》之前的作品同样存在"古意"之思想和艺术的特征的忽视，而且也导致了对《北平情歌》之后的作品与《北平情歌》之关系的忽视。《北平情歌》之后的作品，指1936年出版的诗集《冬眠曲及其他》。事实上，《北平情歌》和《冬眠曲及其他》的思想和艺术特征，完全一致，实为同一性质的创作；"歌"者，"曲"者，实为同一文体。首先，戴望舒所批评的那种看似"古意"盎然的作品仍然存在，诗人并且在诗中低徊于"北平的街市上从来多古意"之情趣(《春深》)，甚至将北平吟唱成"古的城"(《青山》)。其次，诗人也仍然没有忘记北平到底是"边城"(《春深》)，所以虽然在诗中说"没有哀愁"，如《冬天》：

冬天的夜长时梦多么温柔
冬天的冰冻了水多么低流
冬天的风去后要多多祈盼
这时候节气里最没有哀愁②

其实这是更深的"哀愁"，因为之所以"祈盼"，恰恰在于有"哀愁"；"这时候"——"冬天"——恐怕并不是自然的时节，而是"边城"的特殊

① 林庚：《雨巷》，收入诗集《北平情歌》，引自《林庚诗文集》第一卷，第210页，清华大学出版社，2005年。

② 林庚：《冬天》，收入诗集《冬眠曲及其他》，引自《林庚诗文集》第一卷，第230页，清华大学出版社，2005年。

"节气"吧？我以为，《冬天》是一首十分精彩的诗。再次，同样延续了《北平情歌》中的那种表现北平风情的创作，如《正月》：

蓝天上静静的风意正徘徊
迎风的花蝴蝶工人用纸裁
借问问什么人曾到庙会去
北平的正月里飞起纸鸢来①

再如《四月》：

四月里苇叶声悲哀吹起来
村前的山路上无处可徘徊
要打听什么人今天新醉倒
远远的村子里挂起酒招牌②

这是诗人对北平的温情；又因为此乃"边城"之北平，所以其中别有一番滋味，似不当以寻常之风物诗视之。

第二，不仅俨然是"古意"，而且刻意模拟"情歌"、"冬眠曲"的形式，这其实是远比所谓的"新格律体"重要得多的问题；遗憾的是研究者恰恰囿于《北平情歌》论争中的关于格律的论题，而忽略了林庚刻意模拟"情歌"和"冬眠曲"形式的意义。也许可以作望文生义式的想当然的解释："情歌"表现的是如林庚自述所谓的"爱北平"之"情"，而"冬眠曲"所吟唱的则是身处"边城"的自我慰藉之"曲"；或者是二者实则互通，兼而有之。然而，我更愿意将它们看作是通常所谓的"牧歌"，而《冬眠曲及其他》中的《风》也确实说过：

风吹在幽长林间夜天中星亮
乃唱着古之牧歌深深小径上③

为什么是"古之牧歌"？"古"乃所谓的"古意"之谓也。林庚以来自古

① 林庚：《正月》，收入诗集《冬眠曲及其他》，引自《林庚诗文集》第一卷，第229页，清华大学出版社，2005年。

② 林庚：《四月》，收入诗集《冬眠曲及其他》，引自《林庚诗文集》第一卷，第234页。

③ 林庚：《风》，收入诗集《冬眠曲及其他》，引自《林庚诗文集》第一卷，第250页。

典诗词的意象和语汇来表现他身处“边城”的情感,作品因而看似“古意”盎然,这实际上是诗人故作冲淡,诗中的“哀愁”因而被表现得看似闲愁,实则“隐忧”,即他所谓的既是“爱北平”的感情,同时又“对于这边城之感终不免常露出许多无谓的感情”。不仅如此,他还进而以“情歌”、“冬眠曲”的形式,来表现这种情感,以形式节制情感,平淡盖深沉,低吟出真挚。我之所以将他的这种“情歌”、“冬眠曲”视为“牧歌”而论之,就因为“牧歌”的特质。美国批评家克林斯·布鲁克斯在评论福克纳的小说《我弥留之际》时说:

> 首先,我们必须把说到牧歌就必得有牧童们在美妙无比的世外桃源里唱歌跳舞这样的观念排除出去。所谓牧歌——我这里借用了威廉·燕卜荪的概念——是用一个简单得多的世界来映照一个远为复杂的世界,特别是深谙世故的读者的世界。这样的(有普遍意义的)人在世界上各个地方、历史上各个时期基本上都是相同的,因此,牧歌的模式便成为一个表现带普遍性的方法,这样的方法在表现时既可以有新鲜的洞察力,也可以与问题保持适当的美学距离。①

这个借用威廉·燕卜荪的概念而作的对“牧歌”的解说,十分深刻,对于我们这里讨论林庚作品,极具启发意义:一、既然“牧歌是用一个简单得多的世界来映照一个远为复杂的世界,特别是深谙世故的读者的世界”,那么林庚用类似“牧歌”的形式表现北平及其“爱北平”的情感,其实是故意用诗中的“简单得多的世界”来映照现实中的“一个远为复杂的世界”,这就使得作品看似平淡,实则更加意味深长;二、既然牧歌形式的意义还在于“也可以与问题保持适当的美学距离”,那么林庚把他“爱北平”的情感表现得近乎“无谓的感情”,就是意在借助牧歌的形式以节制情感,舒缓其身陷“边城”的巨大而特殊的情感压力。

最后,且以一个故实,结束本文。林庚在《关于〈北平情歌〉——答钱献之先生》一文结束的时候说:他的格律诗的“这些试验究竟做到何

① 转引自李文俊:《一个自己的天地》,见威廉·福克纳《我弥留之际》,李文俊等译,第9页,漓江出版社,2004年。

时为止，自己现在亦尚说不一定；在某一种诗境的追求中，我自己觉得也许还要做一些自由诗；在我是把自由诗以及四行诗差不多看成一样的。兹录近作小诗一首，聊酬钱先生雅意"。这里说的"小诗一首"，就是《北平自由诗》：

当玻璃窗子十分明亮的时候
当谈笑声音十分高朗的时候
当飓风吹遍了山东半岛
昨夜有风风雨雨装饰了屋子①

这确实是一首"自由诗"，解志熙认为："这（引按，指《北平自由诗》）确乎与《北平情歌》、《冬眠曲及其他》两部新格律诗集中的大多数诗不同，因为它显然不是拿有韵律的现代语表现一些古已有之的境界，诗的意境情调比较新鲜，并且诗行虽然整齐划一，但节奏感却显然自由舒展得多了。"此说极是，但他紧接着下一转语："不过，这首诗的意境情调也让我们有似曾相识之感，稍微想一想，原来那情调意境只是恢复到了林庚以前的两部自由诗集《夜》和《春野与窗》的水平，并且没有达到那时的最好水平。"②我的看法却有所不同。"装饰"一词，恐怕是受到卞之琳的著名的《断章》一诗中"装饰"一词用法的启发，林庚故意以之来冲淡诗中所要抒发的"风雨"之情，实际上还是本文论述过的《北平情歌》和《冬眠曲及其他》的写法，将"哀愁"表现得看似闲愁实则"隐忧"，因为诗中的"风风雨雨"，暗用了《诗经·风雨》之"风雨如晦，鸡鸣不已"的典故，"乱世"之喻也。这首诗写于 1936 年 9 月，而在同年的 6 月，林庚发表了《〈风雨〉尾章》一文，文中说："'风雨如晦'，'如晦'者天之颜色也，虽如晦亦由风雨而起，然其意在风雨乎在如晦乎？

---

① 林庚：《关于〈北平情歌〉——答钱献之先生》，引自解志熙《林庚集外诗文辑存》，见解志熙《考文叙事录——中国现代文学文献校读论丛》，第 118—119、120 页，中华书局，2009 年。

② 解志熙：《林庚的洞见与执迷——林庚集外诗文校读札记》，见解志熙《考文叙事录——中国现代文学文献校读论丛》，第 142、148、156 页。

固未可知焉";"而'鸡鸣不已'则不特鸡鸣而已"[①]。诗文相通,文中的此说可作诗中"风风雨雨"一语之笺注。所以我很欣赏这首诗,虽然诗意不免有点隐晦,但明白了则更欣赏其充满反讽的艺术张力。又,陈国球在论林庚诗的文章中,对这首诗有别具慧心的解释:把"飓风"视为"肆虐的飓风";将"当飓风吹遍了山东半岛"解说为"当日本军在山东半岛以至华北一带大肆侵夺的时候"[②]。此说有趣,但恐怕是将诗人的"驰想"解释得过于玄远了吧?

---

① 林庚:《〈风雨〉尾章》,引自解志熙《林庚集外诗文辑存》,见解志熙《考文叙事录——中国现代文学文献校读论丛》,第106—107页,中华书局,2009年。

② 陈国球:《思接千载 视通万里——论林庚诗的驰想》,见陈国球《文学史书写形态与文化政治》,第163页,北京大学出版社,2004年。

迈向“微物叙事”的口语写作

陈大为

前　言

不管从中国当代诗史的世代交替，或更纯粹的诗歌美学裂变的角度来看，第三代诗歌的崛起动机和存在价值，都离不开一场大规模的战役——那是一次“后进诗人”(the later poet)对“前驱诗人”(the precursor poet)所进行的全面决裂与颠覆，前朝必须沦为废墟且掩埋在新的王城底下，新的诗歌帝国才真正成立。“中国诗坛1986’现代诗群体大展”以及第三代诗人后续的所有诗歌行动，都来自一股深层的影响焦虑，在北岛等朦胧诗人巨大的阴影中成长的后进诗人，弑父是不得已的手段，否则他们的诗歌会不见天日。在中国当代诗史的裂变风潮中，第三代诗人顺势成为集体的弑父者(其实他们更希望成为“无父的子们”)，逐步完成一次彻底的——从朦胧诗到后朦胧诗——世代交替。其中最令人瞩目的是第三代诗人韩东(1961—)与朦胧诗人杨炼(1955—)关于大雁塔的同题诗歌大对决，韩东那首《有关大雁塔》(1983)象征着第三代诗歌美学的强势崛起，咄咄逼人，展现了一股瓦解杨炼《大雁塔》(1981)继而改朝换代的大阵仗，因而奠定了韩东为第三代诗歌开天辟地的“盘古”地位。韩东后来的诗歌创作量相当可观，足以成为诗史地景的佳作却有限，被众多诗选和评论家反复相中的《有关大雁塔》和《甲乙》(1991)等几首代表作，虽然启示了第三代诗歌的发展路数，但后继乏力，很难为第三代诗歌的先锋实验再开拓新的路径。同样的情况也出现在李亚伟(1963—)的“莽汉诗歌”，以及宋渠

(1963—)、宋炜(1964—)兄弟的"房山想象",这三位主力诗人,只维持了几年的高峰期,各自达成阶段性的口语化实验目标,便退出先锋诗歌的创作行列。柏桦(1956—)、欧阳江河(1956—)、西川(1963—)等几位主力诗人的情况,也差不多如此。唯有于坚(1954—),能够在二十余年来始终保持先锋实验的精神,以及高质量的诗歌创作,极为丰富地演练了第三代诗人在诗歌美学裂变后的路线和成果,尤其在关键性的1990年代,若少了于坚的诗,第三代诗歌肯定黯然失色。

1954年出生于昆明的于坚,在众多第三代主力诗人当中算是最年长的,他在小学五年级时碰上了"文革"停课而辍学,1969年才读了一年初中,隔年就分配到工厂工作。这种"文革"经历,有别于朦胧诗人在白洋淀诗人群里的生成和茁壮,也跟其余第三代诗人因年幼懵懂对"文革"的"无感"大不相同。就其生活阅历而言,于坚正好活在两个世代之间,让他得以赶上"文革"地下诗歌的美好时光,又能够伙同更年轻的"反朦胧份子"一起揭竿起义。值得一提的是,于坚的阅读史是从古典诗词和史书开始的,他总觉得李白、王维诗歌里表达的东西依然存在于现实生活之中,所以他很自然地进入古体诗词的写作①,还以手抄本的形式结集了一部古体诗集《野草集》(1972),古典文学知识亦构成于坚日后对当代诗歌语言的思考要素之一。1973年于坚开始写作新诗,并广泛阅读欧洲和俄国的文学著作,他真正的文学活动,从1979年参加昆明民间刊物《地火》开始,这一年,他读到甫创刊的《今天》,他的诗作同时进入朦胧诗巨大的阴影底下。翌年,于坚以26岁的高龄就读云南大学中文系,之后参与了更多的诗歌团体与活动。这一段经历让于坚深刻地接触了两种东西:(一)"文革"后期与后"文革"初期的地下文学活动;(二)机械工厂里的劳工生活经验。前者,让于坚成为朦胧诗的学徒,在习作中洞悉了北岛等"文革"知青的写作精神和美学本质;后者,让于坚对现实生活有了深刻的认识和掌握,并内化为诗歌创

① 关于于坚对古典诗词的阅读史,可参阅西川、于坚、高桥睦郎、佐佐木干郎《诗歌和传统》,收入帕米尔文化艺术研究院编《触摸　旁通　分享:中日当代诗歌对话》,第67页,作家出版社,2010年。

作的元素。早在1985年就被称为“生活流”代表诗人的于坚，在1990年代更主张以“民间写作”对抗“知识分子写作”路线，并展开了有别于学院派诗人的思维形态。这一切，都可以从“学徒期的于坚”身上找到对应的线索，和可观的资本。

于坚的阅读取向、创作风格，以及对当代诗歌的路线思考，几乎可以视为第三代诗歌的一个超浓缩样本，从他一人身上即可牵动到极大部分诗史议题之讨论，更重要的是他拥有非常多的佳作可以支援任何规模的讨论。这是很吸引人的地方。特别是于坚诗歌迈向“微物叙事”——以“微观”视野去处理“微小/微不足道”的庸常事物的叙事——的创作路线，以及它对第三代诗歌口语化理念的贡献，绝对是中国当代诗史的重要环节。“微物叙事”遂成为建构于坚诗歌骨干的论述焦点。

一、声音的突围:穿越朦胧诗的阴影

在“文革”与后“文革”世代诗人的写作历程中，朦胧诗的影响是十分巨大且深远的，不但教育了两代读者的诗歌审美标准，制订了诗歌领域的公共语言和诠释策略，它还为学徒期的年轻诗人提供了一套习作模式，让所有的后进诗人不自觉地进入北岛等前驱诗人的阴影。当时，几乎没有人不读北岛(从于坚、韩东、柏桦等第三代主力诗人的自述中可轻易发现大量的证词)，尤其以北岛为中心的朦胧诗，跟贺敬之、郭小川那种政治文宣式的“颂歌”两相对照之下，优劣立判，前者毫无异议地成为诗歌学徒们的首要师法对象，根本就是不二的选择。包括于坚在内，众多诗人在学徒期的习作大都经历过北岛的诗歌模式[①]，于坚

① 在此必须详加说明的是，在第三代诗人的阅读史当中，朦胧诗和俄国现代诗歌是最重要的两大系统。黄皮书和灰皮书当中的俄国文学一直都是“文革”知青的重要读物(其实“十七年”时期的主流诗人同样以俄国诗歌为尊，但吸收和发展的重点不同)，从白洋淀诗歌群落，到朦胧诗人，乃至第三代诗人，大都隐藏着一个以俄罗斯白银时代(1890—1920)诗歌为主的阅读传统，于坚最喜爱的俄国诗人即是安娜·阿赫玛托娃(А́нна Ахма́това，1889—1966)，她被誉为“俄罗斯诗歌的月亮”(黄金时代的普希金被誉为“俄罗斯文学之父”和“俄罗斯诗歌的太阳”)。不过，白银时代诗歌的影响，很难在第三代诗歌里获得具体的印证，仅有王家新等少部分诗人特别沉溺于俄国意象的应用，留下明显的印记。于坚对俄罗斯诗歌的吸引与转化相当成功，并没有留下特别值得讨论的痕迹。

的少作《雨夜》(1976)和《新堂吉诃德之歌》(1976)都是带着浓厚朦胧诗血统的例子,《雨夜》即是十分典型的隐喻写作:“谁　举着发光的锤/猛擂着黑暗的天庭/轰隆隆的雷声/压向大地的屋顶/来自天外的神灵/又搅乱地球安睡的心/我在朦胧中听着/风雨雷电在天底驰骋。仿佛有一只巨手/猛推开世界之门……”[①]至于《新堂吉诃德之歌》,俨然就是洋溢着浪漫主义骑士精神的抒情曲:“披上金色的铠甲/跃上嘶鸣的战马/冲啊/向世界进发//用尸体堆成高山/以鲜血洗涤海洋”[②],于坚透过手里生涩地握着的麦克风,向虚拟的广大群众,发出高分贝的呼唤。

这两首诗里浮现了两个诗歌传统:(一)长期耳濡目染的政治文宣“颂歌”与“战歌”的泛政治化隐喻式写作手法,那是源自俄罗斯白银时代象征主义诗歌的一种变形,沦为大自然语词和政治语词之间的等值置换。(二)普希金式的浪漫主义骑士精神。综而言之,即是一种透过隐喻系统来运作的浪漫主义抒情诗歌,它也是众多朦胧诗人的共同血缘。

于坚在先后读过食指《相信未来》和北岛《回答》之后,写下这一首《不要相信》(1979):“不要相信我的骄傲/不会在生活的阴影中沮丧//不要相信我的智慧/不会被命运的黑手暗算”[③],在诗歌句式和语调上,开始向朦胧诗靠拢,到了《唱给同时代人的歌》(1981),已经完全朦胧诗化,将北岛、杨炼等人惯常在诗中运用的隐喻和意象系统,放到自己的诗里去,于坚不自觉地(像北岛和杨炼一样)站上城楼面向广场,对他所处的时代和“驮着”重大使命的同代人,激昂地发声:

你驮着中世纪的古老的太阳
从编织着摇篮的时辰
走向沙漠　走向无边无际的沙漠

---

① 于坚:《雨夜》,《于坚集(卷一):一枚穿过天空的钉子》,第6页,云南人民出版社,2004年。

② 于坚:《新堂吉诃德之歌》,《于坚集(卷一):一枚穿过天空的钉子》,第7页。

③ 于坚:《不要相信》,《于坚集(卷一):一枚穿过天空的钉子》,第14页。

从缠着尸布的乌鸦的哀歌里
从垂死的废墟和镀金的墓碑旁
从暗黄色的大陆的边缘
走向沙漠　走向俯伏的死神铁蹄下的沙漠

你驮着中世纪的古老的太阳

驮着疯狂地燃烧着的恒星
你的四肢铸成了殉道的十字架
你连接着古往今来的黑夜和白天
在天空和土地之间
你是一团血肉模糊的支点①

以上节录的十三行诗句当中，有三个值得关注的焦点：（一）末日意象：于坚以沉重的末日意象将“文革”后期政局的黑暗打造成末日画面，负面的视觉内容和感受铺天盖地而来，企图借此衬托英雄的存在意义。（二）太阳隐喻：太阳是当时公认最富有政治意涵的隐喻，但“十七年”官方诗坛和“文革”世代酷爱的“太阳”在此被于坚界定为——较接近朦胧诗诠释系统的——崇高的“真理和信仰”（此诗中的“太阳”跟官方诗坛惯用的“天上有两个太阳”或“红太阳毛泽东”绝对无关，因为它强调的是中古世纪的传统价值，算是一种隐喻的偏移），但充满欧洲色彩的“中世纪”一词，只是很笼统地暗示了它是一个古早的价值，间接暴露了于坚对如何更新此一隐喻的意涵缺乏思考。（三）英雄人物的殉道精神：太阳交付给“你”（这绝对是一个大写的“你”，其实指的是“我们”）的肩上沉沉地驮着，将四肢铸成了殉道的十字架，独自去面对苦难，成为朦胧诗常见的代言人。末日意象、太阳隐喻、殉道精神，全是朦胧诗最热门的组合。再加上贯彻全诗的“二元对立”套语写作，几乎可以上溯到红卫兵诗歌的谱系里去。毫无疑问，这是一首进化完全的，承载着许多陈年隐喻和宏大符号的朦胧诗。按常理，于坚不会将此诗保

① 于坚：《唱给同时代人的歌》，《于坚集（卷一）：一枚穿过天空的钉子》，第19页。

留在五卷版的个人小全集当中，除非别有深意。

这首完全违背日后于坚诗歌理念的少作，却鲜明地象征着于坚成功掌握朦胧诗的写作模式，在创作实践中，他清楚感受到隐喻式书写的优点已经被北岛等人过度使用，只剩下一套供后来者持续复制的朦胧诗的作业模式，这座诗歌工厂根本无法产出北岛等级的佳作。其次，僵化的语言句构和泛政治化的隐喻书写，困住于坚的舌头，使之无法从容发声。《唱给同时代人的歌》让于坚看清了绝境，有了绝处逢生的念头，悟出新的路数。这首诗，应该是作为转折点或分水岭的印记而存在的。其觉悟的成果，显现在同年的另一首《云南汉子》(1981)中，他终于在云老山深的云南，找到了自己的存在价值和诗歌的出路，尝试在诗里勾勒自己熟悉的世界：

对于世界
他们的老家很遥远
现代　人们已不谈马帮和铁索桥
不再说起烟叶的收成
那些老林深山
只属于大碗酒烧红的亮夜
和狂跳在火堆上的赤脚

但世界的烟斗们
都知道云烟
有黄金般的光泽①

于坚适度摆脱了朦胧诗高度仰赖的隐喻和抒情模式，在此开启了一条迈向“叙事”的道路，降低了隐喻的比例，将一种旁白式的口语融入叙事当中，产生了一种舒缓的语调和说话神情。其次，于坚把叙事现场从朦胧诗长期盘踞的天安门广场，转移到马帮和铁索桥的云南，这个举动意义非凡。比起京城，云南当然是落伍的。比起京城朦胧诗人强烈的

① 于坚：《云南汉子》，《于坚集(卷一)：一枚穿过天空的钉子》，第26页。

代言意识和套语化书写，云南汉子另有一股粗犷、洒脱、自在的豪迈之气，在于坚看来，云南作为诗歌元素有着黄金般的光泽，不容小觑。于是乎，“云南”作为一个更具有个人色彩的意象系统，构筑起于坚对原乡的刻画，但此诗尚不能定义为叙事诗，因为无事可叙，盘旋其中的仍旧是意象及其背后的地理文化想象，虽然它们已消除了泛政治化的隐喻功能。

其实这个转向具有相当高的冒险性，叙事成分较浓厚的诗歌还不足以跟朦胧诗的潮流抗衡，第三代诗歌大规模朝着“蓄意为之的叙事”挺进是十年后的事。于坚在《致父亲》(1982)中进行了另一种长句叙事的实验，再次显露了他走在诗史变革前端的企图：

> 我说父亲你莫要再把我当小板凳脏脸盆玻璃球弹弓了
> 两年前就有小孩叫我叔叔有姑娘躲着议论我
> 我长胡子了我上班了我有一辆自己的单车
> 我说父亲我们应当肩并肩在大街上走不要老是我跟着你
> 世界是您的也是我的我们都穿四十码的皮鞋
> 我说父亲搬煤买米给电子表换电池开摩托车您一样也干不动
> 您就莫管我的头发裤脚衬衫莫管我几点钟回家①

从上述7行平均每句21个字的长句，于坚证明了一件事：他比同一时代的其他诗人率先抵达口语叙事的彼岸。1983年，金陵的韩东写下光芒四射的《有关大雁塔》，成为第三代诗歌的划时代之作，但韩东掌握的是另一种近乎日常口语，却略为凝练、内敛的叙事语言。韩东诗歌文本中的“我”，还是一个“书面的我”，“我”的思维和情绪都经过叙事主体的处理，未能读出现实里活生生的韩东，包括他的性情和说话的语调。但于坚在《致父亲》里耍出了新把戏，他以空前的胆识把一干生活中的琐碎事物全塞到诗里去，那口吻，听起来像极了儿子对父亲的日常对白，听得出性子，听得出儿子在父亲眼里永远长不大的不服气。

这种“个性化口语”跟五四白话文诗歌的“扁平性口语”大不相同，

---

① 于坚：《致父亲》，《于坚集(卷一)：一枚穿过天空的钉子》，第41页。

后者是基于瓦解文言诗歌的书面语和音韵体质，而作出平民式大白话的反扑，在最初始的创作阶段根本没有诗质可言，就是张口见喉的大白话，后来不得不透过意象语和各种压缩扭曲的技巧，重新将现代汉语锤炼得更为密实，凝练。于坚要写的并不是这种大白话，他要写的是一种有个性的，语感强烈的，听起来就像是活脱脱的一位诗人在眼前用他独家的腔调，把一件事说出来。事情本身不是重点，腔调才是功夫所在。形同清唱。清唱，自然无需挟带干扰性的事物或讯息，所以于坚没用上深奥的意象或隐喻，一切透明，诗里诗外没有家国大事，只有小老百姓，父子关系的微妙变化，在节奏轻快、明亮、趣味性十足的叙事进程中，读者可以发现许多既鲜活又带劲的语词由"我"脱口而出，很随兴，很写实，每个画面都带有丰富的血肉，结结实实地击中人心。于坚想告诉读者：这是生活的本来面目，也是诗的另一种可能面目。若从中国当代诗歌朝向口语化趋势发展的结果来看，这就是"微物叙事"的雏形，它的出现是超前的。

从《唱给同时代人的歌》、《云南汉子》，到《致父亲》，具体地记录了于坚从朦胧诗隐喻写作到第三代诗歌口语写作的转向，但这三首诗都没有收录在于坚第一部诗集《诗六十首》[①]（云南人民出版社，1989）中，也没出现在具有指标性意义的《于坚的诗》（人民文学出版社，2000）中，直到个人小全集《于坚集（卷一）：一枚穿过天空的钉子》（云南人民出版社，2004）才亮出踪迹。这有两种可能：一是于坚认为这三首诗是多余的，二是于坚到最后才重新认可了它们的价值。[②] 上述文本分析应该能够增强后者的可能性，它们在几部诗集里的隐没与现形，

① 这部诗集收录了1980—1987年的60首诗作。

② 这部诗集最不可思议的遗珠是1985年3月写的《尚义街六号》，它绝对是于坚当时最出色的诗作，实在找不出任何理由说明它的缺席。由此可证，《唱给同时代人的歌》、《云南汉子》、《致父亲》三首诗的缺席，不一定是优劣的考量，而是关系到于坚此刻究竟希望呈现什么样的面貌。按：《尚义街六号》在不同的诗集和诗选里，分别标示1983、1984、1985等年份，根据刘春对于坚的求证，其保留的原稿是1985年3月，主要造成定稿日期混乱的原因，是于坚有时凭记忆来标示。此事可参阅刘春《一个人的诗歌史（修订版）》，第155页，广西师范大学出版社，2010年。

暴露了于坚的拿捏不定与挣扎。[①] 有了这三首诗，于坚在《诗六十首》自序中的豪语才有更坚实的基础：“如果我在诗歌中使用了一种语言，那么，绝不是因为它是口语或因为它大巧若拙或别的什么。这仅仅因为它是我于坚的语言，是我的生命灌注其中的有意味的形式。”[②]

“于坚的语言”的品牌自信，主要是建立在《尚义街六号》(1985)所赢得的嘹亮名声[③]，它让于坚成为第三代诗歌最顶尖的诗人之一。在这个制高点上，于坚才有可观的筹码去评估(个性化)口语诗歌写作的具体成效，去重估朦胧诗隐喻书写模式的价值，甚至去思考中国诗歌美学的断代问题。究竟于坚在1982年成功掌握口语写作的诀窍之后，如何看待朦胧诗的窠臼和自己的崭新诗风？很遗憾的是，他在这期间并没有留下足够的诗话或评论文字，只有《棕皮手记　1982—1989》里的一段比较粗糙的说法可供参考：“在诗歌中，公共语言就是那种所谓的‘诗的语言’，就是大学教师、文学史、诗歌作法确切不疑地向我们指出的那种语言。任何一个稍具文化常识的人，读到这类高贵、典雅，散发着古老光泽的妙句，都能立即认出这是诗。虽然他们完全弄不懂那些深奥、晦涩的含义。而这样一句‘我一个筋斗滚下来，头发上满是稻草’。他们就大笑起来，并且更为自信：这也是诗吗？”[④]事实上，于坚已指出两个对立的概念：典雅、古老的“诗的(公共)语言”，以及粗俗的日常口语。前者对广大读者的深层统治，令于坚感到巨大的压力

---

① 当时于坚对自己游走在“诗或非诗”的灰色地带，没有绝对自信的判断力。多年之后，当他被问及是否对自己的诗都很有自信时，他说了一句：“永远在自信和自我怀疑之间犹疑前进。很难讲自信。”详见西川、于坚、高桥睦郎、佐佐木干郎《诗歌和传统》，收入帕米尔文化艺术研究院编《触摸·旁通·分享：中日当代诗歌对话》，第81页，作家出版社，2010年。

② 于坚：《自序》，《诗六十首》，第2页，云南人民出版社，1989年。

③ 在现实生活中的“尚义街六号”是吴文光的房子。此诗一出，顿成读者朝圣的地标，至今仍有远道而来的寻访者。《南方周末》的记者黄端文曾经为它写了一篇专题报道：“当年的尚义街六号确实已经寻不着了。走在短短的大街上，道旁依稀还能看到一些黄房子——当年一些越南归侨，还有在昆明做生意的越南人，他们在昆明建起了不少法国式的房子，大都是两三层楼高，临街的门口都开得不大，一进门就是狭长的楼梯，红色的瓦片，米黄色的墙体，掩映在高大的法国梧桐中，颇有巴黎的几分景致。”详见：黄端文《寻找尚义街六号》，《南方周末》2003年10月30日。

④ 于坚：《棕皮手记　1982—1989》，《于坚集》(第5卷)，第9页。

和忧虑。从另一个角度而言，那也算是于坚对朦胧诗的“战略性误读”[①]，唯有如此理解、定位朦胧诗的典雅性，方能突显日常口语的价值。后来他对朦胧诗的价值重估，以及诗歌美学的断代，都着重于此。

二、“微物叙事”：个性化口语写作的终极实验

1983年可看做于坚正式摆脱学徒期的起点，净化了朦胧诗（泛政治化）隐喻书写的阴影，初步建立起自己的风格。于坚在《致父亲》的实验基础上，兵分两路，对“口语—叙事”进行了两个类型的发展，去挑战朦胧诗世代读者的阅读成见，最先登场的是《作品39号》[②]（1983）和《送朱小羊赴新疆》（1983）的“（生活）札记写作”，其后才是《作品49号》（1984）、《作品50号》（1984）、《作品51号》（1984）等一系列的“（人物）琐事写作”。后者可说是《致父亲》在长句实验上的延伸，分别以“他”、“我+你”、“我+她”三组不同的人称组合方式，进行不同情节和境况下的口语写作，可惜并没有明显的突破。比较值得关注的是前者。

《作品39号》和《送朱小羊赴新疆》写的都是同一个人同一件事，相当罕见。从朦胧诗惯用的宏大叙述视野来看，这个题材实在没有写的必要，甚至没有写的价值，但于坚毅然走上险径，用一种在信里（或心里）的，最接近生活实况的语调，对朱小羊述说近日所思：“大街拥挤的年代/你一个人去了新疆/……/有一个女人来找过我/说你可惜了　凭你那嗓门/完全可以当一个男中音/有时想起你借过

---

① 朦胧诗对1980年代前期诗坛的影响力，可谓铺天盖地，对于坚和所有崛起中的第三代诗人而言，绝对是一片无比巨大的、深具统治性地位的影响。在影响的焦虑之下，于坚对朦胧诗采取的“战略性误读”是可以理解的手段。朦胧诗在第三代诗人眼里遭到扭曲和贬值，乃大势成趋。

② 于坚写过两个著名的系列：（一）《作品XX号》（1983—1988，共201号，但只留下少部分诗作）；（二）《事件：XX》（1989—2000）。作品不多，但质地甚佳，是于坚笔下最出色的系列诗作。

我的钱/我也会站在大门口/辨识那些乱糟糟的男子”①,这首《作品39号》的叙事语言近乎散文,全然透明,决定成败的地方就在叙事情节的裁剪和思绪的跳接。于坚删除了时空背景和离乡因由,只留下由几个画面凑合而成的(朱小羊离乡)事件,他和朱小羊的情谊,透过幽默的语气重新组织起来,打造出很贴近读者的趣味性,让朦胧诗培养出来的读者在陷入似诗非诗的困惑之余,也感受到诗里头的生动灵魂。

《送朱小羊赴新疆》写的是送别当下的光景,朱小羊的父亲没有前来送儿子,于是一群死党就在火车月台上道别,整个事件的焦点竟然设定在——再也寻常不过的——握手,不禁令人捏把冷汗:“在一起好多年/从来没想起要握手/手和手紧紧地握/好像要握住将来所有的日子/手握过了　车还不开/最后几秒真是难耐/(如果你突然不走了/我们就是一群喜剧演员)”②,此诗用最大值的光圈来取景,将次要的事物都隐没了,完全焦聚在握手道别时的每个细节,从那份尽在不言中的兄弟情谊(“手和手紧紧地握”)、时间空档中的尴尬(“手握过了　车还不开”)、不知如何是好(“最后几秒真是难耐”),到萌生滑稽的念头(万一成为“喜剧演员”),在罕见的剪接技巧之下,于坚毫不遮掩的内心活动,将温馨感人的画面骤然冷却,险些成为肥皂剧,在狭小的时间缝隙里发掘出微妙的变化,那幽默的语感更是成功地勾勒出叙事主体的性情,以及这一伙浑小子的特殊情谊。这种写法,很有挑战性。

更具挑战性的是长达92行的《尚义街六号》(1985)。这是一首很写实的“札记写作”,同时也是本文所谓“微物叙事”的重要讨论依据。首先,此诗示范了一次很扎实的空间叙事,于坚在诗中开启了一个“静态视窗”(static window),让一大票男生窝在——这个形同剧场的恒定空间——法国式的黄房子里,完成所有的出场和言行纪录。虽然入目的尽是一片邋遢和凌乱,但大伙儿的处世态度和生活丑态

① 于坚:《作品39号》,《于坚集(卷一):一枚穿过天空的钉子》,第66页。
② 于坚:《送朱小羊赴新疆》,《于坚集(卷一):一枚穿过天空的钉子》,第90页。

在于坚写来，居然乱中有序，且回味无穷。诗中的人物与事件看似松散，其实彼此紧密相连，感觉相当扎实。这栋房子在1980年代的读者面前，展开一幅前所未有的、全透明的生活情态，属于小老百姓的“稗史”写作：

尚义街六号
法国式的黄房子
老吴的裤子晾在二楼
喊一声　胯下就钻戴眼镜的脑袋
……
桌上总是摊开朱小羊的手稿
那些字乱七八糟
这个杂种警察一样盯牢我们
面对那双红丝丝的眼睛
我们只好说得朦胧
像一首时髦的诗①

从老吴、老卡、朱小羊、李勃，到我们这群不具名的颓废生活之共犯，全是稗史的要角，如此难登大雅之堂的人物形象（或人格特质）在中国当代诗歌里极为罕见，尤其跟“十七年”诗歌—“文革”诗歌—朦胧诗不断演进的英雄主义人格形象相较之下②，更显得刺眼。于坚却透过“札记写作”的叙事视野和手段，让这群人登堂入室，可谓颠覆性十足。于坚应当知道，这些小空间、小人物、小事物、小情节，都是一些琐碎得足以拖垮任何一首诗的可怕零件，特别是近百行的长诗。于坚必须挑战这些人物和细节，在节奏明亮、语感轻快的短句铺陈下——还原他们和它们的血肉，还原一股不修边幅却过得洒脱自在的生活感，还原一去不返

---

① 于坚：《尚义街六号》，《于坚集（卷一）：一枚穿过天空的钉子》，第130—131页。

② “十七年”诗歌和“文革”诗歌中对政治色彩浓厚的英雄人物进行歌颂，一半来自官方的推动，一半来自民间诗歌写手的自主意识，主要歌颂的是合乎政权利益的“官方英雄”。朦胧诗跟前者不同从中共建国到新时期为止，作为一个概念史的“英雄”，充分显现出其中的沿革性变化。

的青春，以及躲在画面细节里的带有些许流氓气质的伙伴情谊和群体生活乐趣，一气呵成，并激荡出余韵，一如诗的结尾所言："在别的地方/我们常常提到尚义街六号/说是很多年后的一天/孩子们要来参观。"[1]文本中的个性化口语经过适当的剪裁之后，逼近散文语言的临界点，铸造出一种大胆、粗犷、草莽、充满生命力的诗歌质感，这种叙事语言很生猛地让每个镜头里的角色活了过来，从情节到情节各自承载着一个小小的身世，在文末合拢成一栋宿舍里的怀旧岁月。法国式的黄房子不再是一个单纯的静态视窗，或惰性的容器，它更是一座故事的发生器。这是于坚成功达到的第一个阅读层次。

第二个层次的阅读，得回到“微物叙事”的讨论上面。

“微物叙事”由两个核心元素组成："微物"和"叙事"。“微物”[2]是针对朦胧诗以宏大事物为对象的“大事”书写而产生的反面思考，北岛、江河、杨炼等人对家国及文化议题的探讨，将朦胧诗拉拔到一个超越所有前驱诗人的思想高度，有些属于民族文化的思虑，有些则关于政治语境的对抗性和批判性姿态，加上舍我其谁（甚至慷慨就义）的英雄主义抒情风格的激荡，初期的朦胧诗经常散发出一股磅礴、恢宏的气势。朦胧诗中的意象系统和隐喻（太阳、广场、城楼、塔、天空、星星、瀑布、大海、敦煌、神话、日子、鲜血、火焰、祖国、刽子手、母亲）大都属于宏大事物或符号，以此入诗，方能去对应那个风云际会的时代。简而言之，朦胧诗注重的是视野和事物的“双重宏大”。然而，于坚所处的不再是气血暴走的时代，革命的激情急速消散，新时期的中国正转向资本主义的消费文化社会，现实生活中的诗歌没有敌人，唯有诗歌里的重量级前驱诗人才是敌人。于坚等第三代诗人必须突破朦胧诗所建构和累积下来的“大写”的抒情风格，否则他们永远沦为“后期朦胧诗的阴影”，而不是具有颠覆、篡夺意味的后朦胧诗/第三代诗歌。“微物”正好作为“大事”的对立面，把诗歌托付给非关英雄的小老百姓，及其生

---

① 于坚：《尚义街六号》，《于坚集（卷一）：一枚穿过天空的钉子》，第133页。

② 本文界定的“微物”有别于“微观叙事”（micro narrative）里的“微观”。微观是视野层面的，但微物更着重于细微琐碎的事物，为了有效焦聚并呈现微物（或细节），其叙事视野本身也隐含了微观的成分，所以它是一种以微物为本的双重细微。

活中的琐碎事物，借此将“一代人的代言视野”下降为“一个人的自述视野”，同时排除了前述的惯性隐喻和意象系统，改用不具有深刻文化寓意的、单薄的日常事物来重建第三代诗歌的舞台。它呈现的是“双重细微”。

总的来说，以“微观”之笔去处理“微不足道”的庸常事物，即是本文所谓的“微物”概念（这跟第三代诗歌后来逐渐成形的“稗史化”创作理念，有异曲同工之妙）。

于坚诗中的微物，一方面作为“双重细微”的理念定位，由此清楚展现出有别于朦胧诗“双重宏大”的具体内涵；另一方面，它们以相对不具干扰性的角色功能，默默支援叙事技巧的演出，少了它们，再强大的叙事技巧和理念都无以落实。

“叙事”在第三代诗人的创作理想中，有别于中国的古典叙事诗，或七八十年代风行于台湾的长篇叙事诗。台湾现代诗人固然重视如何在素材/事件中表现其叙述手法和视角，但他们也同样重视所叙之“事”，往往力图在典故、传说或史料中寻求突破，化腐朽为神奇。叙与事，各据天秤之两端。第三代诗人却“重叙而轻事”，事件或事物往往取自日常生活，那一堆琐碎的素材如果没有故事可叙，极可能成为一首诗的创作阻力或败笔。“微物/琐事之叙”十分强势地转移了读者诠释的焦点——读者在微物与琐事中读不出讯息，自然关注其叙事技艺，看看它能否起死回生，构成一首诗的艺术价值。“叙”事技巧，于是史无前例地吃重起来。

于坚的“微物叙事”跟其余第三代主力诗人的叙事理念尚有一线之差，他诗中的微物和叙事其实互为表里，如太极之两仪。于坚写进诗中的那些看似毫不重要的微物，其“微观/微不足道”之处，正表达了他的核心创作理念——拒绝让诗歌继续承载宏大主题或素材，拒绝运用既定的意象系统或定型的隐喻，层层剥离了朦胧诗的美学外衣，以成就另一种更贴近生活现实的，小老百姓的诗歌。关注细节的“微物”取代了“大事”，也奠定了诗歌的叙事基调和方针。

陈仲义有一段文字很适合用来说明“微物叙事”的动机：“长期以来，日常生活一直被中国新诗视为非主流、非诗化领域。诗人们一味追求意识形态化的宏大抒情，日常生活的鲜活样貌和细节往往被忽略。……于坚甘愿留在有血有肉的生活中，乐此不疲地进行私人记忆珍藏。他以凡俗平民、‘非崇高’意识，叙写日常琐碎，以此进入普通人与普通事态里。他的富有生活质感的诗句，一直置身存在现场的写作美学，有一种难得的朴素力量，很好地抵制了意识形态对日常的‘侵犯’，也消解了喻指系统对日常生活的强硬规约。”①以个人的日常琐事去对抗宏大的国族议题，正是隐藏在《尚义街六号》背后的创作理念。于坚以记实之笔，将大历史所有的元素都净化掉，剩下一个无历史感的空间②，而且眼前这一群不长进的家伙，有别于过去“文革”知青的知识分子形象，以及苦难的生命遭遇，他们身上本来就不背负任何天命，他们也不是什么大时代的知青缩影，只是一件个案，浑浑噩噩地过日子，比起影响久远的白洋淀诗人群，他们什么都不是。不过，他们却是一群真实的现实生活影像，忠于于坚自己的记忆。

在微物视野之下，小老百姓的生活稗史即是最真实的诗歌，是对历史记忆与想象的对抗与反讽。于坚曾经说过：“诗歌精神已经不在那些英雄式的传奇冒险，史诗般的人生阅历，流血争斗之中。诗歌已经达到那片隐藏在普通人平淡无奇的日常生活底下的个人心灵的大海”③，尚义街六号的小房子，容纳了许多看似无关痛痒的琐事，在个性化口语叙事的驱动之下，最后竟能转化为诗。于坚的“全口语—微物叙事”在此达到完全成熟的状态。

“微物/琐事”作为诗歌创作的核心理念，在于坚后来的论述中有了更深刻的思考。

---

① 陈仲义：《中国前沿诗歌聚焦》第五章《标记性诗人聚焦》，第258页，中国社会科学出版社，2009年。

② 于坚这一招，跟韩东《有关大雁塔》最大的差异，在人物的血肉感。韩东笔下的人物，随同他对大历史的宏大叙事一并削平了，“人物”扁平成“人”，形同数学中的代数，可以代入任何没有文化纵深或生平个性的人。于坚则喜欢将现实生活里的友人（连同他们的个情和事件）一起搬到诗里去，经由他个性化十足的口语聊起来特别真实，同时又达到无历史感的削减效果。这首诗便是最佳的示范。

③ 于坚：《诗歌精神的重建》，《于坚集（卷五）：拒绝隐喻》，第104页。

于坚在1993—1995年提出“拒绝隐喻”①，这套问题重重的论述却可回过头来补充一些很关键的想法。好比说：记忆。

个人的记忆。于坚把叙事视野从“大事”降格到“微物”，并非草率的决定，他发现了微物的非凡价值。他将叙事聚焦在生活中的细节与琐事，是因为他深刻地察觉到大历史对个人的存在有相当可怕的杀伤力，“总结、概括、去粗存精。历史的记忆方式是对存在的遮蔽”②，他认为“没有私人细节的记忆实际上只是遗忘。对于历史毫无意义的东西，也许恰恰是对个人最有意义的东西。我也怀疑那些被津津乐道的重要的历史时刻，对于那些没有私人记忆的个人，与被他们忘掉的‘毫无意义的日子’有什么不同”③。他的反朦胧诗战争是从琐事的论述开始的。他说：“我们习惯于蔑视那种一切庸常琐事都记住的记忆，那是闲极无聊的庸人的记忆，我们追求的记忆是与时代同步的。”④琐事成为于坚诗歌写作的重要基石，唯有彻底地去隐喻、去崇高、去英雄、去历史，大幅削减诗歌的额外负担，才能进入诗歌的核心。提出一个理念不难，难在如何实践。于坚理想中的琐事叙事，高度仰赖精妙的个性化口语。

唯有精妙的个性化口语，才能抵达诗歌。

---

① “拒绝隐喻”是很有问题的观点，从根本上来谈，诗歌无法完全拒绝隐喻，即使是叙事诗有时也免不了会用上一两个隐喻。其实于坚的意思是——拒绝那些经过朦胧诗长期使用的，被诗人和读者定型的（尤其是泛政治化的）陈腐隐喻（如本文前述的一系列隐喻）。换言之，只能最大程度地降低“陈腐隐喻”之使用。要了解于坚的动机，必须重返1970年代。当时的朦胧诗人创造了（或改造了）一系列特定的隐喻，在阅读行为中能很轻易地被解读出来，产生共鸣与心灵疗效，朦胧诗因而受到广大年轻读者的欢迎和模仿，只有老派读者还陷落在“令人气闷的朦胧”当中。1980年代的朦胧诗并没有突破前期创作累积下来的隐喻技巧和思维，加上年轻诗人的跟风沿用，很快便形成一堆定型化的惯性隐喻。于坚的早期诗作《雨夜》（1976）、《新堂吉诃德之歌》（1976）、《不要相信》（1979）、《唱给同时代人的歌》（1981）便是朦胧诗的仿作，当时于坚并没有意识到这些行之有年的隐喻，对其诗歌创作会产生什么样的负面影响。1980年代的于坚虽然逐步舍弃了这套创作技巧与思维，但他迟至1993—1995年才提出“拒绝隐喻”的诗歌主张，这跟众多第三代诗人在1990年代争先恐后提出简明版的诗歌理论/主张有莫大的关系，这些论述大多只是理念和看法的深化（或口号化），思考尚未成熟，故问题重重。本文只引述部分文字，对此论述暂不多作讨论。

② 于坚：《棕皮手记　1997—1998》，《于坚集（卷五）：拒绝隐喻》，第52页。

③ 同上书，第53页。

④ 同上。

于坚比谁都清楚，能进入诗歌的口语并非直接从嘴巴喷出来的字句，其中要经过一番工序。在于坚跟评论家谢有顺的对谈中，他是这么说的：“口语，乃是诗歌之本源。口语诗歌并不是一种诗歌流派，它是诗歌的开始之地。诗歌是从口语开始的”[①]，他怕读者没听懂，于是再说得更精细一些：“诗歌是从口语开始的，但口语绝对不是诗歌本身，20 世纪 90 年代后期，有些诗人好像是把口语和诗歌等同起来，认为只要把口水话分行排列就是诗歌了。口语和诗歌之间，它还有一个诗人，诗歌是诗人之舌的产物，不是口无遮拦的产物。为什么我们需要诗人？因为口语无法直接达到诗歌，只有经过诗人处理之后，它才成为诗歌。……口语只是一个激活点，它绝对不是诗歌的终点。”[②]口语诗歌之路，俨然成为于坚诗歌创作理论的第一真理。透过口语化的诗歌语感，于坚才有能力把玩琐碎的事物和事件，让它们成为诗歌的主角。从于坚的诗歌写作中可以读出他没有进一步说出来的重点：口语只是一个激活点，唯有个性化的口语才能雕刻出诗人独特的灵魂，让他在字里行间发出自己的声音，跟其他口语化的诗歌鲜明地区隔开来。个性化，才是于坚口语写作的关键。

“全口语—微物叙事”并没有满足于坚的创作欲望，他已经掌握到琐事书写的关键技术，在高难度的日常人事物当中，营构出富有诗意的生活感，以及生猛有力的叙事语言。表面上看似琐碎，其实诗里行间隐藏着于坚经心设计的叙事脉络，那是有情节的故事，尽管是小片段的情节。如果把人物抽离，一首只剩下器物的诗会是什么样子呢？如何才不至于沦为传统的咏物诗呢？反过来想，把物抽离，人物的面目淡化，只剩下事件，又会是什么模样？于是于坚把接下来的实验路径一分为二：（一）无情节的物体叙事，（二）纯粹的事件叙事。《对一只乌鸦的命名》（1990）见证了第一类“无情节的物体叙事”的实验。此诗长达 92 行，乌鸦在诗里被肢解了，成为一个符号，一个纯粹的叙事对象，甚至成

① 于坚、谢有顺：《于坚谢有顺对话录——在路上的诗歌》，第 109 页，苏州大学出版社，2003 年。

② 同上书，第 123 页。

为语言实验的道具：

乌鸦　在往昔是一种鸟肉　一堆毛和肠子
现在　是叙述的愿望　说的冲动
也许　是厄运当头的自我安慰
是对一片不祥阴影的逃脱
这种活计是看不见的　比童年
用最大胆的手　伸进长满尖喙的黑穴　更难①

去情节之后，物，无法带动或提供口语一个生活化的表演舞台，对一个物件说上92行话是很要命的事。于坚不得不调整口语的速度和重量。于是于坚惯用的日常口语在诗中发生了调节性的质变，变得比较凝重，不再是滔滔不绝的对白式与个性化口语，反且有了形而上学的味道，让读者以为从中可以读出些什么。“乌鸦”在大众读者的阅读过程中，会不会产生诠释障碍？在精英读者眼里，会不会上升为某种象征或隐喻？都很难说。毫无疑问，这是一步险棋。比较之前的诗作，于坚似乎放下了心里长期预设的理想读者，独自沉溺在叙事的实验里。

另一首《事件·铺路》(1990)则属于第二类“纯粹的事件叙事”，对任何读者或评论家来说，都是相当大的挑战：

这里是最后一截坏路　好地毡上的一条裂缝
威胁着脚　使散步和舒适这些动作感到担心
一切都要铺平　包括路以及它所派生的跌打
药酒　赤脚板　烂泥坑和陷塌这些旧词
都将被那两个闪着柏油光芒的平坦和整齐所替代②

这首诗(以及同一系列的“事件诗”)所呈现的画面，和微物叙事的语调，清楚指出了于坚在“全口语”写作上的转向，虽然此诗的描述对象跟《对一只乌鸦的命名》不同，但早期豪放的叙事语态和神情，都出现了很大程度的收敛，不再是天南地北的闲聊，或者强调生活感的叙旧；

---

① 于坚：《对一只乌鸦的命名》，《于坚集(卷一)：一枚穿过天空的钉子》，第228页。
② 于坚：《事件·铺路》，《于坚集(卷一)：一枚穿过天空的钉子》，第240页。

于坚变了样，在微物叙事的进程中，异常稳重且专注，叙事语言中的个性化元素便降低了，冥思取代了生活感。更重要的是叙事程序的逆反：以往的叙事是从生命经验中提取素材和事物，外化成为写作的对象；如今却是从外在的词库搜罗各种合用的语词，植入叙事对象的书写范畴内，层层涂布，交叠成诗。与此同期的《事件·寻找荒原》(1989)、《事件·停电》(1991)、《事件·谈话》(1992)、《事件·诞生》(1992)，再也读不出云南汉子的那种带有几分说书人色彩的粗犷声音，于坚很明显地从叙事的台面上撤退了。当然，这未必是一件坏事。

越是细微的“微物叙事”，语调就越理性、平稳、宁静，诗人的隐退正好让阅读的焦点回到诗的主题上去，进入无作者的忘我阅读。《坠落的声音》(1991)就是一次可遇不可求的、无比精细的“微物叙事”。这应该是于坚在口语实验上的终极成果，不可思议地展现了一场声音的诗学：

> 我听见那个声音的坠落　那个声音
> 从某个高处落下　垂直的　我听见它开始
> 以及结束在下面　在房间里的响声　我转过身去
> 我听出它是在我后面　我觉得它是在地板上
> 或者地板和天花板之间　但那儿并没有什么松动
> 没有什么离开了位置　这在我预料之中　一切都是固定的
> ……
> 那声音　相当清晰　足以被耳朵听到
> 又不足以被描述　形容和比划　不足以被另一双耳朵证实
> 那是什么坠落了　这只和我有关的坠落
> 它停留在那儿　在我的身后　在空间和时间的某个部位[①]

严格来说，声音算不上物，声音的坠落更算不上事，这是一场几乎是无物亦无事可叙的“微物叙事”。此诗如迷宫般回荡的语词和思绪，对一般读者头脑里自然启动的解读行为而言，是巨大的灾难。于坚给

---

① 于坚：《坠落的声音》，《于坚集(卷一)：一枚穿过天空的钉子》，第251页。

读者的第一个问题或许是：这首诗究竟在写什么？大部分读者会动用所有的阅读经验和分析方法（存在主义、后现代主义、语言学、现象学……），去推敲坠落的过程，以及空间里各种物件的暗示，最后得出比诗本身更为抽象更为难懂的诠释结果。或许有部分读者直接放弃追问，很单纯地把诗句重复念了一遍又一遍，然后发现于坚留下的第二个问题：诗一定要写什么吗？接下来可能联想到韩东说过的“诗到语言为止”。

于坚极可能想传达的是：诗不一定要写什么。或者说，诗里面不一定要装什么。为什么诗句本身不能成为阅读的焦点所在（这往往是诗歌阅读行为中最大的盲点）？所谓的学者或精英读者不一定要动用庞大深奥的诠释方法，硬是弄出一番道理来。于坚在此追求的是纯粹的诗歌，他认为“这个充满伪知识的世界把诗歌变成了知识、神学、修辞学、读后感。真正的诗歌只是诗歌。诗歌是第一性的，是最直接的智慧，它不需要知识、主义的阐释，它不是知识、主义的复述”①。这会不会是一首不可解又不必解的诗呢？只需轻松朗读（或内心默念），任由坠落的声音，在听觉里产生神奇的声纳效应，尾随着回荡不止的诗句，逐步形塑出空间的全部细节，形象精致，定位精准，所有被声纳现形的事物，最终回到朗读本身，也就是语言本身。没有别的。

在此可以发现一个事实：口语的调校②。在《对一只乌鸦的命名》和《事件·铺路》的基础上，于坚作了进一步的微调，调制出具有沉思味道的独白式“半口语”，类似持咒者的喃喃自语，略带一点催眠感，一点必要的黏度，可以将散布各方位的念头、物体、语词，黏成一体以免散落。最后在声纳效应里孕育出无以名状的叙事魅力。这种沉思状态的半口语叙述，让于坚有了新的体悟。当“半口语”取代“个性化（全）口

---

① 于坚：《棕皮手记　1999—2000》，《于坚集（卷五）：拒绝隐喻》，第73页。

② 诗歌中的口语调校是第三代诗人的宿命。凡是紧紧抱着原初的口语写作一意孤行的第三代诗人，不出几年就开始走下坡路，诗歌质感不断磨损到味同嚼蜡为止。这个现象构成了“90年代诗歌”的内伤，只不过大部分诗人和论者将之归咎于整体文化语境的转变。我在《论“房山想象”对中国第三代诗歌美学的省思与调校》（《新诗评论》2011年第2辑）一文中，特别探讨过这个问题。

语”，正意味着——这是“微物叙事”的极限，也许是尽头。

在这一年，于坚同时写下三首跟《坠落的声音》相近的诗篇，如《正午的玫瑰》(1991)、《正午的玫瑰另一结局》(1991)，《事件：停电》(1991)，都足以成为第三代诗歌的代表作。从1981年的《云南汉子》到1991年的《坠落的声音》，整整十年，于坚终于完成他的口语实验。但他并没有停下脚步，翌年，于坚发表了最具争议性的《〇档案》(1992)，试图将“微物叙事”提升到另一个前所未见的新境界。

从形式上看来，于坚《〇档案》符合后现代诗的某些特征，骨子里却蕴含了存在主义者对人生的思考与批判。这首诗在主题上的构想，是为了突显现代人的一生如何被制度和现实归档、分析、管理，“档案化”的人生是扁平的，完全没有丝毫生活情趣可言。这么一首诗在先天上面临了一个很不利的处境，大量琐碎的名词会入侵到诗歌里来，破坏诗性与美感，这是于坚再次选择的绝境。在写作此诗时，连于坚自己都“毫无把握，一时觉得它是不朽的东西，一时又觉得它是一堆语言垃圾”①。

此诗几经波折才在1994年1月的《大家》创刊号上刊出，同期刊出贺奕的长篇评论，其中有一段话很有意思，他说：“我久久揣测于坚写这首长诗的真正意图。他不会愚钝到不明白这是一场空前的冒险，很可能一举断送他的一世诗名。如果选择其他的体裁倒还另当别论，可于坚偏偏想在当代生活中最缺乏诗性的事物上发掘出诗性来。他想尝试让绝缘体通电。”②档案化的人生境况，只是于坚选择的险径，如何在诗性的毁灭中创造出他预期中的不朽诗篇，才是真正的目的。所以对此诗的主题讨论是次要的，重点在一次终极的叙事实验。

《〇档案》的序幕是“档案室”，类似《坠落的声音》的微物叙事，但少了那种迷人的声纳，空间内容变得极其琐细，而且高度数据化，十足档案室的冷硬感觉。这是全诗的开头：

---

① 于坚：《回答诗人朱文的二十五个问题》，《现代诗》复刊第23期(1995/03)。

② 贺奕：《九十年代的诗歌事故——评于坚长诗〈O档案〉》，《现代诗》复刊第23期(1995/03)(按：此文在《大家》发表时部分文句有所更动，翌年台湾《现代诗》根据贺奕的原稿重新刊出，是为善本)。

建筑物的五楼　锁和锁后面　密室里　他的那一份
装在文件袋里　它作为一个人的证据　隔着他本人两层楼
他在二楼上班　那一袋　距离他 50 米过道　30 级台阶
……
他那年 30　1800 个抽屉中的一袋　被一把钥匙　掌握着
并不算太厚　此人正年轻　只有 50 多页　4 万余字
外加　十多个公章　七八张相片　一些手印　净重 1000 克①

在这段冷硬、乏味、冗长、无情节的叙事进程中，于坚展现了他对空间细节的洞悉力和掌握力，精准、深刻，似乎没有错过视窗里的每件事物，因而残酷地切中"档案化人生"的主题，人的存在和价值都罗列在档案的字里行间，四万字的资料成为一个人的生命内容。这种罕见的笔法可能对部分精英读者产生巨大的正面冲击，对大众读者来说，说不定会是一场灾难的开始，在这里找不到音韵感，找不到意象与意象相互交会的美感，一定有人质疑：这还算是诗吗？很明显的，这里头少了《尚义街六号》的趣味性，人物失去了血肉（正是此诗将人"档案化"之目的与结果），以这样的叙事策略持续发展成一首三百多行的长诗，根本就是自毁行为。接下来的"卷一・出生史"和"卷二・成长史"在大量名词的罗列与叙事节奏的调控之间，同样未能取得理想的平衡，而陷入诗性流失的困境。后来，随着人与档案的同步成长，到了"卷三・恋爱史（青春期）"才有了新的变化，于坚对真实生活的幽默感和青春野性全都回来了，尽管他把生活肢解成一串名词，但叙事的语感是炽热的，相信大部分读者会自行衔接诗句与诗句之间刻意产生的间隙：

（回忆）那一日　他们　同班男生　全是 13 岁　涌进来
学校的男厕　墙上画着禁止的一切　好多动作　手淫这个动作
手淫是最初的动词　男人的入场券　手黏乎乎　立刻完事

① 于坚：《〇档案》，《于坚集（卷二）：〇档案》，第 29 页。

温度正好　尝到了那种小甜头　亚当们　找不着词儿宽恕自己

他们要的词外面没有　外头是母校这个名词　教室这个名词
外头是花园　水池　黑板　大操场　阅览室　书这些名词
和他手上的活毫不相干　男孩们憋得慌　只好做些暧昧的手势[①]

在这里要谈的是节奏，或者被于坚称作语感的东西。说到青春期懵懂的性欲，于坚那股说话的劲就来了，跟他聊起尚义街六号伙伴们的情绪是一样的，正是这股把话聊开来的劲，结合青春期内在的骚动，让这段淫秽的青春叙事变得生猛，无论是场景、人物动作、情欲反应，一律毫无蔽掩，因而更为饱满和传神。这是全诗写得最具有语感的段落，读起来可以感受到于坚所说的“确实有一种在指挥一个交响乐队的强烈快感”[②]。叙事的内容/题材很直接地主导了于坚的语感节奏，在“卷四·日常生活”即可证实这个现象。档案化人生的日常生活样态，必须抽离人性化、温暖的部分，呈现在诗里的只剩下可怕的动作和步骤。“卷四·日常生活”这两段分别描写“3. 起床”和“4. 工作情况”：“穿短裤　穿汗衣　穿长裤　穿拖鞋　解手　挤牙膏　含水/喷水　洗脸　看镜子　抹润肤霜　梳头　换皮鞋/吃早点　两根油条一碗豆浆　一杯牛奶一个面包　轮着来/穿羊毛外套　穿外衣　拿提包　再看一回镜子　锁门/用手判断门已锁死　下楼　看天空　看手表　推单车　出大门”[③]，“进去　点头　嘴开　嘴闭　面部动　手动　脚动/头部动　眼球和眼皮动　站着　坐着　面部不动　走 4 步/走 10 步　递　接过来　打开　拿着　浏览　拍　推　拉　领取/点数　蹲下　出来　关上　喝　嚼　吐　量　刷　抄　弯着”[④]。单就内容来看，于坚确实勾勒出一幅宛如行尸走肉的生活图景，揭露了残酷的存在本质，并强烈批

① 于坚：《○档案》，《于坚集（卷二）：○档案》，第 33 页。
② 于坚：《回答诗人朱文的二十五个问题》，《现代诗》复刊第 23 期（1995/03），第 23 页。
③ 于坚：《○档案》，《于坚集（卷二）：○档案》，第 36 页。
④ 同上。

判了现代都市文明对人的深层宰制。然而,在纯粹的“微物叙事”当中,一旦抽离了事件的趣味性和人物的血肉感,或者较罕见的声纳构图之创意,原有的诗性和语感势必严重流失,于坚令人胆战心惊的口语叙事,终于超出诗与非诗的临界点,成为非诗。类似的行文模式,无可挽救地吞噬了《〇档案》。

不管从哪个角度来诠释,《〇档案》都很难评定为成功之作。

于坚在《尚义街六号》和《坠落的声音》中分别研发出两套写人和写物的“微事叙事”技巧,当它们融入《〇档案》时,那个章节就活了起来,一旦抽离,企图进入一种更纯粹、更破碎、更冷硬的事态叙述,诗句便下坠到文句的状态。这个实验是必要的,经过不同角度和样式的叙事,于坚的“微物叙事”语言得到一次大规模的回馈,可行与不可行的路径一目了然。《〇档案》面临的叙事困境,跟韩东的名篇《甲乙》(1991)极为相似,这两首诗对同时代诗人在叙事策略和技巧上的实验,有重要的示范作用,它们不约而同地跨出口语叙事的临界点。韩东的叙事实验到《甲乙》为止,于坚持续各种形态的叙事实验,先后写下《金鱼》(1995)、《在诗人的范围以外对一个雨点一生的观察》(1998)等多首相当出色的微物叙事,以及大气磅礴的《在钟楼上》(1992),但始终无法达到《坠落的声音》或《尚义街六号》的高度。

结　语

于坚的口语诗歌实验,尤其在1980年代的审美准则里,经常被视为“非诗”的争议物品。20年后他谈起这段往事时,点出了问题的关键:“我记得我的诗在80年代很难发表,只有民间刊物才接受我的作品。朦胧诗一开始就给人一种用诗语写作的印象。诗语是什么?就是在书面诗歌中已经被认可的诗歌行话。朦胧诗是用诗歌行话写作的,它的原创力不在语言上,而在意象、意义上。我的诗当时是被视为非诗的,因为不是诗歌行话,而是对读者的阅读诗歌习惯来说比较陌生的日常语言。那个时候,大家都认为先锋派的诗歌就是朦胧诗那种形式,是象征的、隐喻的，用意象来进行蒙太奇式组合的那种东西，并且是抒情的。”①于坚前半辈子奋力对抗的，正是一套行之有年的诗歌行话，宰制了一代人的阅读与创作，第三代诗歌崛起的最大意义就是颠覆这套老规矩，上承五四的白话文运动，重新唤醒诗歌里的口语写作。

韩东、于坚、李亚伟、宋渠与宋炜等第三代主力诗人，分别用自己的写作方式来开辟这条口语化道路，其中走得最长远、最精彩、最彻底、最具争议性的，还是于坚。尤其在微物叙事的险径上，冒着非诗的危险和骂名，一意孤行，写出了许多意义非凡的诗作。整体而言，于坚有两大贡献：(一)开辟并拓宽了口语诗歌写作的其中一条可行道路，即是本文以“微物叙事”为核心的论述范围；(二)“牺牲”了自己的部分诗作，由此证实了口语写作普遍存在的险径与绝巷(无论口语写作或日常叙事，都是失败率极高的创作实验，在中国诗界可以找到无数的例子)，这对第三代诗歌在1990年代叙事风潮的发展，有很大的预警作用。

---

① 于坚、谢有顺：《于坚谢有顺对话录　在路上的诗歌》，第106—107页，苏州大学出版社，2003年。

楔入现实的钉子

——论蓝蓝近期诗歌的现实倾向

肖学周

和此前的创作相比，蓝蓝出版于2010年的诗集《从这里，到这里》发生了明显的转向。其转向主要体现在从小现实转向大现实，从内现实转向外现实，从根本上来说，则是从自我的现实转向"他我"的现实。蓝蓝的这次转向是听从良知的命令，接受时代的订货，并响应永恒事物召唤的结果。强烈的现实倾向与富于表现力的现代性艺术相结合，造就了一部令人震撼的真实之诗，一部中国当代的《恶之花》。

一

早在20世纪初，里尔克在他的小说《马尔特手记》(1904—1910)中就提出诗是经验的说法："因为诗并不像人们想象的那样，只是简单的情感(感情，我们已经拥有得足够多了)；诗更多的是经验。"[①]从感情转向经验其实是由浪漫主义转向现代主义。从这种历史语境出发，现代主义作品的核心是书写经验，其基本功能也不再局限于审美，所谓动人心弦，或让人流泪，而是智慧的启迪，让读者认识人生，认识时代。当然，这种认识是在情感的颤动状态中完成的。蓝蓝的近作《从这里，到这里》就是这样一部让我深受震动的现代主义诗集。

关于现代性，茨维塔耶娃有个说法：大艺术家总是现代的。而现代就是服务于时代，被时代唤醒，并与时代保持同步。她说："做与时代

---

① 里尔克：《马尔特手记》，曹元勇译，第24页，上海文艺出版社，2007年。

同步的人——意味着开创自己的时代，而不是反映它。即使要反映时代，也不是像镜子那样，而是像盾牌一样。做与时代同步的人——要开创自己的时代，即与时代的十分之九拼搏，如同与十分之九的初稿作战一样。”在这里，茨维塔耶娃所说的“同步”侧重的并非人与时代的趋同性，而是差异性，甚至是对抗性。正是这种差异性和对抗性构成了时代的新质，即现代性。基于这种观念，茨维塔耶娃对自己的创作做了如下概括：“时代的订货即是我良心的命令，是永恒事物的召唤，这是为所有那些内心纯正、不被颂扬的被害者而存的良心。我写的东西，良心的命令高于时代的订货，对此，我可以以爱高于恨做保证。”[①]在我看来，蓝蓝就是这样一位接受时代的订货、听从良心的命令，并响应永恒事物召唤的诗人。早在上个世纪末，蓝蓝就说过：“我希望自己能够写出将目光投向与时代和永恒建立了联系的事物而不是‘个人’的作品。”[②]由此可见，蓝蓝是一个被时代唤醒，并对时代发言的诗人。她的发言因深入时代而生成力量，因高度的艺术转化而获得超越时代的品格。

二

在《未完成的途中》，蓝蓝写道：“楼下的钉鞋匠，取出含在嘴里的钉子/抡起铁锤，狠狠地楔进生活的鞋底，毫不/犹豫。”诗人蓝蓝就是这样一个钉鞋匠，只是她从嘴里取出的不是钉子，而是带着体温的词语，然后用良心的铁锤把它们深深地楔入生活，楔入现实，楔入那些致密的黑暗，让一颗颗尖锐的词语高速旋转着深入现实，迸射出一片片刺人耳目的灼热光芒：

整整一上午，他拎着镐头
在工地的一角挥舞

① 茨维塔耶娃：《诗人与时代》，见《茨维塔耶娃文集·散文随笔》，第301页，东方出版社，2003年。

② 蓝蓝：《散文诗观·答编者问》，见《飘零的书页》，第265页，河南人民出版社，1999年。

赤裸的脊背燃烧起阳光
汗珠反射肌肤和树荫深处的愤怒

整整一个上午，刨土声平衡着
夏天与寒冷之间的沉闷陈述

更大的喊叫来自搅拌机，石头和一部分
冷漠的听觉在那里破碎

我的注视是一阵剧痛：
他弯曲的身体，丈量台阶的卷尺

而此前，我恍惚看到一支大军
行进在他粗壮脖颈和双臂的力量中

一瞬间我以为身边的楼群
是树林，是鸟在黑暗里……而

我的脑袋撞到想象力的边界：整整一上午，他
像渺小的沙子，被慢慢埋进越来越深的地桩。[①]

《从这里，到这里》中的诗歌大体上写了两种苦难，一种是常态的，一种是非常态的。这首《纬四路口》(2007)属于前者。蓝蓝是个抒情诗人，而这首诗却以细腻的写实见长，其造型之精严在蓝蓝的诗歌中应该是最突出的。我倾向于认为是诗人所表达的生活改变了她的写作风格。许多诗人，尤其是抒情诗人根本没有造型塑像的能力。昌耀的伟大就在于他是一个善于造型塑像的抒情诗人。与昌耀的造型诗相比，《纬四路口》毫不逊色。蓝蓝笔下这个脊背赤裸，身体弯曲，挥舞着镐

① 蓝蓝：《纬四路口》，见《从这里，到这里》，第16—17页，河南文艺出版社，2010年。此后所引蓝蓝的诗均出自本书，不再一一注明。

头的民工已经成为铜铸的雕像,注定要流传久远。我注意到,这首诗是在北京完成的。可以这么说,这个在郑州市纬四路口卖力的民工一直跟随着诗人,促使诗人把他写出来。也可以这么说,从看到这个民工的那一瞬间,诗人就不可能丢下他了。这种相遇本身就是他们签订的无声契约。由于激情的强烈冲撞,蓝蓝的许多诗歌节无定句,句无定字,而《纬四路口》却是两行一节的形式,自然是出于对严谨塑像的应和,这种节制无疑增强了此诗的力度:

赤裸的脊背燃烧起阳光
汗珠反射肌肤和树荫深处的愤怒

整整一个上午,刨土声平衡着
夏天与寒冷之间的沉闷陈述

前两句诗充分体现了修辞的力量。本来是阳光照着民工的脊背,诗人却把它倒置过来,说成“赤裸的脊背燃烧起阳光”,似乎是民工的脊背点燃了阳光,似乎脊背的温度要高于太阳。在这里,阳光作为一个背景,成为塑造民工主体形象的有力陪衬。“汗珠反射肌肤和树荫深处的愤怒”这句诗至少写了两个层次。“汗珠反射肌肤”是个特写镜头般的细节,民工的肌肤映照在他身上的一颗颗汗珠里,其卖力之情清晰可鉴,由自身为证;然而,汗珠还反射着“树荫深处的愤怒”,这是个远景,是纳虚于实的写法。谁在树荫深处呢,监工?为什么愤怒呢,工人不够卖力?切实的卖力以及不够卖力的认定都映照在汗珠里,这个细节居然容纳了如此巨大的张力。

“整整一上午”在诗中出现了三次,这是民工持续劳动的时间,也是诗人持续观察的时间。值得注意的是,引用的这句多了一个“个”。思考它们之间的微妙差异,不妨说“整整一上午”暗示时间的漫长,而“整整一个上午”似乎变成了一个单调的时间单位。这样的单位可以是当下的夏天,也可以是过往或将来的冬天。在这里,诗人用一个中午几乎容纳工人的一生,这是高度凝练的诗句。季节在变换,工地在变换,而工人不变换,他只是刨土,反复刨土,刨土声在炎热中膨胀,在寒冷中凝缩。耐人寻味的是,诗人说它平衡着季节的不均衡,其言外之意是如果只有一个季节,他的刨土声只能落入炎热或寒冷的单一环境中,工人的生活将更加沉闷。我认为这不只是修辞问题,而是体现了诗人对写作对象的充分体贴:民工的艰苦很多诗人都能看到并写出,但是他们生活的单调,精神的沉闷却很少有人触及。

接下来的一节写到了声音,也是民工的劳动环境。人与机器共同施工,这是城市建设的普遍图景:

> 更大的喊叫来自搅拌机,石头和一部分
> 冷漠的听觉在那里破碎

如果说"沉闷"把人拟物化了,那么,"喊叫"无疑把机器拟人化了。"更大"是说搅拌机的轰鸣高于民工的刨土声。众所周知,搅拌机破碎的是石头,而诗人却把石头和"一部分冷漠的听觉"并置,它们同时遭到了粉碎。不难想见,搅拌机的轰鸣改变了人际关系,它让人们的交流变得艰难,如诗中所写的,它粉碎了劳动者的交流,也粉碎了对其他劳动者的同情。每个民工都是孤单的劳动者。在机器的轰鸣声统治下,一边干活一边说笑的集体劳动已成过去,劳动彻底变成了艰苦、沉闷、无趣的劳役。

诗歌后半部分转向诗人的痛感,所谓"我的注视是一阵剧痛",这阵剧痛源于诗人对写作对象的进一步体贴。关于体贴,蓝蓝曾谈过如下看法:"当我写下'体贴'这个词时,它所包含的肌肤温度、质感、柔情和爱便涌上心头。如今人们所谓的'体贴'可以用诸如无微不至的关心替代,而忘记了它的原初本质是用整个身心去拥抱和温暖。"①我在这里用"体贴",是想表达蓝蓝对写作对象的深度同情。然而,诗歌最后却是:

> 我的脑袋撞到想象力的边界:整整一上午,他
> 像渺小的沙子,被慢慢埋进越来越深的地桩。

对于诗人而言,想象力既是一种建设性力量,也是一种异质性因

---

① 蓝蓝:《写作手记》,见《内心生活》,第238—239页,春风文艺出版社,1997年。

素。借助它，诗人完成了对写作对象的部分理解，而不是完全理解：“我的脑袋撞到想象力的边界。”诗人和她的写作对象仍然是两个人，两个不同的人，而且，诗人的深度同情并不能改善那个民工的命运，诗人看到那个刨土的人终于把自己埋进了他刨的深坑里，像一截地桩。当然，这是一个活埋的隐喻。“活埋”其实是诗人对无数劳动者生存境遇的形象写照。试看另一首体裁和写法相近的诗《矿工》(2004)：

井口边你羞涩的笑洁净、克制
你礼貌，手躲开我从都市带来的寒冷。

藏满煤屑的指甲，额头上的灰尘
你的黑减弱了黑的幽暗；

作为剩余，你却发出真正的光芒
在命运升降不停的罐笼和潮湿的掌子面

钢索嗡嗡地绷紧了。我猜测
你匍匐的身体像地下水正流过黑暗的河床……

写《纬四路口》时，诗人用的是“他”，这首《矿工》却以“你”相称，距离分明拉近了。从所引的诗句来看，如其说写的是一个人的两种状态，不如说写了两种命运：一个是井外的矿工，同样拥有健康的生命；一个是井内的矿工，随时可能被活埋。前者为诗人所见，礼貌拘谨，与“我”有隔阂；后者为诗人所想，如同另一个“我”，却是猜测中的，“我”的脑袋再次“撞到想象力的边界”。在蓝蓝的这类诗中，始终存在着想象与真相之间的张力，这并非源于想象力的局限，而是表明“我”与“他”或“你”的界限。就此而言，想象力的局限反而可能使诗中的人和生活显得更真实。在《5.12后遗症》中，蓝蓝这样描写汶川地震在她心灵中造成的持续震荡：

那一座座灰色的大楼棺材
每天都在可恐怖的阳光下摇晃

——就要把人活埋！

“活埋”是蓝蓝诗歌的关键词，是蓝蓝笔下人物的普遍命运。除了瘦谷、马长风、徐玉诺等人之外，蓝蓝诗中的人物大多是无名者，所谓“无名者是你真实的名字”，而且，这些无名者往往是弱者、被奴役者、被压抑者和被伤害者。《同乡》是极具波德莱尔气息的一首诗，在诗中，蓝蓝如此描绘她的河南老乡：

被诅咒活捉，贫穷追赶的一群
自己家园的入侵者。河南人
就是截断的肢体
夜晚在城市劳作的动物，垃圾和幽灵
没有人能看到你们的脸——

就此而言，蓝蓝的写作是与活埋的对抗，把那些被活埋的人记录下来，挖掘出来。正如她说的，“我的笔要……挖掘被活埋的东西”。

三

相比而言，蓝蓝的诗歌中写非常态苦难的更多，而且往往刻画群象。如《即景诗》(2002)，《克拉玛依之夜》(2004)，《艾滋病村》(2005)，《真实》(2007)以及写汶川地震的那些诗(2008)。据说，当代诗歌被质疑的理由之一是它不反映现实，尤其是公共领域内的现实。的确，如今沉溺于个人潜意识的诗歌写作者不在少数。而蓝蓝的这些诗就像宽窄不同的绷带，足可封住那些质疑者的嘴了。克拉玛依大火发生于1994年12月8日。据说火灾发生后，某官员高喊“学生们不要动，让领导先走！”结果，在325位死难者中，288人都是参加文艺演出的中小学生。在《克拉玛依之夜》中，诗人把死难者称为自己的孩子，从而增强了苦难的切身感。这首诗大体上也是两行一节，炽热的修辞中充满了富于力量的细节：“火焰的铁棒还在捶击你弯曲的脊骨/你慢慢变黑的小胳膊。”在这首诗以及其他作品中，蓝蓝的修辞鲜明地呈现出暴力倾向，这种倾向同样不只是出于诗人单纯的修辞，而是源于现实的残酷，是为了与现实的残酷形成准确的对应关系：把飘忽的火焰比成坚硬的铁棒，并顺势带出力度强悍的“捶击”二字，让它指向已经弯曲的脊骨以及慢慢变黑的小胳膊，种种不忍之情叠加着更加凶狠的摧残：烧死人的大火仍在烧已经被烧死的人。“你的血/滴在被黑色石油喂肥的官员的餐巾上”，“孩子/我们的嘴唇同样也是被堵死的洞穴”。前者旨在揭示非常态苦难的成因。后者是说剩存者和那些被烧焦的人一样不许说出真相。被烧死的孩子们，提前逃离的官员，剩存者，写作者，这些联系合成了此诗的震惊效应。

《艾滋病村》则从人转向了人生活的环境，诗人如同一个小心翼翼的观察者，在距艾滋病村很远的地方仔细察看：诗歌从村外写到村内，用“微风”来结构。在艾滋病村，只有微风是个活物，人不再出现，他们已被埋入坟头，而坟头破碎的纸幡被微风吹得瑟瑟作响。这首诗营造了一种死寂的氛围，微风及其吹拂的声响增强了死寂感，这种复调性氛围生动地传达了艾滋病村的恐怖气息：整个村子变成了一座巨大的坟墓。

当年，杜甫写《潼关吏》，其中有“哀哉桃林战，百万化为鱼”之句。而《真实》这首诗的名字异常抽象，如果没有副标题，读者很难弄清诗中所写的到底是什么真实。“石漫滩 75·8 垮坝数十万死难者”是高度浓缩的词语：地点，“石漫滩”；时间，1975 年 8 月；事件，因坝垮而“化为鱼”的十余万驻马店人民。据相关记载，灾后 300 万人受困，100 万人染病，其中 14 万人亡故。由此来看，这是一首打捞历史的诗。我不想说此诗的作者是女杜甫，但有了这首诗，新诗便有了回应质疑的力量。换句话说，这首诗以坚硬的质地强化了新诗的纯正性、先锋性和典范性：

死人知道我们的谎言。在清晨
林间的鸟知道风。

果实知道大地之血的灌溉
哭声知道高脚杯的体面。

喉咙间的石头意味着亡灵在场
喝下它！猛兽的车轮需要它的润滑——

碾碎人，以及牙齿企图说出的真实。
世界在盲人脑袋的裂口里扭动

……黑暗从那里来

《真实》的特色是写现实而不为现实牵制。诗人彻底避开了那种对现实的拘泥式反映，似乎这是一首与现实无关的诗，如同数十万死难者从未存在过一样。但是，巨大的灾难和灾难的根源恰恰潜伏于每行词语的深处。换句话说，这首诗显示了诗人卓越的艺术转化才能：几乎每个句子都是由灾难和灾难的根源组成的。前四句均由“知道”联系起来，其前为结果，其后为原因，“知道”使因果关系显得直接而透明：“死人知道我们的谎言”，“哭声知道高脚杯的体面”。“死人”和“哭声”是结果，与灾难对应；“谎言”和“高脚杯的体面”为原因，与灾难的根源对应。如果说前四句写的是灾难发生的话，从第五句起转入对灾难的处理，平静的语气被激烈的声调取代。众多的亡灵像石头一样卡在幸存者的喉咙里，迫使还活着的人把它们咽下去。“喝下它！猛兽的车轮需要它的润滑——”，这句诗回响着曼德尔施塔姆《世纪》中的高音：“我的世纪，我的猛兽，谁能/与你的瞳孔直面相对……”作为恶的化身，“猛兽”仍然呼应着灾难的根源，它的车轮以亡灵为润滑剂，继续前行。下一行的“碾碎”承“车轮”而来，它要消灭那些企图说出真实的人。这一句分明是米沃什《使命》的回声。诗末暗示，灾难之后的世界仍孕育着新的灾难。因为黑暗正从盲目的主宰者裂开的脑袋中源源不断地释放出来。除最后一节外，《真实》仍是两行一节的体式，在肃穆的形体中包孕着巨大的力量，足可与亡灵对称。

在我看来，《真实》成为蓝蓝的代表作不是偶然的，除了上述原因之外，更主要的是因为这个题目集中显示了她的创作观念：真实。作品与现实对应的真实，以及由此形成的震惊效应。但是，在政治尚存的社会里，某些真实仍属禁忌。说出它需要勇气，甚至是以生命相随的极大勇气。在《火车，火车》中，诗人将这种勇气比喻成“狭窄铁轨”，正是它承载着呼啸而过的火车——写作：

“生存，还是毁灭？”
哈姆莱特在说话。而我的问题却是
关于沉默的罪过：
——“是说话，还是毁灭？！”

对经典作品的仿写体现了问题的严酷性，真实写作的严酷性。在一个话语禁忌尚存的时代里，说话与毁灭相距不远。米沃什在他的作品中多次描述过为了说出真相而承受的内心颤栗：是说出真实，走向毁灭，还是保持沉默，背叛真实？这是时代对诗人的严酷考验。那些从未感到这种考验的人难免离真实写作尚远。作为一个崇尚真实的写作者，蓝蓝同样承受着巨大的精神压力：

你有个秘密。你有说不出的耻辱。
这圆圆的东西里压缩着
你半生的噩梦。

它统治睡眠，把守夜晚的关隘
在你和死亡开战的床头。

这种用词语与时代保持对称的真实写作必然会改变写作者的生活：圆圆的“蓝色药片”成了必需品，只有借助它才能缓解由于组合方块字带来的压力。就此而言，蓝蓝是杜甫精神和杜甫诗艺的继承者，不同的是，杜甫从未写过这种因写作而产生的压力。这在一定程度上反映了当代诗人的写作困境，也凸显了蓝蓝超常的勇气。

四

值得考察的是，蓝蓝这个清纯的歌者为何产生了一个如此巨大的转变？她在《良知》中如此回答：

诗人啊,你想象力的翅膀
在通往高超技艺的途中
——拐了弯儿

在良知的支配下,这个弯拐得自然,也拐得有力。潜伏在蓝蓝身上的许多素质伴随着中年的来临促成了这次拐弯。此前的唯美倾向在现实的强力牵引下发生弯曲。因此,我倾向于认为蓝蓝不是一个投入时代的人,而是一个被时代卷入的人。这样说并不否定蓝蓝的主体性,因为她主动迎接了时代大潮的卷入。而蓝蓝此前的技艺探索保证了其作品的艺术性,没有艺术性的促进,诗歌只能是轻浮的点缀物,而不能完成对现实的呈现,更不能成为现实的对称性存在。蓝蓝的这次转向应完成于2007年,这一年她40岁。这一年,她不仅完成了从纯情诗向现实诗的转变,而且创作了许多成熟的作品。如前面分析的《纬四路口》和《真实》。《罪恶》和《我的笔》也是这一年写出的力作,它们写出的时间仅差一天。《罪恶》(2007年9月21日)晚出,记录了诗人转向期间的观念,诗人的内心明显发生了争吵,但最终审美意愿遭到了道德关怀的否定:

黄昏的美妙要求漫步,享受
钱币购买下的悠闲。树荫适合恋爱
统计数字适合罗列带花园的别墅
波尔多葡萄酒,学者西装的纽扣。

所有的裂口适合遗忘缝补。

必须有一道铁栅栏,隔开虫子
在我们幸福生活的一朵玫瑰上;
必须有压轧机,碾平漆皮鞋要走的路
啊,滑向音乐厅合唱的夜晚!

读这首诗,让我想起闻一多的《春光》和《心跳》,它们都体现了审美意愿与道德关怀的尖锐冲突。问题的症结在于,眼看着身边的人在受苦，自己能否心安理得地享福？从这两节诗来看，挑逗人们享乐的生活遭到了诗人的暗中否定，一种微妙的批判语气散逸于字里行间。其原因在于生活的阴暗面对诗人产生了更强大的牵引力，正如诗中所写的，“它（即‘我的血’）围绕监狱、下水道/墓地和道德的黑洞抽搐”。让我最震惊的是，“它们的胸膛有一把刀子深深搅动/当一颗心随刀刃的形状长成”。我认为这句诗比“因为利刃而生出了盔甲”更有力。事实就是这样，我们都是深度受害者，我们的生活一直被伤害规划着，我们是紧紧围绕、甚至凭借着伤害而成长的！“教育”就是这样的一把刀子（见《教育》，2006）。在《我的笔》（2007 年 9 月 20 日）中，蓝蓝的创作转向得到了明确的表达：

……我的笔
要钉住大皮靴燃烧的脚印
挖掘被活埋的东西。

它准备放弃天赋、流水账
插进坚硬的石头。石头。
它记录噩梦，记录弯曲的影子
真诚是它的哨兵。我的笔

穿越丑陋的疤，向下钻
直到岩层下的哀嚎握住它——
火和油。这是我想要的。

由此来看，蓝蓝是个有观念引领的诗人，而不是盲目的写作者。她断然舍弃了早年的青春抒情和琐碎题材，所谓“天赋、流水账”，转向更广阔更深厚更复杂的现实世界。在《叶芝作为一个榜样？》中，希尼如此评价叶芝：“他建议你为此而费心：如果你已经能够用你自己的方式写出一种诗，你应该抛弃那种方式，直面你经历的另一个领域，直到你获得一种新的声音，将那个领域得体地表达出来。”这句话同样适用于此时的蓝蓝，事实上，她自己也有过类似表述：“持续的写作（观察与思考)不断地纠正着写作者的某些偏见,并使写作者意识到先前所维护的停滞不前的习惯的愚蠢——它使我们保持了对于话语表达方式的警惕和敏感。"[1]蓝蓝把写作当成持续纠正自我的一种方式,而转向就是大幅度的纠正。完成转向之后,蓝蓝写出的作品更加深沉博大,内力满溢,接近希尼对叶芝诗歌的评价:"它用高度完美与善于节制的语调传达出那种慎重确定的声音,它赤裸的经典形式,它从情绪高潮到明智沉思的调节能力,它之于生活的终极真理。"《我的笔》这首诗既体现了转向的主张,也是转向之作,它也许受了希尼《挖掘》的影响,而我倾向于把这支笔和钉子联系起来,把它视为钉子的变体。这支笔或钉子"插进坚硬的石头",穿越现实丑陋的疤,钻入岩层,被最底层的哭泣和哀嚎紧紧环绕。这无疑是深度的诗,血泪之诗,拥抱现实并被现实拥抱的诗。在蓝蓝的心目中,诗人的工作就是钉鞋匠的工作,也是铁匠的工作:

一整夜,铁匠铺里的火
呼呼燃烧着。

影子抡圆胳膊,把那人
一寸一寸砸进
铁砧的沉默。

诗人的工作就是将强烈的激情锻造成一颗颗精致的词语。这里体现出修辞对生活的重写,甚至是改写。事实上,是铁匠抡圆胳膊敲打铁砧,而在这里,影子成了动作的主体,它把人砸进了铁砧,砸进了沉默。蓝蓝认为:"诗歌的本质是将个人极其微观的经验感受最大化地与世间事物以及时间发生广泛深入的联系,诗歌是通过这种特殊表达和内在节奏引起读者想象力重视并达到最大感受认同的能力。"[2]在想象力的驱动下,将微观经验与世界事物锤成一体的是词语,蓝蓝是个能让词语产生强力的诗人,大有杜甫那种"语不惊人死不休"的气势。蓝蓝酷

---

① 蓝蓝:《写作手记》,见《内心生活》,第229页,春风文艺出版社,1997年。
② 蓝蓝:《不分裂的诗人和诗歌》,《北京文学》2012年第2期。

爱用锤头和铁砧表达词语的力量，作品本身的表现力及其对读者的感染力：

……词。词
危险的风箱，当话语的浓烟
再次滚滚点燃
再次以锤头、铁砧
敲醒我耳朵里匿名的收信人

五

这本诗集的名字《从这里，到这里》出自《火车，火车》一诗。从蓝蓝的生活来看，“这里”指的是郑州，北京，或中国。因此，“从这里，到这里”可以转换为从郑州到郑州，从北京到北京，或从中国到中国。但更核心的是，“这里”指的是现实，时代的真实。正如蓝蓝在答《深圳商报》记者问时所说的：“我的意思是从现实生活出发，最后再回到现实生活中来。不管现实向我呈现的是微笑、狰狞抑或是肮脏的一面，我都会如实地表达出来。因此取名为‘从这里，到这里’。”[①]由此可见，“从这里，到这里”就是从现实到现实。这可以视为蓝蓝近期的创作宣言。

因此，有必要讨论一下现实、诚实（或真诚）、如实和真实这几词。前面分析的转向是个与现实有关的问题。蓝蓝诗中的现实转向并非从现实转向非现实，而是在现实内部的转向，即从小现实转向大现实，从内现实转向外现实，其扭结点则是从自我转向“他我”，即从自我的现实转向“他我”的现实。作为一个深谙创作之道的诗人，蓝蓝强调人与诗的整体性，她坚持做一个不分裂的诗人，写不分裂的诗歌。在她看来，“只要一个诗人没有内心分裂，只要他的感受和经验与书写保持诚实的一致性，那么，诗歌所呈现的最后的文本，就是对其感受、经验是如何与生活发生联系的真实描述，以及由此而来的由点及面、由特殊到普

① 蓝蓝：《诗人不应站在舞台中央》，《深圳商报》2011年3月31日。

遍的细致呈现"[①]。基于这种认识，蓝蓝否定了介入论和以题材论优劣的说法。在她看来，真正的诗人应保持对世界的想象力（蓝蓝本人还是一个童话作家），对他人的敏感，以及对身边生活的诚实表达。其区别仅仅在于只写自我或既写自我又写"他我"的视野问题，而不是介入不介入的问题，也不是题材优劣的问题。蓝蓝认为"其他人的命运就是你的命运"[②]，特别是在这个全球化时代里，人的命运无限趋同：在非典流行时，在汶川地震中，如此等等。因此，关注"他我"就是关注自我，"他我"的忧乐就是自我的忧乐。自我与"他我"一体化的倾向要求诗人不能再局限于一己的忧乐。正是因为领悟到了这一点，蓝蓝才把目光频频投向身边的人群，感受他们的忧乐，甚至以他们的忧乐为忧乐。《圣诞节》(2004)这首诗从孩子们漫长的期待写起，继之以母亲的张罗，但是在买蜡烛的途中，这位本来愉快的母亲突然看到：

而他蜷缩在水泥管道旁，颤抖
哆嗦着伸出手。——圣诞老人就要来了。

心境就这样被改变了，期待中的美好生活就这样被改变了。如果是一个非诗人，一个冷漠的人，看到这种情景完全可能置之不理。诗人却不一样，"对他人的感情"成了压倒性的感受。因此，在一个病相丛生的时代里，诗人往往是快乐不起来的忧郁者。在《哥特兰岛的黄昏》中，蓝蓝写出了这个名句："这样不洁的幸福/扩大了我视力的阴影。"所谓"不洁的幸福"就是仅限于自我的幸福，所谓"视力的阴影"就是由于"他我"的不幸而导致的审美抑制。这种不洁的幸福感体现的正是诗人的真诚。真诚是写作主体的基本品格，是促成作品真实性的必要保证。没有它，就不会有好作品。正如叶芝所说的："从生命的本性而言，诗人是活得完全真诚的人。更确切地说，他的诗歌越好，他的生活就越真诚。"[③]在《我的笔》中，蓝蓝说"真诚是它的哨兵"，也就是说，真

---

① 蓝蓝：《不分裂的诗人和诗歌》，《北京文学》2012 年第 2 期。

② 蓝蓝：《后记：寻找与裂痕对味的言说》，《从这里，到这里》，第 136 页，河南文艺出版社，2010 年。

③ 西默思·希尼：《叶芝作为一个榜样?》，译文未刊稿。

诚监督着“我的笔”，不许它说谎。在蓝蓝的作品中，谎言常常和苦难联系在一起，并被视为苦难的源头之一，是诗人竭力抵制的对象。蓝蓝还认为诚实就是“保持内心声音和实际行为的一致”，她认为只有这样才能写出不分裂的诗歌。

如果说诚实属于创作主体的基本素质的话，“如实”则是将现实转化为作品的一种方法。“如实”的基本含义是记录，它注重对现实的客观传达。所谓“记录噩梦，记录弯曲的影子”，如此等等，这显然已不是简单的记录，而有表现色彩了。蓝蓝认为“古往今来那些杰出诗人留下的诗篇，就是他们所生活的那个时代的记录”。[①] 另一种“如实”针对的则是创作主体的心情，不回避，不变形；事实上，要做到“如实”必须克服禁忌的压力与表达的阻力。蓝蓝信赖“如实”这种写法，她的写作可以称为“如实”写作。

真实是现实被诚实的诗人如实写入作品后形成的，是现实与诚实的结晶体，属于作品的品格。真实是现代主义的核心概念，它废除了审美的专制，致力于对现实生活进行全方位多层次的反映，以期形成强烈的震惊效应。可以说，现代主义对浪漫主义的反动就在于用真取代了美。美具有吸引力，它向内诱惑，令人迷醉，让人软化；而真则具有冲撞力，它向外扩散，令人震动，让人清醒。蓝蓝为两位河南诗人马长风（1923—2004）和徐玉诺（1894—1958）写的诗几乎具有钩沉历史真相的意义。诗人的温暖笔触与主人公的凄冷命运形成明显的张力关系，并生成了历史语境中的复杂真实性：

> “他们用脚踩我的脸。”他平静地说。
> 我没有看到仇恨。在黑暗中
> 他似乎忘了这一切。凄凉的笑
> 从脱落了牙齿的豁口温柔溢出

无须隐瞒，《纪念马长风》（2004）是一首让我震动的诗。“他们用脚踩我的脸。”这是一个令人难忘的细节。而主人公在回忆自己被批

---

① 蓝蓝：《不分裂的诗人和诗歌》，《北京文学》2012 年第 2 期。

斗时却是平静的，这不免出乎作者的预料，这位在场者替我们证实："我没有看到仇恨。"最具意味的是他的笑，分明是"凄凉的"，却又"温柔溢出"，"凄凉"似乎是没有表现出来的仇恨的变体，而"温柔"又淡化了这种"凄凉"。谅解，释怀，（面对询问者的）难堪？于此，我们不难体会这位老者的复杂心境。

在中国新诗史上，徐玉诺是个失踪的诗人。诗人告诉我们，这位早年颇有声名的诗人晚景凄凉。他写过一首《问鞋匠》，显示出摆脱尘世的倾向。用他来结束本文也许恰到好处：

……补丁盖不住暴力的
裂口。锤头。他缝着雨和黑暗，为了
无人继承的遗产：砧子上
一根钉子将痛苦深深地
砸进他的脑袋。

这首《鞋匠之死》（2005）中又出现了钉子，这是诗人徐玉诺留下的遗产。诗人蓝蓝继承的却是另一种钉子，她钉的鞋不是铁底鞋、水上鞋、云中鞋和梦中鞋，而是现实生活。她用良知的铁锤敲击词语的钉子，把它们深深地楔入现实生活，使一首首真实之诗得以展开和完成。总体而言，《从这里，到这里》是中国当代的《恶之花》，它以鲜明的现实倾向和富于表现力的现代性艺术形成了新的战栗。蓝蓝也因此成为这个时代最有力量的诗人。

“热衷于责任而毫无办法”

——读《马雁诗集》

李国华

对于马雁来说，“诗歌存在一种野心（这也是诗歌在功能设置上的一种可能），就是通过语言实验，尝试建立起一组朝向乃至渗透到现实世界的权力秩序”[①]。她从两个方面解释了这种“野心”的内涵：其一，“诗人应当对自己的艺术语言怀着极大的热情，寻找、质疑和运用当时最基本的粒子，这是创作最根本的基础，无法再细分——艺术的尊严和力量只由其基础许给。每一次对基础的重新发现，每一次通过实验对这种重新发现予以了证实时，这种艺术就获得了更新。艺术的尊严和力量在此，发明词语者，发明未来”[②]；其二，“写诗是一种简便的娱乐活动，使乏味的生活充满诗意，使没有神仙的世界也能处处得见神迹”[③]。这些可以说是马雁自己写诗的“野心”。如果天假以年，我们也许能够看到马雁将自己的“野心”变现。但她过早地放弃了“发明词语”，只留下一副“毫无变现的能力”的面貌。“毫无变现的能力”出自马雁写的《上苑艺术馆》一诗——那是她临终前的最后几首诗之一，那些诗表明作者有可能成为当代中国的一名重要诗人。《上苑艺术馆》全诗如下：

我从来没有进来过，此处
大约没有什么神秘之处，
神秘的是我。我奇怪的想象力中，

① 马雁：《自从我写诗》，《马雁诗集》，第202页，北京：新星出版社，2012年。
② 马雁：《隐喻式的阴影——克兰译诗及其他》，《马雁诗集》，第217页。
③ 马雁：《自从我写诗》，《马雁诗集》，第202页。

上苑艺术馆矗立在山谷里，
又漂浮在观念当中。
这里有三只猫，五只狗，
几十个人，还有向日葵、南瓜藤，
在在都是平凡之处，显现
冷淡的创造力，彼此相异的创造力。
彼此相同的创造力。
有人绘画，也有人雕塑，
还有人在这里做诗人。
保护可能性就是消灭可能性，
人们在这里倾向于沉默，
也倾向于聒噪，酒精是关键词，
但你可以不参与狂饮，
以某种代价。爬墙去整庄稼的
和苦斗于习作前的，都是
艺术家，毫无变现的能力。
他们也呼朋引伴，绝非出于
绝望，也非出于自大。
这些人毫无神秘之处，还有客人
和工人，彬彬有礼或心藏秘密。
早晨，常常是下着雨的早晨，
独自在院内走动，会遇到
还没有凋零的野花，那是探访者
小小的遗迹，接受被复制。
这些卑微的造物有力量。①

这首诗标题音乐式的诗思组织方式在马雁诗中最常见，意味着马雁不能算是一个诗情自然流露的诗人。如果说她是一个抒情诗人，那么她也一定是个智性的抒情诗人。《上苑艺术馆》从开头就出现的句

① 按，本文所引马雁诗和诗句皆见于《马雁诗集》，不另出注。

子断裂在上下两个诗行，是诗情犹豫或谨慎的表现，它说明写作者并非在简单地抒发感情，而是需要依靠智性的判断，才能落实抒情的基础、位置和方向。句子断裂在上下两个诗行，甚至上下两个段落，在新诗史中屡见不鲜。马雁的特点在于，她分割的是陈述句，而且通常割裂的是主谓结构和动宾结构。陈述句的割裂，意味着判断的延宕。马雁也许不相信陈述句，或者说她试图通过割裂句子结构来拷问陈述句与陈述句所陈述的事实之间的关系，组织更有张力的诗行。在给亡友马骅的《夏天的信》结尾，马雁写道："当冰凉的江水冲刷你时，有一个人不断/给你写信，到天起凉风时，给你写信。"字面是"不断"，句子则恰恰在"不断"处断，造成强烈的悖逆感，而"给你写信"的重复，进一步加强了这种感觉。但事实上因为友人已亡故，"不断/给你写信"这个行为已经无法真正发生，写作者的感情只能附着在词上，与物无关。这就是说，马雁需要通过割裂句子结构在词的意义上挽留物，挽住与友人的情感联系。由此可见，如何建立词与物之间的对应(?)关系，既是马雁的自觉，也是她每一首具体的诗运行的阻力和轨迹。在这个意义上，马雁说发明词语者发明未来，获得了在她自身诗艺层面的解释。因此，马雁认为"我们每写下一个字都冒着生命危险"①，对于她自身而言，是平情之论。

就《上苑艺术馆》这首诗而言，它运行的阻力来自于"观念"。上苑艺术馆"又漂浮在观念当中"，这是"我奇怪的想象力"的产物，是由词到词的结果，也即是想象力对"观念"进行造像。而造像与事实不符，诗的运行受阻，转而进入具象的描述，"这里有三只猫，五只狗"……云云。如果说受阻之前是通过"观念"来确立词与物的关系，受阻之后则是通过具象的描述来确立物与词的关系，前后发生了一次倒置。倒置的结果是诗中陈述句的完成越来越依赖于物以及对物的描述，由词到词的方式变得突兀。"此处/大约没有什么神秘之处"、"上苑艺术馆矗立在山谷里"等开头的陈述句有赖于"我奇怪的想象力"，也即"观念"的造像，倒置之后出现的"在在都是平凡之处"、"都是/艺术家，毫无变现的能力"、"这些卑微的造物有力量"等陈述句，都衔接在具体的物的

① 马雁：《塑料桶》，《马雁诗集》，第205页。

描述之后，是由物到词形成的判断。中间夹杂的“彼此相异的创造力。/彼此相同的创造力”、“保护可能性就是消灭可能性”等句子，从“相异”到“相同”，“保护”到“消灭”，没有物的线索，是由词到词，因此显得突兀，似乎是写作者在犹豫是否写下这样的句子，但终于又写下来，造成一种词从物的拘束中跃然欲出的效果。这种效果在《沙峪口村》、《桥梓镇》等诗中有更鲜明的表现。《沙峪口村》开头对“这里很安静”做了五行的具体描述后，突然以远取譬的方式写道：“这是/北中国的庞贝城，走来走去的/是太阳系无魔力的外星人。”这便大大地化约了物的具体性，为后来的陈述“不断地包裹着虚无的核心”奠定了基础。《桥梓镇》更是通篇取喻遥深，以剖开的没长成的西瓜比桥梓镇。这都表明马雁不是一个物的爱好者，她爱好的是从物的描述中建立词的可能性。这一点甚至在她早期的诗作《樱桃》中就很明显。《樱桃》的最后一段如下：

今天，我吃一颗樱桃，
想起一个女人在我面前，
缓慢，忍耐尔后大声喘息，
她曾经，作为母亲，
放一颗糖樱桃在我嘴里。
我缓慢吞食这蜜样的
嫣红尸体。是如此的红，
像针管中涌动的血，
又红如她脸颊上消失的
欲望——这迷人之食。

这首诗对于马雁的生命而言有多么重要是不言而喻的。她母亲因病去世，让她第一次在诗中描述切身的痛苦和生命的欲望，并达到惊人的深度。“樱桃”可以被置换为“尸体”、“血”和“欲望”，却又始终是食物——“迷人之食”，意象与意象之间跨度之大，端赖痛苦的生命体验。就像马雁在《我们乘坐过山车飞向未来》一诗中写的那样，“智慧来自痛苦”，樱桃与尸体、血、欲望之间关系的建立也来自痛苦。关系建立之后，樱桃作为一个词就获得了新的可能性。当马雁在晚于《樱桃》创作的《珠子》中写“路上我们/摘下殷红泼辣的樱桃”，在一首关于时间与生命的诗中，樱桃出现得再合适不过。曾经作为物的樱桃，至此彻底被马雁变现为词了。

然而，问题是马雁能够将物变现为词，却难以将词变现为物，如她在《上苑艺术馆》中写的那样：“爬墙去整庄稼的/和苦斗于习作前的，都是/艺术家，毫无变现的能力。”杨柳、明月等词引起读者各类共鸣的情形，樱桃一词恐怕绝不可能变现。以樱桃对杨柳、明月，当然未见公平，却正好反衬出新诗的词与物之间关系太个人化，难以让读者睹词见物，自动发生为词造像的联想。杨柳、明月之类的词，虽然承载的本属过去，但由于新诗并未提供多少替代之词，故而它们仍然要承载未来。那么，发明词语者发明未来，对于马雁这样自觉的诗人来说，无疑有着天将降大任于斯人也的意味。马雁因此曾经执拗地通过拆解一个字来完成一首诗，这就是她反思之时视为“没有什么大的意义”[①]的《厌》。所谓“没有什么大的意义”，意味着她要求诗歌表达的东西并未从词中变现。这使得马雁深感茫然。她批判“现在不少诗人写的诗，多过于琐碎，或过于笼统，都难追李白杜甫的境界，大概这就是一般人觉得现在的诗歌读起来没有意思的缘故吧”[②]，自己试图从中解脱出来，却发现：“我写诗似乎总是在较劲，却不知道在和什么较劲，因为语言本身已经相当丰富，人的体验经验也不甚缺乏，那么诗歌到底还能做什么呢，又几时做到过什么呢？”[③]这种茫然之感，也许不是什么个体事件。马雁说李白的“明月出天山，苍茫云海间”“背后有着汉语的共同记忆，因此汉语使用者得以有一个共同的景象”[④]，共同性的发现和期许在新诗当中也许从胡适开始就是一个困境。这当然不是说新诗毫无共同性可言，只是说新诗背后的汉语记忆仍然在经历共同化的过程，最终能否达到共同性，尚未可知。因此，马雁的困惑是深刻地内在于新诗发展的

---

① 马雁：《无力的成就》，《马雁诗集》，第 245 页。

② 同上书，第 240 页。

③ 同上书，第 241 页。

④ 同上书，第 240 页。

基本线索的。在《波希米亚人情歌》中，马雁写道，“他说，你在字与词中流浪。/不，不对，我在声音里流浪”，并表示，“流浪，/也就是说，我缠绵而坚定”，这意味着她虽然明知艺术家毫无变现的能力，但仍然持之以恒地与词为伍，希图有所成就。用她自己的话来说，就是：“写诗写了十多年，现在想起来，其实是没有什么进展的过程。我所使用的工具仍旧非常复杂，而我所具备的能力仍旧非常有限。也许创作就是如此，在无力感中时常又会遭遇到成就。”①“遭遇到成就”是个很好的表达，意味着创作主体建立词与物的关系不是出于建构，而是出于发现，即将词与物的天然关系通过诗歌自然地描述出来。所谓天然、自然，是指词与物本有关联，非指词物之关系从不假思索中得来。创作主体要“遭遇到成就”，必须是在锻炼诗艺的痛苦过程之后，即词与物都很丰富之后。这也就是“文章本天成，妙手偶得之”的意思。

从马雁现有的诗歌来判断，她十来年的诗歌创作其实是有一个进展过程的；而且也正是有一个进展过程，她才“遭遇到成就”。从诗的文字表层来看，马雁的句子越来越短，形容词越来越少，她越来越凭借名词和动词之间可能发生的关系组织句子，写出格言警句的味道。从词与物的关系来看，她早期的诗往往茫无所指，只是个体情感的某种不确切的状态。而她最后的那些诗，基本上都在努力描摹个体或群体生存的明确坐标，试图在立体的（涵括个人的、社会的、国家的、人类的）意义上建立词与物的关系，达成某种共同性和政治性。她的最后那些诗表明，她不再止步于为人类的个体写作，而是为汉语的群体与个体写作，她的个人写作具备了某种共同性。下面是马雁早期写作的《十二街》：

女贞树的白花
腻甜的午睡
她在自行车后座上
攀，空气里起伏的香味

---

① 马雁：《无力的成就》，《马雁诗集》，第245页。

硫酸雨漂洗
她的黑
她的白
她身体上的斑点

蝉镇压了整整一个星期的下午
他在店铺里,修一把琴

马雁大概对这首诗有一些自得,她曾经这样解释它:“是非常简单的诗,只用几行构造出一个想象的世界,香味是可以攀缘取得的,蝉声给人的压迫感绵延了一个星期的时间,想象中的人可以有无限的身体,而人们在做着自己的事情。每一首诗都能够实现这样的功能,但好的诗歌能做到的显然比这更完美。”[①]对读马雁的诗和解释,恐怕还是难以明白这首“非常简单的诗”究竟在表达些什么。它太简单了,简单得以至于稀薄,没有什么东西可以抓住。马雁强调:“往往在确切与模糊之间,我们看到一首好诗的好之所在。”[②]这意味着读者应该凭借自身对词的体悟,穿过模糊的表层,抵达物,抵达某种确切性。但一首诗如果太简单了,也就只剩下模糊,泛无所指了。《十二街》对于马雁个人而言,也许还不至于简单到一无所有,但对于读者而言,虽然有些什么可以意会,但终究太稀薄了。这样的诗,马雁后来放弃了;事实上,这样的诗在《马雁诗集》中也不多见。重要的是马雁后期的一些诗。当然,所谓后期的诗,如果马雁生命持续的时间长一些,也许不过是她早期刚刚成熟的诗而已。前引《上苑艺术馆》就是一首相对《十二街》而言,显得圆熟的诗。《上苑艺术馆》标题音乐式的诗思并不复杂,但比较《十二街》淡漠的抒情,其中“神秘的我”兼有抒情主体和叙事主体的身份,已试图在个体和群体之间有所判断,动用了具有多样性的词来勾连与物的关系。“艺术家,毫无变现的能力”与“这些卑微的造物有力量”对应,既表示着“力”这个词的多样性,也暗示着艺术家与造物主的区别。

① 马雁:《无力的成就》,《马雁诗集》,第242页。
② 马雁:《关于诗歌的形式和内在》,《马雁诗集》,第200页。

造物主所造之物即使卑微，也高于艺术家苦斗的结果。因此，供养艺术家的上苑艺术馆，立意保护可能性，实际上却会消灭可能性。

在与《上苑艺术馆》同一天创作的《北中国》中，马雁远离《十二街》，往另一极走到了更远处。《北中国》的创作主体变成了一个集体代言者。如果说《十二街》中没有一个明确的“我”，《上苑艺术馆》中有一个努力介入现实世界的“我”，《北中国》中则有一个貌似来自现实世界的“我们”。至少在词的意义上，马雁在《北中国》中找到了介入现实世界的基础、位置和方向，一个小我以大我的姿态发声了。虽然小我大我的问题不能决定诗歌的根本和价值高下，但在一个小我微吟泛滥的诗坛，一个小我以大我的姿态发声也是弥足珍贵的。更何况马雁说诗歌的野心就是通过语言实验，尝试建立起一组朝向乃至渗透到现实世界的权力秩序，这恐怕的确需要某种大我的姿态才能实现。《北中国》与同一天创作的《上苑艺术馆》、《沙峪口村》、《桥梓镇》、《怀柔县》、《北京城》等诗，就是马雁对自我言论的诗歌实践。从《上苑艺术馆》到《沙峪口村》到《桥梓镇》到《怀柔县》到《北京城》到《北中国》，就像是从细胞核到细胞到器官到身体到人到人群，马雁由小到大地通过诗歌描绘了当下中国的人文地图，试图建立一整套权力秩序，指向对当下中国社会的批判。而且，在这六首诗当中有一个贯穿性的问题，就是责任。《上苑艺术馆》写“艺术家，毫无变现的能力”，《沙峪口村》写“有时候我是一个堂堂正正的/人，大义凛然而不知所谓”，《桥梓镇》写“正是人们的信念/在此处反复践踏”，《怀柔县》写“不惜分裂自我的理想主义者/一年一年地种荷花，拔芍药”，《北京城》写“有那么些常常聚会，/无谓地研究问题，这城市/热衷于责任而毫无办法”，《北中国》写“人们希望着/有什么样的责任降临”，围绕的都是责任问题。马雁维持着一种极度矛盾的姿态，一方面她可能珍惜着艺术家、堂堂正正的人、信念、理想主义者等词，另一方面却认为这一切都是“热衷于责任而毫无办法”，甚至是造成恶果的原因。《北中国》写得最直接：

> 还有什么呢，人们希望着
> 有什么样的责任降临，有
> 什么样的大运动再次发起，

其实不,我们只要简单的
市俗生活,卖大葱的货车
停泊在路边,扩音器单调
而热诚,土豆在地上打滚。

"我们"需要的并不是"人们"热衷的责任,而是"简单的/市俗生活"。更确切地说,马雁并不是要一般地放逐责任,而是要放逐"有那么些人常常聚会,/无谓地研究问题",放逐"不惜分裂自我的理想主义者",寻找质朴而具体的现实责任。她在《上苑艺术馆》中写"这些卑微的造物有力量",在《沙峪口村》中写"整个村子都是知情不报者,/朴实而坚定地握紧秘密,/决不会开口,是沉默的毁灭者,/没有目标的队伍一直在行进",在《桥梓镇》中写"人们/在小镇上来回走,成千上万的/脚印变成部首",在《怀柔县》中写"不大说话的是养路工人和绿化工人,/苦心思索道路的装饰,只有/一双眼睛能看到汗水的甜蜜处,/那颤巍巍盛开的单瓣芍药,/粉红色、米白色和酱紫色",在《北中国》中写"卖大葱的货车",都是在说明质朴而具体的现实责任的重要。如此一来,关于责任的问题,就形成对立的两极,一极具有知识分子气息或统治阶层的意味,一极多是工人农民,具有底层社会的味道;马雁倾向于认同后者。然而,马雁自身正是一个"艺术家",她的创作主体在六首诗中穿梭,留下的也是一个"艺术家"冷眼旁观这些诗所构建的人文地图的形象。如《沙峪口村》一诗所表露的那样,"我是这里不客气的居停者,/懵懂地摸索着隐约的规则",马雁的创作主体仍然只是在字词与声音中流浪,虽缠绵而坚定,但终究只能创作一个以大我姿态发言的小我,"我们"不过是貌似来自现实世界而已。从《上苑艺术馆》到《北中国》,词离个体的具体生活细节越来越远,词也变得越来越抽象,越来越缺乏表现力,意味着马雁热衷于诗歌介入现实世界的权利秩序这一伟大的责任,却毫无办法。当然,这些痛苦之诗,也许打开了一道细小的门。马雁在《痛苦不会摧毁痛苦的可能性……》写道:"人们正从缝隙里行军/去往伟大的未来。"不妨猜测,马雁的诗歌写作已在通往伟大未来的路上。

但是,"热衷于责任而毫无办法",这种极度矛盾的状态仍需仔细分析。马雁早期写的《玩笑、讽刺、嘲弄和更深刻的意义——献给伟大的 C. Grabbe》①提供了一种分析的可能，该诗全文如下：

在我的胸口汹涌的，不断喷涌而出的
不是乳汁，也不是激情，而是无法命名。
这些单数的人群，他们仅仅是他们。
犹豫着不能断定的，在廊街漫游。
这些人群中的人，在妓院外徘徊，颤抖
抱头痛哭幸福的消失。污水里我生出
一个儿子，他的名字叫做“我”。
我要触摸我的光环，我要折断我的骨头。
没有一把匕首可以插入他。分开腿，抓住
儿子的头，把他拖出来，把他拉扯大。

诗中强调“这些单数的人群，他们仅仅是他们”，意味着“我”与“他们”之间有着无法化约的距离。那么，不管这个“我”是如何生出来、拖出来并拉扯大，都将是与“他们”对立的存在。这与郭沫若《天狗》中那个“我的我要爆了”的“我”，与穆旦《我》中那个“是残缺的部分渴望着救援”的“我”，有着本质上的区别。无论是爆炸、残缺还是流浪，郭沫若和穆旦诗中的“我”都保留着与某一群体的血脉联系，并不是一个遗世独立的存在。马雁诗中的“我”，本来与“他们”就截然对立，“我”生出的儿子又被命名为“我”，“他”因此延续了“我”与“他们”之间的对立状态。马雁如此认识“我”，当她试图在诗中以大我的姿态发声时，自然难免隔膜之处，于是也就难免“热衷于责任而毫无办法”。在这个意义上来说，马雁写诗十多年的确没有发生什么进展的过程，她先天地拒绝了汉语共同性的一种可能。在她人生的最后一首诗《我们乘坐过山车飞向未来》中，马雁仍然只有将物变现为词，写下这样的句子：

如果存在一个空间，漂浮着
无数列过山车，痛苦的过山车……

---

① 《玩笑、讽刺、嘲弄和更深刻的意义》是一部讽刺喜剧，德国作家 Grabbe 的代表作之一。

诗人批评家杨炽昌与印象式批评

杨宗翰

印象式批评作为古典诗话及新诗话的主要手法/方法，基本上是反方法学的。抵抗理性、反对方法、不重策略……既给人这样的“印象”，当然会引起新派评论家的非议与讨伐。颜元叔（1976）便直斥印象式批评不过是“胎死腹中的文学批评”；孟樊（1995：62—63）则认为这样的诗评只是“不作分析（即不告诉我们 HOW）的‘读后感文章’”，易沦为“主观的猜想”与“内容的解释或翻写”。所谓主观的猜想，是指评论者难免也对自己的想法起疑（或承认自己的看法只是一种猜测），而以疑问句法表达个人的观感。内容的解释或翻写是指用散文来解释或翻写（翻译），亦即评论者在替诗人告诉读者：“这首诗到底在写什么？”[①]

今人对印象式批评的恶劣“印象”，也连带影响着对诗话的观感。譬如明人谢榛《四溟诗话》卷一云：“江总‘平海若无流’，马周‘潮平似不流’，杜甫‘江平若不流’，三公造语相类，马句稳而佳。”这是诗话中常见的“摘句为评”手法。[②] 至于如何稳？为何佳？评论者似乎作了比较，但没有深入说明理由。同样是《四溟诗话》：“子美‘星垂平野阔，月

---

① 孟樊替“主观的猜想”与“内容的解释或翻写”各自举例，以作说明。前者如李瑞腾在尔雅版《七十九年诗选》中评析辛郁《在全然的黑中》，因该诗题旨不甚明确，李瑞腾只好在《编者按语》写下这种疑问式的猜想：“辛郁意在言外，其所批判会是我们这样一个社会吗？”；后者如萧萧在《现代诗道读》中所做的“道读”多数便是“诗的翻写”，譬如他对林宗源《田鼠》一诗所做的评论（向明编，1991；张汉良、萧萧，1979）。

② 谢榛《四溟诗话》见丁福保编《历代诗话续编》（1988：1133—1230），此书为补清代何文焕《历代诗话》的挂漏未备而编。关于诗话中“摘句为评”的手法，黄维樑（1988：241—259）曾撰文详细说明。此文改写自他在 Ohio State University 的博士论文“Chinese Impressionistic Criticism：A Study of the Poetry-talk Tradition”其中一章。

涌大江流’,句法森严,‘涌’字尤奇。”读者若追问“奇”于何处?谢榛既无延伸解释,也认为不必交代。摘句为评,化约至此,难怪惹得当代评论家抱怨连连。

本文无意替印象式批评与诗话传统作全盘翻案,但笔者认为,诗话通常文字简约、好用比喻,作者喜以寥寥数语代替长篇大论,本身更像是一篇“评论家的创作”——这也是为什么诗话多半皆出于诗人批评家(poet-critic)之手。古典诗话如此,所谓“新诗话”亦然。

台湾的新诗话,始于日治时期的杨炽昌(水荫萍)。身处殖民地台湾,杨炽昌既以日文从事诗歌创作,亦以日文撰写新诗评论——这是殖民地的语文现实,无须遗憾,更无须抱歉。[①] 一生跨过两个威权统治年代的杨炽昌,1980年应《联合报》之邀撰写《回溯》,文中还得费力为自己辩驳:“由于当时环境的限制,非日文不足以为功……也许有人大不以为然,其实文字只是一种表达思想的工具而已。”(林淇瀁编,2011:75)语文这项工具,居然会成为一个作家的“原罪”,不难想见殖民地作家的长期处境与深层悲哀。他在同一篇文章中指出,在日本帝国主义统治下,治安维持法、新闻纸法、不稳文书、言论、出版、集会、结社等临时取缔法对作家拘束甚深,断不可与之硬碰硬对抗。解决之道,唯有“以隐蔽意识的侧面烘托,推敲文学的表现技巧”,并“将殖民地文学以一种‘隐喻’的方式写出”。杨炽昌在文学倾向上之所以选择弃写实主义、取超现实主义,显然是一种不得不的“选择”。

在台湾新文学史上,杨炽昌已被定位为提倡超现实主义的先驱。[②] 他在台南完成高中学业后,1930年赴日留学,并结识一批新感觉派作

---

① 比较遗憾的是,过往殖民地的语文现实,被当代评论者错误理解。譬如《台湾现代文选:小说卷》这段:“就以收录在许多版本的文学教科书中的《一杆“秤仔”》而言,由于本文是由日文翻译过来,一些文句并不流畅,甚至有些拗口,如‘始能度那近似于人的生活’”(林黛嫚编,2005:11)。事实上,赖和坚持用中文创作这点已是文学史常识,跟文句是否“流畅”无关。这篇小说的现存手稿及1926年2月《台湾民报》发表的版本,自然同样是以中文呈现。

② 超现实主义在东亚的传播,多与各国留日知识分子有关。以绘画为例,来自东亚各国的画家群聚日本,共同接受前卫美术观念洗礼后,再返回母国掀起新风潮。韩国的金焕基、中国的李仲生……莫不如此。李仲生后来更随国民政府东渡,在台湾持续引介现代绘画及艺术思潮。

家。次年他的第一本诗集《热带鱼》由日本**ボソ**书局出版，评论集《洋灯的思维》则迟至 1937 年方由台南的金鱼书房出版(今日两书皆已不传)。出版《热带鱼》后，杨炽昌因父亲生病辍学返台，并开始在台湾报刊发表诗作与评论。也因为曾代理《台南新报》“学艺栏”(即今之副刊)编务，埋下口后筹组文学社团、编印同仁刊物的契机。留日期间，日本现代诗正风行两种诗潮，一是“诗与诗论”派对超现实主义的实验，一是“四季”派在日本传统诗精神中融合欧洲象征诗之尝试(陈明台，1997:43)。为了阅读心仪的前卫作家如 Jean Cocteau[①]，杨炽昌还自修法文，并在结束留学生涯后，将这股欧洲文艺新风吹送到台湾——这就是 1933 年他与李张瑞、林永修、张良典及三位日人合力创设《风车》(*Le Moulin*)的由来。[②] 之所以会取名为《风车》，究其原因有四(水荫萍，1995:275，383—384)：

(一) 向往荷兰的风光

(二) 受法国名剧场“风车”之影响

(三) 故乡台南七股、北门一带常见到一架架风车

(四) 认为台湾诗坛已走投无路，需要像风车一样吹送新的风气

《风车》发行宗旨标明“主张主知的‘现代诗’的叙情，以及诗必须超越时间、空间，思想是大地的飞跃”，并把法国超现实主义的宣言奉为创作的圭臬(羊子乔，1983:44)。这类前卫、逆俗的主张马上成为众矢之的，出版后便受到恶意攻讦。但杨炽昌丝毫不为所动，开始在《风车》发表《燃烧的头发——为了诗的祭典》、《西胁顺三郎的世界：关于诗集〈Ambarvalia〉》，同时在《台南新报》发表《槟榔子的音乐——吃铊豆的诗》等一连串诗评论。1933 到 1937 年间，他在《风车》、《台南新

---

① Jean Cocteau(1889—1963)一般译为“考克多”、“科克多”或“高克多”。在 20 世纪的现代主义和先锋艺术中，诗歌、绘画、舞蹈、戏剧、音乐、电影、评论……几乎每个领域都无法绕开这位法国人。杨炽昌曾撰写《孤独的诗人——吉安·科克多》表达对他的喜爱，纪弦、覃子豪等人亦多次在《现代诗》与《蓝星》译介、援引其诗作及绘画。

② 《风车》(*Le Moulin*)从 1933 年 10 月到 1934 年 9 月间，一共出版了四期。今仅存第三期孤本，余皆不传。

报》、《台湾新闻》、《台湾日日新报》上，以评论挑战现实主义美学，借书写鼓动超现实主义风潮。诗创作与诗评论双管齐下，诗人批评家杨炽昌的评论文章超越了"笔战"格局[①]，以新诗话体例佐以印象式批评手法，堪称台湾新诗评论的真正起点。收录 11 篇诗评的《洋灯的思维》虽毁于战火，所幸这些 1930 年代的日文报刊多有留存，让研究者有机会一睹彼时新诗评论面貌。

这篇经叶笛中译后约五百字的《西胁顺三郎的世界：关于诗集〈Ambarvalia〉》（发表于《风车》第三期），很可以说明杨炽昌的诗评手法：

> "据说路德一吹笛子，恶魔就会跳舞，但我的头不过是牧人的笛子而已。而叫思考的恶魔会跳舞罢了。我的思考是牧人的音乐……。"
>
> 在论文《有圈的世界》里，西胁在序里如此写着。我在那里看出他避免把思考的构成变成理论性，而从绘画性来看，我认为很美。同时那诗的响簧似的风格中笑着的《牧人之笑》是极为人性的。这次新出版的诗集《谷物的祭礼》也是那样的，但这些是来自西胁教授纯粹诗人的天资透彻的感性就像虹一般新鲜多彩。《希腊的抒情诗》中几首真是发现了新的诗世界。这些就是拂去感伤主义的覆盖物，明朗地浮出来的透明，永恒的希腊的蓝天。在这本诗集里，他嘲笑着合理、理性的祭礼，高扬了如宝石般灿然的新古典精神。
>
> 诗集《AMBARVALIA》是依靠作为对古希腊和罗马的世界拥有兴趣的土人世界、又可爱又透彻的感性所构筑的诗世界在笑着。更进一步，它也在处理了近代世界文学的片断的意义上，这本诗集

---

① 台湾新诗创作始于 1920 年代，最早的"第一人"究竟是追风抑或施文杞，犹有争议（向阳，2004）。其后又有赖和、杨华、张我军、杨云萍、杨守愚等从事新诗创作，但殊少新诗评论文章；若有，亦始终囿于"笔战"格局。张我军勉强算是一个例外，至少《诗体的解放》驳旧诗、倡新诗，甚至约略提及象征派与意象派的存在。但诚如文末所列"本文参考书"，全篇不脱胡适《胡适文存》、章太炎《国学概论》与 Bliss Penny 的 *A Study of Poetry* 等书撮要。关于张我军的评论文字，可见张光直编，1989。

带有人类学的角度。总的说来,西胁的文学是差不多对外国文学的批评和评论开拓了独创一格的新局面的。《欧洲文学》即其伟大的身姿的全貌。我们读着他的论文的心情总是因其高度的纯粹和波西米亚式的满足和讽刺而觉得快乐的。他为我们介绍的文学总是像烟斗一样烟雾缭绕,像宝石一样闪烁着。现在这本诗集也是充满着美妙的形象的。

狂妄之言罪该万死。(杨炽昌,1995:185—186)

先谈西胁顺三郎。这本被评论的诗集 *Ambarvalia* 1933 年由椎の木社出版,在那之前,他的第一、二部评论集《超现□主义诗论》(厚生阁书店,1929)与《シュルレアリスム文学论》(天人社,1930)皆已问世。西胁是 Surréalisme(超现实主义)进入日本诗坛的关键人物。1925 年上田敏雄等人办的杂志《文艺耽美》介绍了 Louis Aragon、André Breton、Paul Éluard 等诗人诗作,可视为超现实主义在日本的初次萌芽;1927 年西胁顺三郎、三浦孝之助等人出版《馥郁的火夫啊》,这本超现实主义诗集成为日本此类诗作的先声。1928 年西胁顺三郎结合上田敏雄、春山行夫、北川冬彦、北原克卫、村也四郎编辑《诗与诗论》,每一期都精心规划专题,并保留一定篇幅刊登与超现实主义相关的诗作、译介及评论。《诗与诗论》共 14 册,每册页数都超过 300 页,内容相当扎实丰富。诗论栏便是由西胁顺三郎主持,贯彻他主张的主知精神与超现实美学。

西胁诗集 *Ambarvalia* 1933 年面世后,杨炽昌便在同年年底写出这篇评论,不难想象后者欲急切地“像风车一样吹送新的风气”。杨炽昌当然不是岛上唯一关注超现实主义诗风的评论者。日人岛田谨二便著有《诗集〈妈祖祭〉读后》(原刊于 1936 年 4 月 20 日《爱书》第 6 期),文中指出这本诗集与超现实主义的关联,某些篇章还流贯着前期“椎の木”派的手法。《妈祖祭》作者西川满也发表过《何谓艺术》(1938 年 10 月 1 日《台湾警察时报》第 275 期),表现出他对超现实主义等前卫艺术的掌握(黄英哲编,2006a:485;2006b:333)。不过从时间前后观之,杨炽昌确实比日人更早关注与提倡诗的超现实主义美学。

在这篇中译后约五百字的“新诗话”里,杨炽昌运用了如下手法:

他往往是先抄录(摘录)以表认同,继而用诗的语言,作主观的猜想。其间的联想,通常是跳跃的;甚至同一篇评论文章,也可能在不同的被评论对象(作品)间跳跃。譬如首段先摘录西胁的一段话(表示认同),接下来便说"从绘画性来看,我认为很美","《牧人之笑》是极为人性的",至于如何"美"? 什么才算"极为人性"? 没有解释,评论者似乎也无意解释。"那诗的响簧似的风格"又是什么? "《希腊的抒情诗》……拂去感伤主义的覆盖物,明朗地浮出来的透明,永恒的希腊的蓝天"近乎用散文来解释或翻写(翻译),而"他为我们介绍的文学总是像烟斗一样烟雾缭绕,像宝石一样闪烁着"是用隐喻来谈文学,要求读者自行思索、想象"烟雾缭绕的烟斗"及"宝石闪烁"的模样。这样的印象式批评,颇类似孟樊(1995:62)所谓"不作分析(即不告诉我们 HOW)的'读后感文章'"。

全篇真正评论到诗集 *Ambarvalia* 的,只有两处。第一处说这本诗集里"诗世界在笑着"、"带有人类学的角度",而总结是西胁的文学"对外国文学的批评和评论开拓了独创一格的新局面"。第二处承前述烟雾缭绕的烟斗及闪烁的宝石,接着说"现在这本诗集也是充满着美妙的形象的"、"狂妄之言罪该万死"。至于这本诗集"何处"充满着美妙的形象? "诗世界"是怎么个"笑"法? 显然评论者认为读者应已心领神会,无庸费辞多作解释。有趣的是全篇最末句"狂妄之言罪该万死",评论者仿佛承认自己以上所言皆为主观猜想,甚至怀疑起自己的想法是否会成为亵渎或误判。至此,新诗评论成为诗人批评家向另一位(往往是前辈或外国)诗人表达仰慕或推崇,乃至对道统传承的渴望。杨炽昌对诗的"新精神"(esprit nouveau)之理解讨论,亦源于西胁的启发。后者之《诗学》提出相反元素在诗中结合而产生"新的关系"。杨炽昌躬行实践此一"新的关系",以不相关联的意象之非理性并置,追求西胁所谓"脑髓中合理的中枢遭到掠夺"的兴奋(杜国清,1980:7;刘纪蕙,2000:209)。

对诞生未久、羽翼不丰的台湾新诗评论来说,吸收学习、表达仰慕或渴望传承并不足怪,亦不可耻。有研究者发现,杨炽昌在其他篇新诗评论中,部分用语其实沿袭自《诗与诗论》:

> 春山行夫的《关于萩原朔太郎的“诗论”》长文中，以《诗人的就坐——萩原朔太郎的“诗论”的再批判》作为章节标题。杨炽昌在《意大利花饰彩陶的花瓶——给佐藤君的信》中也以“诗人的就坐”为标题，呼吁佐藤君的发言应与行为一致，才能像个诗人般地就坐诗人的位置上。上田保以《诗人的火灾》为题创作组诗五篇，杨炽昌也在《燃烧的头发——为了诗的祭典》中写下“诗人总是在这种火灾中让优秀的诗产生”的类似句子。（林婉筠，2011：39）

进一步说，杨炽昌在作品印象（或评价）的表达上，也跟古典诗话一样可分为两个层次：一为初步印象，一为继起印象。初步印象是直觉式的价值判断，如古典诗话中佳、妙、工、警、三昧、本色等用语。继起印象又可分为抽象的和具象的两种。雄浑、飘荡、婉丽、沉郁属于抽象的继起印象；“李杜数公如金翅擘海，香象渡河”、“谢诗如芙蓉出水，颜诗如错彩镂金”则归具象的继起印象。无论初步印象抑或继起印象，都是鲜明夺目，诉诸五官六感、活色生香的语言。而且因为评论者认为诗作贵有言外之意，故吝于解说或细论，要求读者自己去玩味（黄维梁，1996：75—81）。虽时代有别、空间殊异、文体不同，但由杨炽昌首开其端的台湾新诗批评之“新诗话”，在评价表达方法上，与古典诗话实颇为接近。

说杨炽昌在部分用语上沿袭日本《诗与诗论》，在评价表达上追随中国古典诗话，似乎除了开创者的角色外，仅把他视为二流的模仿者——实情当然不是如此。笔者看重的，反而是杨炽昌新诗评论中的台湾特色。《槟榔子的音乐——吃铊豆的诗》指出：“诗是人生的假设体的美的表现。殖民地的天空因诗而阴沉着。在蕃山，野人呼唤着熊。熊把半月形的白色颈圈鲜明地衬托出来，向苍穹呼啸着……这些世界都与诗的台湾离得那么远吗？”该篇亦提到：“台湾的蜥蜴是蔷薇色的，它们总想让蔷薇色的手指游泳着让它们做白昼的游戏……”半月形的白色颈圈无疑是台湾黑熊的特征，在殖民地天空下，诗人评论家杨炽昌“听见槟榔子之中有音乐”，从“燃烧的头发”里亦听见了诗的音乐。他吁求“诗在思考性上常愿保持土人的世界”，意象美则应“以感觉的手法和明彻的知性（或感性）为仪式所构成”。《槟榔子的音乐》是一篇读诗笔记，呈现出评论者面对土人之原始世界时，不忘追求“理智的散步”，以想象力来动手挖掘隐藏于那个世界里的理智。用西胁顺三郎的话说，这是一种新的放纵主义，是“理智的波西米亚人式的放浪”。杨炽昌的诗评论遂成为在台湾这块原始/殖民双重性梦土上，“理智的战栗及其光泽”。

《燃烧的头发——为了诗的祭典》旨在讨论超现实主义，杨炽昌认为它能“捕捉比现实还要现实的东西”。此文指出优秀的诗产生于“吹着甜美的风，黄色的栴檀果实喀啦喀啦响着，野地发生瞑思的火灾”。这是新鲜的，年轻的，一场诗人的火灾。这是崭新的“诗的思考”，一种“精神的波希米亚式的放浪”。杨炽昌认为：“我们居住的台湾尤其得天独厚于这种诗的思考。我们产生的文学是香蕉的色彩、水牛的音乐，也是蕃女的恋歌”，而被香蕉、水牛、蕃女围绕的台湾正是“文学的温床”。这篇诗评论近结尾处，杨炽昌（1995：131）开始发挥诗人本色，以一连串反逻辑、非理性的字句表达“诗的现实”：

> 太阳完全使岛屿明亮，香蕉的声响和水牛之歌和海风和涛声从窗户进来，梦见仙人掌之梦，映照于银砂之星在西瓜背上私语着光轮的嗫嚅，福尔摩沙的乞丐们弹月琴唱着人间的黄昏，渴望银币和铜币。当这一切透明的笑一来，我就把书本投向天花板。我以为这些美丽的天使就是诗的使者。丝瓜将枯的日子，眼球成为紫色，手套和咖啡发生了声音，贝壳之歌和青豆的音乐回响于天空，诗人醒来又睡去。

值得注意的是，上述这些意象都非常“台湾”。刘纪蕙（2000：197）曾指出，“杨炽昌虽以日文创作，但他的文字中充满台湾的风土色彩与自觉”，诗作中不时可见椰子国、台南古城、古老的森林、“划独木舟的岛民嚼着槟榔”等景貌。他的新诗评论，其实同样可以发现这类南方色彩与台湾风情。对杨炽昌而言，台湾新诗诞生于吾乡吾土，源自“土器的音响和土人的嘴唇”。他在《风车》上写着达达主义的笔记，发表超现实主义的片断，并提醒自己与友人“在新的诗论的奔流中，我们要清楚地定好目标前进。模棱两可的态度将会发生自身的毁灭和精神的火焰"(杨炽昌,页 138、146—148)。这种新精神和诗精神,专注追求"新的自由诗的想象",想从自己内部唤醒美的标准("新的诗精神的审美观")。就算再怎么形而上、有多么不可解都无妨——杨炽昌(页 170)自是认同春山行夫所言:诗人就是追求某种自己都不明白的东西的人,听到不明白的东西这件事,决非诗人的耻辱。

1936 年他在《台南新报》先后发表《青色的风和虫》、《两本诗集的备忘》,表达阅读中村千尾《蔷薇夫人》、畚野圣三《假寐》与 Jean Cocteau《歌剧》这三部诗集的感想。两篇文章后来合而为一,易名为《洋灯的思维》,恰与其唯一一部评论集的书名相同。杨炽昌(页 162—165)在此所采取的,依然是印象式批评手法:"对仅只满足于少女的感伤的嗟叹和告白的单彩,或文字的布景的追随者来说,这位诗人拥有的韵味是永远不可解的吧"(评《蔷薇夫人》),"在诗集《假寐》里,他持有的可说是崭新的感伤造就的美丽的风格,而失意的飞翔将渡过奇异的花苑、废芜的园地、有波纹之海"(评《假寐》),"科克多的诗,就是那么配以朗诵伴奏时,完全变成美妙的音乐响在我们的耳膜科克多的职业的秘密是无限深邃的"(评《歌剧》)。评论集《洋灯的思维》虽毁于战火,但作为第一位诗人批评家、本地超现实主义的首倡者、台湾新诗评论的真正起点,杨炽昌所盼望的,应当是"春天的明晨、福尔摩沙岛上的诗人,会在诗的祭典里飘扬着燃烧的头发站起来"吧。

引用书目:

丁福保编,《历代诗话续编》(台北:木铎,1988)。

向明编,《七十九年诗选》(台北:尔雅,1991)。

向阳,《历史论述与史料文献的落差》,《联合报·联合副刊》,2004 年 6 月 30 日。

羊子乔,《蓬莱文章台湾诗》(台北:远景,1983)。

西胁顺三郎,《Ambarvalia:西胁顺三郎诗集》(东京都:日本近代文学馆,1981)。

杜国清,《西胁顺三郎的诗与诗学》(高雄:春晖,1980)。

孟樊,《当代台湾新诗理论》(台北:扬智,1995)。

林婉筠,《风车诗社:美学、社会性与现代主义》(台北:国立政治大学台湾文学研究所硕士论文,2011)。

林淇瀁编,《台湾现当代作家研究资料汇编 5:杨炽昌》(台南:台湾文学馆,2011)。

林黛嫚编,《台湾现代文选:小说卷》(台北:三民,2005)。

张光直编,《张我军诗文集》(台北:纯文学,1989),二版。

张汉良、萧萧,《现代诗道读:道读篇二》(台北:故乡,1979)。

陈明台,《台湾文学研究论集》(台北:文史哲,1997)。

黄英哲编(2006a),《日治时期台湾文艺评论集:杂志篇一》(台南:国家台湾文学馆,2006)。

黄英哲编(2006b),《日治时期台湾文艺评论集:杂志篇二》(台南:国家台湾文学馆,2006)。

黄维樑,《中国文学纵横论》(台北:东大,1988)。

黄维樑,《中国古典文论新探》(北京:北京大学,1996)。

杨炽昌,《水荫萍作品集》(台南:台南市立文化中心,1995)。

刘纪蕙,《孤儿·女神·负面书写——文化符号的的征状式阅读》(台北:立绪,2000)。

颜元叔,《印象主义的复辟》,《中国时报·人间副刊》,1976 年 3 月 10—11 日。

穆旦专辑

作为文明再造的资源
——抗战初期穆旦的诗歌写作

刘　奎

抗日战争在使救亡成为时代主题的同时,启蒙也以更为深入的方式展开,这包括战争动员和国家意识的形成等方面。面对家国沦亡的威胁,知识分子或转向传统文化寻求支援,或对传统进行了更深刻的批判,甚至质疑文明本身,从而深化了五四借助西方文明批判传统的单向做法。国民政府"抗战救国"的政策,也使知识分子在思考救亡问题时,进一步展开对现代民族国家的想象和现代国家发展蓝图的设计。作为一个成长中的诗人,穆旦的特殊性在于,作为一个自觉关注诗歌写作"价值表"①的诗人,在面对民族战争和国家现代化的进程、思考文化批判、文明重建时,他所借鉴的资源与五四一代主要借镜西方、抗战一代多回归传统不一样,抗战初期他更多的是从本土、从内地寻找资源,这主要以他诗中大量的野兽和原野等意象,以及这些意象所具有的野性和野力为代表,但这些自然力量如何与历史发展的内在逻辑调和,则是穆旦要承担的矛盾。

---

① 按,"价值表"的说法出自穆旦于1940年翻译的麦克尼斯(Louis Macneice)的《诗的晦涩》,麦克尼斯在文中表示:"诗人,和实际的人一样,必须先拟出一个价值表来。"这意味着诗在关注修辞的同时,也要注重"命意"(meaning),即意义,他并进一步说:"真正的修辞必先有一个价值表,有一些善恶观念。这个价值表,无论怎样变化无常,是内含在奥登和斯本特的诗里的。"见麦克尼斯:《诗的晦涩》,穆旦译,原载香港《大公报》"文艺"副刊,1941年2月8、10—15、17—20日,重刊于《新诗评论》,本引文见2010年第2辑,第247、259页,北京大学出版社,2010年。

一、民族形象:从“古墙”到“野兽”

对日本的侵略,国人并非七七事变之后才感受到,从九·一八到华北沦陷,国人都切实地感受到日本的威胁。查良铮在1934年的高中阶段就写下长文《亚洲弱小民族及其独立运动——印度,朝鲜及安南》;华北事变之后,穆旦写了《哀国难》一诗,其中有“新的血涂着新的裂纹,/广博的人群再受一次强暴的瓜分”等句,将日本的侵略与晚清以来中国被列强瓜分的处境续接起来。穆旦公开发表的第一首诗作《古墙》(1937)也可放在这个序列来解读,作为民族象征的古墙——长城,面对暴风“施出了顽固的抵抗”,“当一切伏身于残暴和淫威,/矗立在原野的是最坚忍的古墙”①。但与之前的写作不同的是,该诗对古墙自身也有所批判,在他看来古墙显得残老、守旧又缺乏生命活力,只是“败落地守着暮年的寂寥”,对土墙“灰土的渐渐下落”,“全没有惋惜”。可见,在面对民族战争的同时,穆旦也在思考文明的再造问题。

《古墙》发表于1937年1月的《文学》杂志的“诗歌专号”上,这期刊物值得稍作关注,该期刊载有王统照的《吊今战场》、臧克家的《中原的胳膊》和吕东的《被忘掉的人们》三首长诗,均是以日军占领东北为背景的抒情长诗,“中原的胳膊”即东三省;诗学理论则较多强调诗歌与现实、时代的关系,如屈轶在《新诗的踪迹与真出路》中强调诗歌道路应该多样化,但却必须是现实的;茅盾在《论初期白话诗》中指出早期白话的经验之一就是写实主义;编者王统照则在《献辞》中提出:

> 所谓美,不止是华丽与漂亮。风雨的暗夜,街头巷尾,向遥空伸出一支黑手;火炬通明,狂歌漫舞的草原上横倒多少血迹淋漓的尸身;密林中一声鸱叫;荒岸边突拥起争自由的波涛,美不尽在从容,艳丽缥缈,清雅的形容词中,她包括了一切的人生类型;一切为

① 穆旦:《穆旦诗文集》,第一卷,第193页,李方编,人民文学出版社,2006年。按,本文所引穆旦诗句均出自该书,后文随文注明篇目。

> 生活而凑泊成的意象，只要是富有动人的魔力的，都不愧这一个字的称量。
>
> 任管时代怎样变更，到时她会以与时代相合的姿态而浮现在时代的面前。①

王统照提出了新的美学标准，即在文辞的华丽之外，强调诗歌"与时代相合"的表现力。除此而外，该期还刊载有惠特曼的《大陆之歌》，惠特曼正是穆旦早期热爱的诗人之一，同时还有冯至所翻译的《尼采诗钞》。穆旦后来的诗歌写作与该期杂志所关注的问题和诗学倾向颇有相合处。

七七事变之后，穆旦对战争的体验由想象变为现实经验，他的诗歌也发生了相应的转变。现存的穆旦写于七七事变之后的第一首诗歌是《野兽》，对于抗战初期穆旦的诗歌写作来说，这首诗带有原点的性质，"野兽"的形象一反早期的浪漫情调，是一个走向极端与偏执、具有野性和力量的复仇者形象："在狂暴的原野和荆棘的山谷里/像一阵怒涛绞着无边的海浪/它拧起全身的力。/在暗黑中，随着一声凄厉的叫号，/它是以如星的锐利的眼睛，/射出那可怕的复仇的光芒。"与"古墙"相比，民族的象征从守旧而静止的传统形象，转变为现代的充满力量的复仇形象；从写作机制来看，古墙和野兽同为情感的对象化载体，但野兽更多地带有作者自身的身份想象和投射，"野兽"这个处于挣扎中而又充满力量的意象，不仅回应了茅盾、王统照等人对"现实"、"时代"的强调，也是穆旦后期所追求的"情绪和意象的健美的糅合"的起点。②

二、野性与野力：作为"抗战建国"的资源

1930年代末最大的"现实"和"时代主题"就是抗日战争，具体到

---

① 王统照：《献词》，《文学》第八卷第1期，1937年1月。

② 穆旦：《〈慰劳信集〉——从〈鱼目集〉说起》，《穆旦诗文集》第2卷，第55页，李方编，人民文学出版社，2006年。

个人，除了战争所带来的流徙之外，还有如何想象战争的问题，这包括自我在战争中的位置、战争的前景、民族的未来等各个方面。与穆旦相关的是，战争爆发之后，穆旦所就读的清华大学随即南迁至长沙，与北京大学、南开大学组成长沙临时大学，文学院一部在南岳半山中，随着战争的进一步扩大，学校迁往云南，成立了西南联合大学。除从北往南，从都市到内地的迁徙外，穆旦对战争并无直接经验，只能诉诸想象，国民政府的宣传和政策，以及学校教师的言论和思想，在很大程度上影响着一个学生对战争的态度。

在国民政府的主流宣传和政策方面，战争爆发后，蒋介石在庐山发表抗战声明时表示："我们知道全国应战以后之局势，就只有牺牲到底，无丝毫侥幸求免之理。如果战端一开，那就是地无分南北，年无分老幼，无论何人，皆有守土抗战之责任，皆应抱定牺牲一切之决心。"蒋介石所表达的抗战的决心使他一时成为民众心目中的英明领袖，正如闻一多所回忆的："抗战对中国社会的影响，那时还不甚显著，人们对蒋委员长的崇拜和信任，几乎是没有限度的。在没有读到史诺的《西行漫记》一类书的时候，大家并不知道抗战是怎样起来的，只觉得那真是由于一个英勇坚毅的领导，对于这样一个人，你除了钦佩，还有什么话可说的呢！"①这种个人威望是建立在由民族危亡所激发的民族情感的基础之上的，蒋介石所提出的"地无分南北，人无分老幼"的"总体战"策略，使民众的热情空前高涨，战争因此成为民族国家意识启蒙的方式，国家成了民众共同的身份想象和归属，正如朱自清所说：

> 抗战以来，第一次我们获得了真正的统一，第一次我们每个国民都感觉到有一个国家——第一次我们每个人都感觉到中国是自己的。②

随着战争的扩大，国民党于 1938 年 4 月在武汉召开临时全国代表大会，会上通过了《中国国民党抗战建国纲领》，正式提出"抗战建国"

---

① 闻一多谈话，陈戡笔记：《八年来的回忆与感想》，《联大八年》第 7 页，西南联大《除夕副刊》主编，新星出版社，2010 年。该版据 1946 年 7 月西南联大学生出版社版重印。

② 朱自清：《新诗杂话》，第 41 页，江苏文艺出版社，2010 年。

的政策,强调救国与建国并举;在第三次全国教育大会上,蒋介石进一步提出:“尤其是这个抗战建国时期,我们必须发展经济以充实战时的国力,以奠立战后建国的基础,更必须增强武力以期一方面克敌制胜,一方面建国建民,我们要由战时种种艰苦困难的当中,造成我们中国为富有活力富有前途的现代国家!”对于蒋介石来说,对建国的强调固然是他之前提倡“新生活运动”的继续,对于民众来说,抗战建国也变成不单是救亡的问题,还是一个设计现代国家的问题。这与穆旦在《古墙》一诗中所表露的救亡与文明再造同时进行的想法一致,在穆旦在三四十年代之交的言论中,“新生的中国”是一个频繁出现的词汇,在批评卞之琳的《慰劳信集》时他指出:“七七抗战以后的中国则大不同前。‘灰色的路’现在成了新中国的血管,无数战士的热血,斗争的武器,觉醒的意识,正在那上面运输,并且输进了每一个敏感的中国人的心里。七七抗战使整个中国跳出了一个沉滞的泥淖,一洼‘死水’。”[①]穆旦对新中国的热情想象,表明现代民族国家是一个颇具历史远景的图景,也表明抗战初期他的历史远景与国民政府的抗战建国的设想一致,这也是他为何积极寻求文明再造的内在根源。

在穆旦的诗中,对于民族的新生的想象,是通过对传统的批判完成的,从传统到现代的转换动力则倚靠“野兽”般的“力”。如《合唱二章》中华夏的新生:“当夜神扑打古国的魂灵,/静静地,原野注视着黑空,/O 飞奔呵,旋转的星球,/叫光明流洗你苦痛的心胸,/叫远古在你的轮下片片飞扬,/像大旗飘进宇宙的洪荒,/看怎样的勇敢,虔敬,坚忍,/辟出了华夏辽阔的神州。”“飞奔”“旋转”“流洗”“片片飞扬”这些带有视觉冲击的词汇,正是古国新生的方式,而在这个过程中,“黄帝的子孙”以“疯狂”的面目出现,在“暴风,波涛,急雨”的“潜伏”中,“等待强烈的一鞭投向深谷”,传统文明就像埃及、雅典和罗马一样“陨落”,代之而起的是文明的新生,在诗人看来,为了这些“庄严的圣殿”的“倾倒”,甚至不惜“以鲜血祭扫”,可见暴力正是批判传统并再造文明的方式。借助于“力”批判民族文化,以达到民族的新生,这与战时

① 穆旦:《〈慰劳信集〉——从〈鱼目集〉说起》,《穆旦诗文集》第 2 卷,第 54 页。

重要的思想流派战国策派有着相合的地方，而战国策派的重要代表人物正是穆旦所在的西南联大的老师辈，如雷海宗、陈铨等人。

从全局来看，政府的宣传政策固然具有鼓动性，但民众对战争的预期却并不一致，以西南联大的教授而言，持悲观论调的就很多，闻一多曾深以周围人士的悲观论调为苦："在蒙自，吃饭对于我是一件大苦事"，"同桌是一群著名的败北主义者，每到吃饭必大发其败北主义的理论，指着报纸得意洋洋说：'我说要败了，你看罢！现在怎么样？'"①但持乐观态度的也不少，最为著名的就是以雷海宗、林同济和陈铨等人为代表的战国策派，战国策派作为一个思想流派虽1940年才正式形成，但他们的言论在抗战前或抗战初期就已发表，如雷海宗的《中国的兵》就发表于战前，而《此次抗战在历史上的地位》则发表于1938年。战国策派的主要观点是把战争作为一次扫除民族不良积习、重建民族文明的契机，如雷海宗所指出的：

> 为此后千万年的民族幸福计，我们此次抗战的成功断乎不可依靠任何的侥幸因素。日本速战速决的胜利是不可能的；中国速战速胜的战果是不应该的。即或可能，我们的胜利也不当太简单地得来。若要健全地推行建国运动，我们整个的民族必须经过一番悲壮惨烈的磨炼。二千年来，中华民族所种的病根太深，非忍受一次彻底澄清的刀兵水火的洗礼，万难洗净过去的一切肮脏污浊，万难创造民族的新生。②

在雷海宗看来，战争在带来灾难的同时，也为民族新生提供了契机。林同济也作如是观，他认为："抗战历程中的种种浩大牺牲，若要有真正的代价的话，我们竟无可逃地必定要在那座收复回来的江山之上，培养出一个健康的民族，创造出一个崭新的——有光有热的文化。"③

---

① 闻一多谈话，陈戡笔记：《八年来的回忆与感想》，《联大八年》，第9页。

② 雷海宗：《中国文化与中国的兵》，雷海宗，林同济：《文化形态史观·中国文化与中国的兵》，第346—347页，吉林出版集团有限责任公司，2010年。

③ 林同济：《嫉恶如仇——战士式的人生观》，《大公报（重庆）·战国副刊》第19期，1942年4月8日。

具体到抗战建国、民族新生的资源，则主要倚重"武"、"力"等方面，如雷海宗所强调的兵文化，林同济所强调的文武兼备的"大夫士"，以及陈铨所强调的尼采式的"权力意志"等，而他们的论述方式，大多认为人类在日渐完善的文明中失去了活力，而主张借镜春秋战国或之前文明未充分发展的时代，如林同济在《力！》一文中就强调："器念到太古之上，标准男性必定都是希腊的赫巨力士（Hercules）的奕奕威风——身长九尺，猿臂狼腰，与后世多愁多病的张生，绝对两种人类。"[1]而穆旦在林同济该文发表的前一年，就以诗歌的方式表达了上述看法。穆旦在批判现代文明时，他所援引的资源正是人类"童年"时代的"野力"：

秋晚灯下，我翻阅一页历史……
而此刻我停伫在一页历史上，
摸索自己未经世故的足迹
在荒莽的年代，当人类还是
一群淡淡的，从远方投来的影，
朦胧，可爱，投在我心上。
天雨天晴，一切是广阔无边，
一切都开始滋生，互相交融。
无数荒诞的野兽游行云雾里，
（那时候云雾盘旋在地上，）
矫健而自由，嬉戏地泳进了
从地心里不断涌出来的
火热的熔岩，蕴藏着多少野力，
多少跳动着的雏形的山川，
这就是美丽的化石。

（《童年》）

穆旦对人类童年的回望，正是看到了人类被文明归化前带兽性的生命力，如果从诗歌写作的谱系来看，这无疑与德国"狂飙运动"时期

---

① 林同济：《力！》，《战国策》第3期，1940年5月1日。

浪漫派借助自然和原始景观反叛法国繁缛的礼仪的思维极为相似,[1]而浪漫派的作品正是穆旦早期重点阅读的对象,也是穆旦写作的重要资源,[2]但问题的重点不在于穆旦如何受浪漫派的影响,而在于穆旦如何利用包括浪漫派思想在内的诗学资源回应时代的主题,他对人类童年的怀想,正是鉴于当时抗战建国和文明再造的需要,而非主体对现实的弃绝,恰恰相反,正是在与现实的搏斗中,他需要借助原始人野兽般的强力作为支撑。

穆旦与战国策派的"巧合"也表明[3],在战争期间反思民族文化,并试图寻找新的资源再造文明是当时知识分子所共同关心的问题,除战国策派外,闻一多和曹禺也有相类似的主张和尝试。闻一多在为刘兆吉的《西南采风录》所写的序言中,先引述民歌如"吃菜要吃白菜头,/跟哥要跟大贼头。/睡到半夜钢刀响,/妹穿绫罗哥穿绸。(盘县)"等,之后他进而强调:

> 你说这是原始,是野蛮。对了,如今我们需要的正是它。我们文明得太久了,如今人家逼得我们没有路走,我们该拿出人性中最后最神圣的一张牌来,让我们那在人性的幽暗角落里蛰伏了数千年的兽性跳出来反噬他一口。……如今是千载一时的机会,给我们试验自己血中是否还有着那只狰狞的动物,如果没有,只好自认是个精神上的"天阉"的民族,休想在这地面上混下去了。……我

---

① 德国"狂飙运动"时期对法国文化的背离可参考埃利亚斯《文明的进程——文明的社会起源和心理起源的研究》,王佩莉译,第66—83页,北京三联书店,1998年。

② 王佐良曾回忆他们同班时穆旦所写的"雪莱式的浪漫派的诗",见王佐良:《穆旦:由来与归宿》,《一个民族已经起来——怀念诗人、翻译家穆旦》,第1页,江苏人民出版社,1987年。赵瑞蕻也回忆在南岳时,"穆旦除喜欢拜伦、雪莱、叶慈外,也特别喜欢布莱克"。见赵瑞蕻:《南岳山中　蒙自湖畔——记穆旦,并忆西南联大》,《丰富和丰富的痛苦——穆旦逝世20周年纪念文集》,第173页,北京师范大学出版社,1997年。浪漫派的作品更是穆旦晚年致力翻译的重要部分,从穆旦的抒情气质,及诗歌写作方式,都可看出浪漫派是穆旦写作的重要资源。

③ 按,穆旦虽然与战国策派有相通的地方,但在本质上也有差别,战国策派多从历史形态学着眼,所关注的是中国文化的周期性发展,所以,他们所强调的"力"更侧重历史属性,穆旦是以诗人的身份看待文明的更新,并且从自身的经验中得到灵感,故侧重自然,侧重"野性"。

> 们能战，我们渴望一战而以得到一战为至上的愉快。至于胜利，那是多么泄气的事，胜利到了手，不是搏斗的愉快也得终止，“快刀”又得“生黄锈”了吗？还好，还好，四千年的文化，没有把我们都变成“百年斯文人”！（民国二十八年三月五日）[①]

闻一多与穆旦一样，同时强调救亡与文明再造，他的资源则是从民间歌谣发现的“野性”；将这种观点作进一步强调的是话剧《原野》在昆明的演出。1939 年 8 月 16 日，由曹禺亲自导演，闻一多担任舞美设计，著名演员凤子和他丈夫孙毓棠（时为西南联大的教授）饰演的话剧《原野》在昆明新滇大剧院正式公演，深受观众欢迎，观看《原野》一时成为昆明社会的时尚，[②]该剧连演九天，并应观众要求再演五天。剧组对该剧的宣传是：“蕴蓄着莽苍浑厚的诗情，原始人爱欲仇恨与生命中有一种单纯真挚的如泰山如洪流所撼不动的力量，这种力量对于当今萎靡的中国人恐怕是最需要的吧！”[③]穆旦的《童年》写于 1939 年 10 月，虽无直接证据表明穆旦是受《原野》影响，但二者对原始人野性的态度确实一脉相承。除此而外，曹禺于 1941 年还完成了《北京人》的创作，该剧也是借助原始人的野性反观现代人的孱弱。穆旦与闻一多之间的渊源也颇深，他们都参加了“湘黔滇旅行团”，据刘兆吉回忆，在赴滇途中，“常看到穆旦与闻先生伴行”，“穆旦对闻先生很尊敬，虚心学习，闻先生也很器重穆旦”，[④]之后在西南联大，闻一多也是穆旦曾加入的冬青、文聚等社团的指导老师。穆旦的这种观点也持续到 1940 年代，如他在《祭》中写道：“忽然他觉得自己身上/长了刚毛，脚下蠕着血，门外起了大风。/他惊问这是什么，我不知道这是什么。”这首诗所写的正是面对死难者，油然而生的复仇的野性，而该诗原题为《有钱出钱，有力出力》，也表明他所关注的正是抗战建国的时代问题。

---

① 闻一多：《西南采风录 · 闻序》，商务印书馆，1946 年。

② 朱自清：《〈原野〉和〈黑字二十八〉的演出》，《今日评论》第 2 卷第 12 期，1939 年 9 月 10 日。

③ 转引自李乔：《看了〈原野〉以后》，《云南日报》1939 年 8 月 23 日。

④ 刘兆吉：《穆旦其人其诗》，《丰富和丰富的痛苦——穆旦逝世 20 周年纪念文集》，第 186 页。

虽然抗战初期，借助于原始的野性、民间的野力等资源，思考抗战建国与文明再造，是当时颇具普遍性的社会思潮，但穆旦的意义在于，他在回应这些时代问题时，是带着自身的独特经验和视角的，这与他抗战期间在内地的“旅行”有关，无论是南岳的自然风景、湘黔滇的旅行见闻，还是西南的神秘、蒙自湖畔的沉思，都让他发现了中国内地的丰富性，“内地的发现”带给了他全新的体验和感受，而这如何与他文明再造的思考发生关联，并转化为他的写作资源，值得进一步探讨。

三、“内地的发现”与穆旦的地理诗学

朱自清在《抗战与诗》一文中写到，“抗战以来，一切文艺形式为了配合抗战的需要，都朝普及的方向走，诗作者也就从象牙塔里走上了十字街头”①。他所针对的虽主要是从事抗战宣传的诗人，但对于穆旦等人来说，战争让他们从课堂走向了民间，从都市走向了自然，从东部的首都走向了西南的内地，在南岳、湘黔滇的旅行途中，在蒙自及叙永等地，穆旦不仅得以领略秀美的风光，还感受到了南方大自然的神秘和原野的生命力，而湘黔滇的旅行，也为穆旦等缺乏社会经历的学生提供了一个深入民间的机会。在从长沙到昆明的途中，很多学生记有详细的日记，现在可见的有钱能欣、董奋和杨式德等人的记录，这为了解穆旦沿途的经历提供了参考。无疑，这次旅行深深地影响了穆旦的写作，正如王佐良所回忆的：“后来到了昆明，我发现良铮的诗风变了。他是从长沙步行到昆明的，看到了中国内地的真相，这就比我们另外一些走海道的同学更有现实感。他的诗里有了一点泥土气，语言也硬朗起来。”②穆旦后来曾以这次旅途为背景写过多首诗，如《出发——三千里步行之一》对沿途所经之地的记述：

澄碧的沅江滔滔地注进了祖国的心脏，

---

① 朱自清：《新诗杂话》，第31页。

② 王佐良：《穆旦：由来与归宿》，《一个民族已经起来——怀念诗人、翻译家穆旦》，第1页。

浓密的桐树，马尾松，丰富的丘陵地带，
欢呼着又沉默着，奔跑在江水两旁。
…………
在军山铺，孩子们坐在阴暗的高门槛上
晒着太阳，从来不想起他们的命运……
在太子庙，枯瘦的黄牛翻起泥土和粪香，
背上飞过双蝴蝶躲进了开花的菜田……
在石门桥，在桃源，在郑家驿，在毛家溪……
我们宿营地里住着广大的中国的人民，
在一个节日里，他们流着汗挣扎，繁殖！

比照其他人的日记，穆旦这里所列的地理标识：沅江、军山铺、太子庙、石门桥、桃源、郑家驿、毛家溪等，都是沿途所经之地，且都在湖南境内。湖南，在沈从文笔下正是一个与现代文明形成对照的地方，无论是苗民的彪悍、淳朴，还是山水的神秘秀美，都成为文明批判的参照，而湘人的勇武，自曾国藩训练湘军起就受人关注，在抗战期间，湘军也再次被寄予厚望，与穆旦同行的钱能欣就认为：

当此抗战的时期，我们对于湖南是抱着有极大的希望的。一般言之，湖南人的体格要比江浙人强健得多，女子也个个精干。刻苦耐劳是湖南人的本色。所以我们希望，今日的湘军不但有曾国藩统率下的英勇，而且要充分地发扬民族国家的至高的精神和理想。①

朱自清也勾勒了抗战时诗歌的两大“发现”：“一般诗作者所熟悉的，努力的，是在大众的发现和内地的发现。他们发现大众的力量的强大，是我们抗战建国的基础。他们发现内地的广博和美丽，增强我们的爱国心和自信心。”对于穆旦来说，苗民的勇武、湖南人的健壮、内地广袤的原野，这些既成为抗战建国的力量，也是文明批判和文明再造的资

---

① 钱能欣：《西南三千五百里——从长沙到昆明》，《联大长征》，第33—34页，张寄谦编，新星出版社，2010年。按，钱能欣该书于1939年由商务印书馆出版，本文所引是据商务版重排本。

源,他看到了民众的生命力,但关注更多的还是自然,是原野的野力。在诗中他对旅行者的心情和形象的描述为:“到处他们走着,倾听着春天激动的歌唱!/听!他们的血液在和原野的心胸交谈。”(《原野上走路——三千里步行之二》)原野激发了自我的青春活力,走向原野成为都市人的新生过程:

我们终于离开了渔网似的城市,
那以窒息的、干燥的、空虚的格子
不断地捞我们到绝望去的城市呵!

而今天,这片自由阔大的原野
从茫茫的天边把我们拥抱了
我们简直可以在浓郁的绿海上浮游。
…………
我们走在热爱的祖先走过的道路上,
多少年来都是一样的无际的原野,
(　!蓝色的海,橙黄的海,棕赤的海……)
多少年来都彭湃着丰盛收获的原野呵,
如今是你,展开了同样的诱惑的图案
等待着我们的野力来翻滚。

(《原野上走路——三千里步行之二》)

原野将“我们”从都市文明中解救出来,激发了“我们”的活力,提供给“我们”试验野力的空间,通过原野的野性与都市的空虚之间的对照,为文明再造指出了可能性。原野在成为文明再造的资源时,也在某种程度上激发了穆旦对祖国版图的想象,他以地理标识勾勒了祖国的地图:“让我歌唱帕米尔的荒原,/用它峰顶静穆的声音,/混然的倾泻如远古的熔岩,/缓缓迸涌出坚强的骨干,/像钢铁编织起亚洲的海棠。”“当我呼吸,在山河的交铸里,/无数个晨曦,黄昏,彩色的光,/从昆仑,喜马,天山的傲视,/流下了干燥的,卑湿的草原,/当黄河,扬子,珠江终于憩息,/多少欢欣,忧郁,彭湃的乐声,/随着红的,绿的,天蓝色的水，/向远方的山谷，森林，荒漠里消溶。”（《合唱二章》之二）诗人以带有象征性的“天山”“扬子”“黄河”等地理坐标，勾勒的祖国版图正是抗战时期民族情绪的表征，这可与戴望舒的名作《我用残损的手掌》对读。但穆旦所选用的地理坐标，也难免带有奥登式“飞行员的视角”，但与奥登不同的是，穆旦笔下的这些地理意象是带有他个人强烈的民族情绪的，蕴含着动感和力量。

“内地的发现”，穆旦固然发现了优美的自然风景和富于野性的原野，但同时他也发现了内地的复杂性，这主要是民众的苦难。湘黔滇旅行为西南联大师生提供了一个“重新发现民众”的机会，[①]对于穆旦来说，对民众的深入了解的意义在于，在将乡野作为反思都市文明、将乡土民众作为民族新生力量的同时，他对乡土内部进行了区隔，[②]从而使乡土与都市的二元空间展开了更为丰富的图景，如介于乡村和都市的“小镇”，他就给予了更多的关注，在《小镇一日》中，穆旦发现这个市集本身还是一个未祛魅的乡土世界，充满神秘和野性，但同时，他也看到了民众本身的“沉重”：

> 现在他笑着，他说，
> （指着一个流鼻涕的孩子，
> 一个煮饭的瘦小的姑娘，
> 和吊在背上的憨笑的婴孩，）
> “咳，他们耗去了我整个的心！”
> 一个渐渐地学会插秧了，
> 就要成为最勤快的帮手，
> 就要代替，主宰，我想，
> 像是无记录的帝室的更换。……永远被围在百年前的
> 梦里，不能够出来！

---

① 对于西南联大的师生如何“重新理解和想象‘民间’”，姚丹有颇为详细的论述，参见姚丹《西南联大历史情境中的文学活动》，第29—48页。

② 对乡野内部区隔的关注，感谢姜涛的提示。本文的写作多受益于姜涛所开设的“现代诗专题研究”的课程，而吴向廷所作题为“晦涩：作为一种历史修辞”的报告对笔者也多有启发。

乡土的牧歌情调在这里消失了，取而代之的是不可回避的民众的愚昧、贫穷和无知，他们的勤劳成了维系其不幸命运的方式，他们永远在一个封闭的空间中打转，在文明的循环中自我耗损。面对此情此景，穆旦的选择是："别了，我们快乐地逃开/这旋转在贫穷和无知中的人生。"(《小镇一日》)而这些情形在穆旦等人的旅途中并不鲜见，据余道南回忆，他们所经历的地方，有些确实是民风淳朴，人们的性格强悍，行动粗莽，但有的却并不如此，尤其贵州地界，人们深受鸦片之害，如他在清镇县城所见："城内景况较玉屏等地略胜，惟鸦片馆公开经营，街头时有烟味随风袭来，令人不快。"[①]而有的地方则因烧劣质煤而患眼病，或因缺碘而患大脖子病，总之，湘黔滇作为内地边远省份，沿途所见除了自然风光和苗民的粗犷淳朴可取，民众的生活并不多么富足理想。而穆旦的解读显然是将贫困归结为民众的愚昧和无知，这也表明，穆旦等人虽然深入了内地，旅行的方式固然打破了对民间的乌托邦想象，但同时，这种走马观花式的观看，也使他们无法进一步理解民众，作为知识分子的他只是取道民间，面对民众的生活方式和他们的苦难，只能选择"逃开"，这也是为什么民众最终未成为穆旦思想世界中的历史主体的内在原因，对民众的隔膜和疏离，使他只能转向自然，选择更具动能，表现出更多生命力的野兽或原野，而这也成为他之后所要经历的自然与历史分裂的导火索。

穆旦对乡土世界内部文明的批判，与他对传统的批判是一致的。在穆旦看来，祖先的遗产逐渐成为压力和重负，这种循环正内在地消耗着民众的生命活力，正如他以艾青式的目光关注"北方的田野"，但视角却不一样，在穆旦笔下，北方的田野是死寂而封闭的：

我们的祖先是已经睡了，睡在离我们不远的地方，
所有的故事已经讲完了，只剩下了灰烬的遗留，
在我们没有安慰的梦里，在我们走来又走去以后
　　在门口，那些用旧了的镰刀，
　　锄头，牛轭，石磨，大车，

① 余道南：《三校西迁日记》，《联大长征》，第168页。

静静地，正承接着雪花的飘落。

（《在寒冷的腊月的夜里》）

祖先于我们，甚至是啼哭的儿郎，都是一种不变的延续："他就要长大了渐渐和我们一样地躺下，一样地打鼾/从屋顶传过屋顶，风/这样大岁月这样悠久，/我们不能够听见，我们不能够听见。"穆旦从乡土的静穆感受到了文明活力的缺失，这与他早年所写的《古墙》是一致的，"古墙"虽远离都市，但也日渐剥落，并不能承担再造文明的重任，因而穆旦将眼光转向了更富生命力的野兽和更为广阔的原野。选择原野或野兽这种更具抽象性的力量，作为再造文明的历史动力，也使穆旦面临新的困境，即文明的前景因缺乏内在的历史动力而显得模糊不清，不仅是穆旦，战国策派和闻一多、曹禺等人也同样深陷这个困境，他们虽将抗战作为文明再造的过程，但倚赖的力量却是颇为抽象的野性，同样对新文明的前景付诸阙如。对于穆旦来说，在他进一步接受西方现代派以后，现代都市文明也同样成了批判的对象。这样，他有可能在历史与自然之间、在传统与现代之间悬空。

四、野性：现代人的自我治愈与情绪失范

从 1939 年的《一九三九火炬行列在昆明》开始，穆旦诗中出现了"普鲁弗洛克式的自我"，即源自艾略特《普鲁弗洛克的情歌》中那个犹豫不决、内心矛盾的中年人。在《一九三九火炬行列在昆明》、《蛇的诱惑》、《漫漫长夜》、《从空虚到充实》、《华参先生的疲倦》等诗中，穆旦都设置了一个流连于咖啡厅、饭店或电影院的角色，诗中同时还交叠着宏大叙述或神话结构，如《蛇的诱惑》一诗中将陪德明太太去百货公司的"我"比喻为"廿世纪的哥伦布"，这明显受益于艾略特对《尤利西斯》的解读，通过古今的对比凸显现代人的堕落。

穆旦也是如此，经由文学的想象和自我的经历，他在 1940 年 3 月的《玫瑰之歌》中写到："我已经疲倦了，我要去寻找异方的梦。"他的疲倦是因为日常生活的平庸，而他所要寻找的梦则是充满野性的"碧绿的大野"。他虽然可以接受现代的生活，"在那里像一头吐丝的蚕，抽

出青春的汁液来团团地自缚/散步，谈电影，吃馆子，组织体面的家庭，请来最懂礼貌的朋友茶会”，但他所期待的却是“野性的呼喊”。再一次，内地的风景成为他新生的资源，面对“昆明湖的水色澄碧而温暖”，他自问“新鲜的空气透进来了，他会健康起来吗”。在《一九三九火炬行列在昆明》中，他从咖啡馆加入到了群众的行列，在诗中他以游行者的狂热写道：“脱下你们的长衫，忘去你们高贵的风度，踢开你们学来的礼节，露出来你们粗硬的胡须，苦难的脸，白弱的手臂/我需要我们热烈的拥抱，我需要你们大声的欢笑，/我需要你们燃起，燃起，燃起，燃起，/向黄昏里冲去。”面对游行的“狂欢”场面，穆旦强调的是游行所焕发出来的野性，希望在“新生的野力”的作用下，经由战争完成文明的“新陈代谢”和换血，在抗战中实现文明的更新。

但值得注意的是，祖国是从传统中新生，而抒情主体则是从现代生活的平庸中新生，自我与历史之间的分裂已经开始。不过，此诗的抒情自我虽带有普鲁弗洛克式的延宕和犹疑，但此时穆旦与艾略特的不同在于，穆旦当时有着对民国政府的信任、对抗战建国的想象及个人的激进热情，因此，抒情主人公还是选择了“从酒店里走出来”，“挤进这火炬的行列”，并为游行队伍所具有的野性所感动；在《从空虚到充实》中，也是从“客厅”走向了“原野”，但在收入《探险队》时被删掉的该诗最后一节中，个人与历史之间由分裂走向冲突：一方面，当抒情主体“病倒在游击区里，在原野上，/原野上丢失的自己正在滋长！”诗人试图承担救亡的历史使命，但同时，要让别人教他“怎样爱怎样恨怎样生活”，并要面对死亡时，他的反应是：“不不，我说，我不愿意下地狱，/只等在春天里缩小，溶化，消失。”他又执著于个人，执著于审美化的选择，他最终选择了回归自然：选择自然与选择历史变得决然两途；《在旷野上》一诗的结尾也是如此：“当旷野上掠过了诱惑的歌声，/O，仁慈的死神呵，给我宁静。”他把“旷野”作为自己的最终归宿。既然自然与历史截然两途，当自我回归自然时固然能自我治愈，但把自然作为历史发展进程的动力的想法则难免一厢情愿，历史发展并非以穆旦所提出野性、野力为动力，而是有着自身的逻辑。但穆旦还是试图做出调和：

一片新绿从大地的旧根里熊熊燃烧

播种的季节——观念的突进——然而我们的爱情是太古老了，

一次颓废列车，沿着细碎之死的温柔，无限生之尝试的苦恼。

我长大在古诗词的山水里，我们的太阳也是太古老了，
没有气流的激变，没有山海的倒转，人在单调疲倦中死去。
突进！因为我看见一片新绿从大地的旧根里熊熊燃烧，
我要赶到车站搭一九四〇年的车开向最炽热的熔炉里。

（《玫瑰之歌》）

这里诗人将内地的自然作为治愈现代自我的资源，同时也作为文明更新的资源。但同时他也坦承："我还没有为饥寒，残酷，绝望，鞭打出过信仰来，/没有热烈地喊过同志，没有流过同情泪，没有闻过血腥。"（《玫瑰之歌》）也就是说，抒情主体并不具有真正担当历史重任的能力和愿望，他作出调和的基础完全出自内心的激情："过多的无法表现的情感，一颗充满着熔岩的心/期待深沉明晰的固定"，个人奔忙于自然与历史、传统与现代之间，早期的偏执被内心的复杂和分裂所代替，但同时又期待着"新的组合"，在《在旷野上》一诗中，穆旦再次描述了无所归依的自我："在旷野上，我是驾着铠车驰骋，/我的金轮在不断的旋风里急转，/我让碾碎的黄叶片片飞扬，/（回过头来，多少绿色的呻吟和仇怨！）/我只鞭击着快马，为了骄傲于/我所带来的胜利的冬天。"无论是内心"过多的无法表现的情感"，还是"在不断的旋风里急转"的金轮，抒情主体都是一个内心狂热却因找不到方向而显得焦虑的人。而这种焦虑在1940年所写的《我》中更为明显："从子宫割裂，失去了温暖，/是残缺的部分渴望着救援，/永远是自己，锁在荒野里，//从静止的梦离开了群体，/痛感到时流，没有什么抓住，不断的回忆带不回自己。"对于穆旦来说，离开群体回归自然是自我的归宿，但同时也是一个背离历史的过程。

穆旦在1940年代初所承受的痛苦，首先可从现实层面得到解释，如随着抗战的持续和深入，初期的亢奋不复存在，且对政府的信任度降低，早期"抗战建国"的愿景破灭；对穆旦来说，还应考虑到他在历史与自然、

传统与现代之间的自我选择和处境：一方面，他在历史层面是想通过对传统的批判实现文明的再生，但现代派所展示的现代的“荒原”景观，使他的历史远景无法明朗化，而他的资源和动力又不是来自历史内部，而是取道自然，但自然在他那里本身却与历史是分裂的；另一方面，对于一个迷恋旷野和野力的诗人来说，如果缺乏清晰的历史远景和强大的主体性支撑，丰富的情感就容易失去苑囿而找不到归宿，从而成为丰富的痛苦。他虽试图以自我的主体性来驾驭这些力量，并回应时代的主题，如他的诗学实践：这包括第三条抒情道路的提倡，还有直到晚年都在强调的“首先要把自我扩充到时代那么大，然后再写自我，这样写出的作品就成了时代的作品”，[①]但随着战争的深入和残酷的战争经历、职业的变换以及诗学资源的多元化，他的历史远景逐渐变得模糊，野性的力量和内心的激情反而成为自我的重负，他想寻找定型、寻找皈依，却往往归于失败，最终是这些力量让主体自身处于无穷的矛盾和痛苦之中。

① 穆旦：《穆旦诗文集》第2卷，第188页。

“常想飞出物外，却被地面拉紧”
——穆旦《旗》浅析

赵　楠

穆旦的诗集《旗》共有两个同名集子，一是1948年2月出版的穆旦诗集《旗》[①]，从《控诉》(1941年11月作)到《森林之魅——祭胡康河上的白骨》(1945年11月作)，收录穆旦诗歌24首，为巴金主编的《文学丛刊》第九集之一种。二是由穆旦自选的同名诗集《旗》[②]，根据穆旦家属提供手稿和背景，诗人自选诗集大致编写于1948年赴泰国之前，未出版，收录入自选集《旗》中的诗歌与巴金编选本诗歌大体相同，压卷之作《云》为巴金编选本之所未有。除《控诉》、《赞美》、《出发》等穆旦创作于1940年代初期的重要作品外，选入《旗》中的诗作集中创作于1945年抗战胜利前后，并于1946—1947年间，主要登载在沈从文等人主持的《益世报·文学周刊》(总标题为“抗战诗录”)、《大公报·文艺》、《文艺复兴》等报刊上。以诗歌来迅速地反映或点评现实事件，并且放弃了诗人学生时代的“新的抒情”方式，恐怕是诗集《旗》中诗歌的最大特点。这既是特殊时代与诗人诗风转变交互影响的产物，也更在诗歌反应和参与现实的表象之外，显露了穆旦固有的茫然和面临道路选择时的心迹。

《旗》的创作，多与时事或与战争中的兵士等有关。这一方面缘于穆旦曾有在远征军服役、又于1945年7月再次参军的经历，对战争尤

---

① 穆旦著，巴金编：《旗》，上海文化生活出版社，1948年2月。

② 穆旦著，查明传等编：《穆旦自选诗集(1937—1948)·旗》，天津人民出版社，2010年。

其敏感，且集中进行诗歌写作时穆旦的时间相对充裕；另一方面，旷日持久的抗日战争行将结束，国际国内发生了一系列决定战争形势和战后格局的大事，这些现实事件在智识者中间必然引起许多思量。对于诗人穆旦来说，对于现实境况和未来走向的观察与思考也更多地体现在其诗歌里，《旗》或许可看做穆旦和穆旦们对于1945年前后民族与个人命运进行思考的一个投影。能够写作《反攻基地》、《给战士》这样的诗歌，也许是因为在特殊的年代，穆旦与同样经历了抗战、认为"人生的意义在乎多多经历，多多体验，为人的可贵在乎多多分担同时同地的人们的苦乐"①的诗人冯至有着同样的创作动因；或者也许穆旦有与袁可嘉相似的思考，认为诗歌应当在外部世界寻找与心灵相通的"客观对应物"②方能更显力道。总之，《旗》中的"时事诗"尤其众多，可以还原到欧战胜利日、美国飞机轰炸东京、通货膨胀、反攻基地等相当具体的历史事件或情境，客观上也确实达到了唐湜所捕捉并提倡的"呼唤并响应着时代精神"③的效果。

诗集《旗》的另一特点是，穆旦以诗歌的形式刻录并评点这些历史事件的方式，已不同于抗战初期"我从我心的旷野里呼喊/为了窥见我美丽的真理"(《在旷野上》)的"新的抒情"，《旗》中的诗句显得更为冷峻、犀利，态度也更为微妙而不那么好理解，尽管《野外演习》以卞之琳式的"我们看见的是一片风景"开头，在一些诗句和同时期的其他诗篇中，仍能见到年青诗人的浪漫的影子。④ 如《反攻基地》："过去的还想在这里停留，'现在'却袭断如一场传染病，各样的饥渴全都要满足，商人和毛虫欢快如美军"(诗中将与国民政府和中国抗战联系紧密又微妙的"美军"作为战争"商人"和"毛虫"的喻体，颇具时代的现场感)；

---

① 冯至：《这之间》，转引自黄万华：《史述和史论：战时中国文学研究·前言》，山东大学出版社，2005年。

② 袁可嘉：《对于诗的迷信》，《文学杂志》1948年第2期。文中认为诗歌应当"从简单走向复杂，从直觉到立体的结构，从浮泛的朦胧情思的晃动到鲜明准确的刻划，从单纯的热情呼唤，历经心智的批评、选择、综合、安排而发展为表面光滑而实质深厚的有机组织"。

③ 唐湜：《时间与旗》，《中国新诗》1948年第1期。

④ 按照阿垅的说法(批评)，穆旦的这种"浪漫"与他的缺乏主观战斗的"虚无"仅仅是一体两面。

如《轰炸东京》:“由于我们软弱,你们的美德,利用无知,那天皇的光荣,尽管你们发狂保卫至死:我们的常识却布满你们可怜的天空。”时事诗歌的题材与冷峻、犀利的诗风恐怕并不意味着诗人的果敢与笃定。与诗集同名的诗歌《旗》,在诗人的笔下是这样的形象——“风是你的身体,你和太阳同行,常想飞出物外,却为地面拉紧”,颇有1940年代诗坛所提倡的“意象的凝定”感。而同时期冯至的“凝定”则是“我们准备着深深地领受/那些意想不到的奇迹/在漫长的岁月里忽然有/彗星的再现,狂风乍起/我们的生命在这一瞬间/仿佛在第一次的拥抱里/过去的悲欢忽然在眼前/凝结成屹然不动的形体”①,充满了风暴之中的静候与确定;辛笛的“凝定”是“手掌”与“沉思的肉”,充满了瞬间的凝定和思考的张力。穆旦笔下的“凝定”的《旗》,本应是战斗与正义的象征,应当被热情或冷峻地赞颂或者“默默指出动作的源始和可能发展的脉络”②,但却言语之间有所闪烁与彷徨,它的赞颂好像是“我们都在下面,你在高空飘扬”,“资本家和地主拉你来解释,用你来取得众人的和平”③。“旗”的指向是“四方的风暴,由你最先感受,是大家的方向,因你而胜利固定”,虽然最终的结语是“我们爱慕你,如今属于人民”,但细细读来,更多的感受恐怕是“战争过后,而你是唯一的完整,我们化成灰,光荣由你留存”,而似赞似讽的跳脱与犹疑,恐怕正来自于《旗》中所说的“我们有时茫然”。这与我们想象当中的抗战胜利来临之时的狂喜,形成了鲜明的反差。在穆旦自选的诗集《旗》中,压卷之作是一首题为《云》(1945年11月作)的诗歌:

凝结在天边,在山顶,在草原,
幻想的船,西风爱你来自远方,

---

① 冯至:《十四行集》,明日社,1942年。

② 参见简政珍《诗的瞬间狂喜》:“意象的形成由动转静,由声音趋于静谧。由于瞬间凝聚,它富于张力。虽然这一小段截头去尾,但它默默指出动作的源始,和可能发展的脉络。”简政珍:《诗的瞬间狂喜》,第106页,台北时报文化出版公司,1991年。

③ 穆旦对“资本家和地主拉你来解释”的英文翻译是:“The *rich* and *powerful* flew you once and made you to explain.”参见《穆旦诗文集(1)·旗》,第118页,人民文学出版社,2006年。

一团一团像我们的心绪，你移去，
在无岸的海上，触没于柔和的太阳。
是暴风雨的种子，自由的家乡，
低视一切你就洒遍在泥土里，
然而常常向着更高处飞扬，
随着风，不留一点泪湿的痕迹。

虽然“云”的意象显得更为柔美、隐晦，但这首诗读来像与空中的《旗》遥相呼应，让人既有憧憬，却又感到无所归依。“旗”与“云”分明在迎风招展甚至于指引方向，却有着相当的不确定性。而整部诗集，无论是巴金的编选本还是穆旦的自选本，都以“旗”来命名，可见二十余首穆旦1945年前后写作的诗行，不论是写兵士还是写时事，不论是陈述当下还是冷嘲热讽，都充溢着这样一种情绪——与其说穆旦作为“我们”中的一员“在下面”仰慕“旗”（“你”），倒不如说穆旦就是飘在空中的“旗”，诗里诗外尽是里尔克那种“我如一面旗帜被四下的旷远包围/我预感到来临的风并且必须经历/当在下之物尚未启动”的茫然的“预感”。在辑佚整理出来的穆旦的重要作品《还乡记》[①]中，诗人、记者穆旦由大后方的云南一路北上到北平，一路上对日本军人、对民生、对国军、对中国乡村社会等等的见闻与感念，也都充满了茫然的底色。

诗歌是时代的产物，对于敏感的穆旦而言更是如此。造成这样一种诗歌情绪的首因，当推1945年前后的“战时中国”。《旗》中“我们感到茫然”，与1940年代的政治形势变化和相应的知识界与文学场域的变化密切相关。按照“胜利者”写进历史的说法，1943年夏秋之交，二战结局明显，世界和中国抗战局势明朗化，国共重新对垒的势头也逐渐显现。1944年豫湘桂战役，国民党大溃退，毛泽东与中共加紧政治宣

① 参见陈越：《再从军路上的〈还乡记〉——查良铮（穆旦）佚文四篇校读》，陈越辑校：《〈还乡记〉——查良铮（穆旦）佚文四篇》，北京大学新诗研究所编：《新诗评论·穆旦专辑》2010年第2辑（总第十二辑）。

传攻势和军事准备。[①] 抗战行将胜利，“一个民族已经起来”恐怕已不迫切，反倒是“中国往何处去”，成为在抗战后期即开始酝酿的大问题。作为所谓的“第三种人”，大多数诗人与知识分子面对的事实和判断大抵也是如此。“天地玄黄”的年代里诗坛文坛自然面临新的分化与斗争，舒波所指认的《大公报·文艺》聚起那一帮不能够让大众“认识现实社会，向往光明”的“白相诗人”（陈敬容、袁可嘉、穆旦等）[②]，此时最为纠结的正在于面对时局的选择，站在历史身边令他们有种“将宇宙和我们/断然地划分”（陈敬容《划分》）难以把握的踌躇之感。

虽然身处“现代”的“自我”本身就面临着不完整与被分割，对于穆旦来说，身处庞大而被明确地模糊了的“第三条战线”，“我”和可能的“我们”所承受的苦扰，在《旗》中以诗句的形式被刻录下来。最明显地，穆旦的“自我”，原本是艾略特式的“从子宫割裂，失去了温暖，是残缺的部分渴望着救援，永远是自己，锁在荒野里”（《我》，1940 年 11 月作）。但在《旗》的时期，《旗》的许多诗中，“你”“我”“你们”“我们”“他们”甚至于“人们”，在一首诗中往往频繁且交错地出现，指代也都显得非常不确定，“在下面”的“我们”与飘飞的“旗”已经现出某种混乱。也许因由入伍从军的经历，又或者也许因由一个与自我完全不同的“他者”更容易被指认和表述，《旗》中的穆旦将相当多的精力用在了“兵”的身上，如《退伍》、《给战士》、《农民兵》、《一个战士需要温柔的时候》等。而这些战士或农民兵，又常常被冠以“愚笨”的形容——这

---

① “到 1943 年夏秋，第二次世界大战的结局已经很明显，反法西斯战争的胜利和中日民族矛盾的解决只是一个时间问题。八年抗战中，中共所属区域及军队在艰苦的环境中出人意料地快速发展起来。国共对垒，使资产阶级中间势力获得了生存空间，在两极平衡未打破之前，第三种势力可在缝隙中成长，他们可站在‘公平的’立场上调和国共关系，影响国内政局，宣扬其民主政治理想。与此相反，蒋介石政府统辖区在日军不断进逼下国土日缩，1944 年对日的豫湘桂战役中国民党军队惨败。战场上遭受打击的同时，社会统治又面临崩溃：军队士气因战败而低落，农民因税收沉重而充满怨恨，公职人员及知识分子不能承受经济和政治的双重压力而怨声载道。国民党由于专制政治拒绝听取积极性的批判，它不能为自己输进新的血液，一成不变的领导层表露出僵化和虚伪。”参见张君劢：《中国的第三种势力》，载《中国现代政治史资料汇编》（第五辑），第 86 页，中国科学院历史研究所南京史料整理处油印本，1956 年。

② 舒波：《评〈中国新诗〉》，《新诗潮》1948 年第 4 期。

形容恐怕并非贬义，但却使诗人“我”与“他们”这些“愚笨的人”完全划清界限。但在《五月》中，“我”又是这“愚人”的一员。再如《七七》（作于1945年7月）：“你是我们请来的大神，我们以为你最主持公平”，而“你的产业将由谁承继，虽然现在还不能确定，他们显然是你得意的子孙，而我们的苦衷将无迹可寻”。《先导》（作于1945年7月）：“伟大的导师们，你们的灰尘安息了，你们的时代却复生……在无尽的斗争中，我们的一切已经赤裸，那不情愿的，也被迫在反省或者背弃中，我们最需要的，他们已经流血而去，把未完成的痛苦留给他们的子孙……你们唯一的遗嘱是我们，这醒来的一群，穿着你们燃烧的衣服，向着地面降临。”《旗》中的很多诗歌，也正是在这些不确定的“自我”中间，增加了它的“晦涩”。

当然，这种混乱也表明“脱离子宫”的那个“自我”，不得不开始向外张望和干预社会人生。在《旗》中，抛却“新的抒情”的穆旦有多处受到奥登及其《战时十四行》的影响，写作了一些具有较强烈的现实参与意识的作品。借助奥登的诗风与诗歌主张，穆旦对于个人与历史的关系有了更进一步的观察与反思，如前文提到的《农民兵》：“不知道自己是最可爱的人/只听长官说他们太愚笨”，对战争阴影下普通大众的生存与生命有了更为深切的关注。[①] 不止于穆旦，同时期的王佐良《诗两首》中写中国农民兵是“你的兄弟我的丈夫”，杜运燮则感喟穿着草鞋的农民兵是“苦难的中国农民，负着已腐烂的古传统”（杜运燮《草鞋兵》）。后来被人们“追认”为“九叶诗派”的诗人及诗歌评论者们，对于“自我”也有着类似的体悟和转变。这些“九叶诗人”在诗歌创作与批评中逐渐倾向于对社会现实的冷峻批判，其作品中所表达的人生经验“不仅是原有经验的提高、推广、加深，而且常常是许多人不同经验的综合和结晶”[②]。

尽管如此，阿垅对于穆旦《旗》的评价仍然提示了穆旦固有的另一

① 可参见江弱水：《伪奥登风与中国性：重估穆旦》，《外国文学评论》2002年第3期。

② 袁可嘉：《谈戏剧主义——四论新诗现代化》，《大公报·星期文艺》（天津），1948年6月8日。

重"迷茫"与"不彻底"。1940年代中后期的诗坛阵营,"中国新诗派"与"七月派"的对垒,集中在讨论"人民"与"人民性"的问题(穆旦的《赞美》等诗,某种意义上也成/败于"人民"和"人民性"),是阿垅提出"人民性"不能作为"挡箭牌",认为诗歌应当是"严肃"与"欢乐"并行的,充满"乐观主义的光彩,战斗和胜利的狂欢与光荣"。当时的阿垅就时下出版的诗歌写作了许多作为评论的"片论",《〈旗〉片论》[1]便是其中之一。穆旦的《旗》于1948年2月出版,阿垅的《〈旗〉片论》于1948年3月23日发表,批评非常具有时效性和力度(当然阿垅也意在褒扬"七月派"诗人孙钿的同名诗集《旗》)。对于穆旦的《旗》,阿垅这样评价:虽然它可以让我(阿垅)"这样鲜明地记忆起来那些战士兵底那种梦呓,底睡态,惊心动魄",但却"没有足够吸引我的那些很强的东西","和他底诗集同名的另一个诗集(指'七月'同人孙钿的同名诗集)对比起来,他是根本缺乏孙钿底那种坚实的行动性和坚毅的乐观主义的"。阿垅进一步评价穆旦的《旗》是充满了"无可奈何的悲观主义"、"冰冷的虚无主义"的作品。抛开派别主张的约束与具体时代的限制,尽管孙钿充满昂扬情感的《旗》今天读来在艺术性上或有欠缺,但阿垅对穆旦这样的评价却独到而值得深思:穆旦"并不真正理解战争本身",他"是一种知识青年从军的浪漫主义,和那种最初接触了战争的人底鲜美的世界感";"那个饥饿的灵魂……把他底初恋设想得过于甜美了也变得飘渺了"。透过这样的评论再来反观穆旦无论是作为学生还是参过军的知识分子,从三千里步行在旷野上到在胡康河上目睹头颅上开满野花,所俱怀的心思和表露的诗情,与阿垅的评价应当基本吻合。

诗集《旗》、通讯《还乡记》或穆旦的其他作品中,尽管已经显露出对于现实和民生的强烈关注,但实际上更多仍是知识分子的"阿尔弗莱特"式的怅惘。在《给战士》中,穆旦给予战士的鼓励,是从戎的日子"再不必做牛,做马,坐办公室,大家的身子都已直立",摆脱了看似安逸却平庸的生活。在《退伍》中,穆旦则认为:

---

① 阿垅:《〈旗〉片论》,《泥土》1948年第6期。

城市的夷平者，回到城市来，
没有个性的兵，重新恢复一个人，

立刻回到和平，在和平里粉碎，
由不同的每天变为相同，
毫未准备，死难者生还的伙伴，
你未来的好日子隐藏着敌人。

从穆旦的意义上说，离开战场并不等同于和平，“退伍”并不意味着安全而祥和的生活，而更多地是充满着一个力图摆脱庸常生活的知识分子的嘲讽与失落。《活下去》本是描写战斗中表达“生”的信念，并请孩子们去领会“黑夜中的我们正怎样孕育/难产的圣洁的感情”，但随后，在战争中“活下来”的宝贵经验却使人“弥留在生的烦扰里，在淫荡的颓败的包围中”的情绪亦不自觉地流露出来。对于诗人真正亲身参与过的滇缅战争，《森林之魅》里的“人”“离开文明”明明是去野人谷为荒蛮的自然献祭，但穆旦又说这也是“离开了众多的敌人”；尽管深知“那毒虫的啮咬和痛楚的夜晚，你们受不了要向人讲述，如今却是欣欣的林木把一切遗忘”，结论是“没有人知道历史曾在此走过”，一场诗人亲历的死亡征程在《森林之魅》中显现的仿佛是更为复杂却不再厚重的意味。与孙钿的《旗》相比，穆旦的诗中的确没有那种“让狂风吹！让子弹射过！让露水浸湿！让暴雨打！让太阳晒！”的炽热的“主观战斗精神”与热烈的参与感，更不能给人以真正参与历史的正面力量。

阿垅继而指出，穆旦在战时所感到的“优越的位置”是一种冲动。这种作为“知识分子”的自我感知的“优越的位置”，正是“我（们）迷茫”的另一重要因。不论是自嘲还是反讽，穆旦明确自己拿得惯的是“小资产阶级的手势”（《蛇的诱惑》）。时人批评卞之琳“小处敏感，大处茫然”，似乎于卞之琳于“小”于“大”于“敏感”于“茫然”都并不足够确切——无论是“小处”、“大处”都既“敏感”又“茫然”，也许是包括卞之琳、穆旦等许多知识分子（甚至于中国“新文学”）的宿命。唐湜在《论〈中国新诗〉——给我们的友人与我们自己》中，为他和穆旦所隶属的1940年代的中国知识分子做了这样的注脚：“不得不陷于孤军苦战，与伪作的民歌一样跟广大人民隔绝的悲惨境地，它在目前不能不忍受孤寂者再见人中的痛苦，一个先觉者不能不有的痛苦。”事实上在穆旦《旗》时代的中国，除了毛泽东恐怕没人对中国未来的走向“先觉”。如果说唐湜的话多少有些矫情，那么不妨用这句作结——对于王佐良评价穆旦的名篇《一个中国诗人》，人们往往着意和争议的是“他（穆旦）的最好的品质却全然是非中国的”，而这之前的一句，王佐良恰恰是说穆旦“最善于表达中国知识分子的受折磨而又折磨人的心情”。

抗战以来的西南联大

查良铮 著　刘奎 辑校

北大、清华、南开是战争开始后首遭蹂躏的三校。北大和清华的校舍被日人用为马厩和伤兵医院了，而南开大学则全部炸毁。所以在一九三七年的秋季，大后方的许多学校仍在安然上课时，平津的学生们却挣扎在虎口里。他们有的留在平津，秘密地做救亡工作；有的，几乎是大部分，则丢下了自己的衣服和书籍，几经饥寒和日人的搜查、威吓、留难，终于流浪到青天白日的旗帜下来了。

就是这些人们，在战前掀起了轰轰烈烈的学生运动的，这时候流浪在全国各地方。三校曾经在长沙复课，但到达长沙的学生和教职员，总共不过七八百人而已。于是组成长沙临时大学，借用长沙之圣经学校，衡湘中学，四十九标营房等为校址，其工学院暂附于湖南大学中，文学院之一部则在南岳半山中。当时借读于长沙临大者很多，全国各大学学生几乎全有，表面虽似混乱，而实皆为一种国难期间的悲壮紧张空气所包围。学校于十一月间正式上课，不三月而学期结束。

这一时期教授少，书籍仪器等几乎没有，个人生活也大多无办法，有些同学甚至每日吃一角钱的番薯度日！然而大家却一致地焦虑着时局。校中有时事座谈会、讲演会等，每次都有人满之患。南京陷落后，大局危在旦夕，长沙的情形也非常不安，即是肯用功的同学也觉无法安心读书了，又加以“投笔从戎”的浪潮鼞涌全国，于是长沙临大中乃有大批同学出走。其中有入交辎学校的，有入军校的，有的则结成小组，到山西陕西汉口等地参加各种工作团及军队，再没有人梦想大学毕业了。这是学校进程中一个比较黯淡的时期；而就在这时期中，学校当局决定了迁往云南。

人们把工作和读书看为两回事。所以"救亡呢？还是上学呢?"的问题就成了"在长沙呢？还是到云南去?"当时在长沙是容易加入救亡工作的，所以学生自治会反对学校迁移，并派了代表到教部请愿；当地的报纸也都一致攻击，认为大学生不该逃避云云。是时有很多同学犹豫不决，恰好学校当局请了两位名人来讲演，一位是省主席张治中先生，他是反对迁移的；另一位是陈诚将军。他给同学们痛快淋漓地分析了当前的局势，同时征引了郭沫若周恩来陈独秀等对于青年责任的意见。而他的结论是：学校应当迁移。我这里得说，以后会有很多同学愿随学校赴云南者，陈诚将军是给了很大的影响的。

一九三八年二月中旬，长沙临大分两批离湘：一批海行者经广州香港海防而抵滇；另有同学教授等约三百人，自湘经黔步行而抵昆明，凡三千三百里，费时六十八日。抵滇后，长沙临时大学易名西南联合大学，于同年五月，正式在滇开课。

直到笔者书此文时，西南联大在滇已经两年多了。两年来的西南联大，可以说是无日不在苦难中，折磨成长。总括起来说，它的第一个困难是"穷"。学校的设备经过一次摧残，就更坏了一次；图书和仪器固然是在增添了，然而和同学的需要仍不能按比例地提高。教职员方面，也是"穷"，他们的月薪顶高的不过能买昆明的三四石米，低的则一石米都不能买到，以此养家，当可想见。同学们除了少数外，是更苦了，一般地说，都是"面有菜色"的。他们固然不再希冀以往的物质享受，然而万般困难足以摧残他们的精神。其次，是校舍的困难。许多人睡在一间阴暗的小屋子里，无法安静是不用说了，而昆明又多流行病，个人健康也无法维持。有一次一室中四五人先后都患了猩红热，而同室中其余的同学仍无法疏散开。这只不过说明了校舍的"挤"。西南联大的校舍问题并不只此一端。方迁滇时，学校在昆明西北郊建有土房，为以后一年级的一千多新生所用了；工学院在城东的两个会馆里，也比较安静。而其他部分的同学，三两月一迁居都视为常事了。这原因也很平常，就是，西南联大是租了几个疏散到乡间的中学的校舍的，（农业学校，工业学校，昆华师范，昆华中学），房子一到期，就有种种原因必得让出来。

以上说述,只不过是西南联大的艰苦情况之一部分而已,其他殊难尽述。然而就在这种种困苦中,西南联大滋长起来了。许多参加救亡工作的同学回来复学了,在沦陷区的许多中学毕业生,尤其是华北一带的,他们不辞艰苦纷纷来到昆明,希望考进西南联大。所以现在的西南联大,虽是大量地吸收了西南各省的青年,而仍不愧为北方青年的大本营者,其故就在于此。直至一九三九年始业,西南联大的学生总数竟有三千十九人之多,实不可不谓"漪欤盛哉"了。

随着抗战局势的稳定,学校中课业的进行也积极起来。课室中同学们都专心听讲了,实验室就是在暑期中也都从早忙到晚,而图书馆,则是永远挤满了人。学校各处的墙壁上都贴满了壁报,讨论着有关政治、经济、法律、历史、社会、时事等等的问题,不下二三十种。而课外活动方面,举凡各种社会事业,如演剧、下乡宣传、响应寒衣募捐、防空救护等,西南联大都是热心活动的一分子。然而你会想到吗?这一切都是正为饥寒所迫的同学们做出来的!

国难在激砺着人们,我们对于日人最有效的答覆就是拿工作的成绩来给他们看。西南联大被轰炸已经两次了。一次是在一九三八年九月二十八日,西南联大所租用的昆华师范里落了十几枚杀伤弹,死了方由天津来的同学二人。第二次在一九三九年十月十三日,日人在西南联大一带投了不下百余个轻重炸弹,意欲根本毁灭了这个学校。师范学院全部炸毁,同学财务损失一空;文化巷文林街一向是联大师生的住宅区,也全炸毁了;在物质方面,日人已经尽可能地给了打击。然而,就在轰炸的次日,联大上课了,教授们有的露宿了一夜后仍旧讲书,同学们在下课后才去找回压在颓垣下的什物,而联大各部的职员,就在露天积土的房子里办公,未曾因轰炸而停止过一日。

十月十六日

编者又据该校校委梅贻琦先生于二十九年十二月二日,在联大国民月会报告最近迁校情形补充于下:

"今年暑假联大即在考虑迁校问题。查迁校之原因有二:(一)以前联大借用昆华中学校舍为课室,现昆华中学已将大部分校舍收回,联大校舍乃不敷应用。(二)入夏以来,日人有由广西南境,或越境侵略云南之情势,昆明大受威胁,教育部也明令指示联大搬至四川。

此后联大校委以及常务委员乃考虑这问题,并派教授二人往四川觅校址。九月末,樊际昌教务长也随着往四川觅址。蒋校委梦麟则飞渝与教部陈部长及最高当局接洽搬校事宜,结果仍不能解决迁校事。其原因是:(一)无适宜校址,联大学生凡三千余人,连同教职员、校工、教职员家眷,则有五千余人。必须搬运的东西,除椅棹仍留滇外,也有四百吨。以前听人家说四川某地有房屋可容几千人,教育部也指示了好些地方,但据教授调查二月的结果,知道四川那些经政府指示、以及传说的地方,皆不能容纳五千人,最多只能容纳二三百人,由此知道搬校困难是事实,非想像。(二)经费困难,照目前运费,货物每吨运至四川必三四千元。一个人也要二三百元。如把所有东西都搬去,甚至有人说把电线也剪去,运费要在百万元以上。最近先修班、及一年级迁四川叙永,教职员三五十人随行,物品也不过几吨,运输已极感棘手。如全校搬往,则由昆明起始搬迁,一直到四川布置完备上课,其间须耗费一年之光阴。

由于以上的苦难,联大迁校问题只好搁置。二、三、四年级生也于十月初在昆明上课。十月中旬以后,昆明辄遭空袭,十月十三日,联大被炸,毁师范学院房屋数座,连办事处及学生宿舍也震坏甚巨,以后十月二十六日至二十九日一连四天,昆明终日在警报声中,日机也侵入市区投弹及在市郊扫射,数千莘莘学子之安全,则全无保障,学校当局乃暂时议定迁校至昆明附近村落,以图一时之安全,即文法学院搬澂江,理学院迁晋宁。但此案经议决,而未实行,日人在邕宁撤退,准备南进,昆明威胁乃大形减少,十一月中,日机只袭昆明一次,学校当局认为迁校既有极大困难,昆明又显然不大危险,经多次多方面的考虑,乃决定不迁校,既不迁校,乃有留在昆明之打算。

在前,联大认为有搬校可能,故教育部及联大皆登报,关照一年级新生往四川。现在学校已在四川南部叙永觅到校址,可容五六百人，学校已在各大城市登报，限先修班及一年级新生于十二月十日以内到叙永报到。并希望能于十二月以内办妥入学手续，设备完成而上课。

联大今秋因校舍问题，延迟开学凡二星期；且开学期间常因空袭，无法上课。故原定一月十六日结束第一学期，或将更改，而将寒假时间缩短。"

校读记：该文发表于《教育杂志》第31卷第1期之"抗战以来的高等教育"专号，署名查良铮，1941年1月10日由商务印书馆香港分馆出版，编辑人兼发行人为黄觉民。该期收录的作品大多以"抗战以来的XX大学"为题，文章体例大致为简要介绍该大学的发展沿革以及抗战期间的迁移情况，最后一篇文章为王云五的《现代中国高等教育之演进》，这些文章对于研究中国现代的高等教育极具史料价值。除该期专号之外，之后《教育杂志》中也有较多类似的文章。

综观这类文章，作者大多是该校当局的某负责人，如《抗战以来的武汉大学》就由校长王兴拱撰写，这些文章的视野大多比较宏廓，而不如穆旦之所作，提供了较多的历史细节，如战争初期在湖南时学生和市民的心态，及西迁昆明之后教授的工资、学生的宿舍等情形，这是回到联大"历史情境"的珍贵资料。

对于穆旦研究来说，资料的缺乏一直是研究的瓶颈之一（当然这并不是决定性的因素），尤其是西南联大时期，穆旦在写过两篇讨论艾青和卞之琳的文章之后，除诗歌之外的文字便很难见到，这篇文章所提供的细节，正是穆旦对这段经历和体验的自述，对于研究穆旦初期的诗歌写作具有一定的价值。这篇文章虽然已进入研究者的视野，如美国学者易社强（John Israel）在《战争与革命中的西南联大》一书中就多处征引此文，大陆学者易彬也在《穆旦年谱》等书中提及该文，但因为《教育杂志》于1932年"一·二八"之后即停刊，随后于1934年9月在香港复刊，所以该杂志抗战时期的一部分，大陆往往不容易找到，故整理出来以供研究者参考。

问题与事件

当代神话："为事物的多重性买单"

——欧阳江河《凤凰》讨论纪要

吴晓东、李国华等

时间：2010 年 12 月 16 日

地点：北京大学五院中文系现代文学教研室

参加者：吴晓东、李国华、李松睿、王东东、徐钺、燕子、许莎莎、路杨

吴晓东：我先说两句开场白。欧阳江河先生的这首长诗《凤凰》大家首先关注的一定是它与徐冰的大型艺术装置《凤凰》之间的关系。徐冰每次的艺术装置都构成了中国艺术史甚至文化史上的重要现象，从他早期的《析世鉴》（也就是"天书"），到后来用数以亿计的香烟做成的《烟草计划》（大家可能读过刘禾在《读书》上题为《气味、仪式装置》的文章，对《烟草计划》解读得非常好，是刘禾写得非常出色的文章之一）。《凤凰》我觉得从当代艺术史的角度看也是一个重要的现象，理解欧阳江河的这首诗，徐冰《凤凰》肯定是一个非常重要的互涉文本，换句话说，离开徐冰的《凤凰》就无法生成欧阳江河的《凤凰》，但是，即使没有徐冰《凤凰》作为欧阳江河这首诗的前理解和美学背景，没有这样一个互文性的存在，其实我们也完全可以独立进入欧阳江河这首诗。虽然徐冰《凤凰》有助于理解欧阳江河的这首诗而非其障碍，但另一方面，一首诗歌的自律性准则是完全可以自我内生出来的，换句话说，《凤凰》作为一首诗有它自生的逻辑，或者说在这首长诗之中完全可以找到它自身的艺术依据，这个艺术依据在这首诗自身已经充分地展开了。我觉得无论是跟徐冰的《凤凰》做互涉的解读，还是把欧阳江河的长诗作为一个有自己艺术自律性的独立创作，都是可以展开的

话题。

而讨论欧阳江河的长诗，我觉得既可以把它放在1990年代以来总体性的诗歌背景中进行考察，也可以从欧阳江河自己的诗艺历程中着眼，从中考察这首诗有没有双重性的突破，一个是对他自己的突破，另一个是对1990年代诗歌的突破。或者反过来着眼，这首长诗可能面对的困境是什么？如果存在困境，那么到底是诗人自己的艺术思维（包括诗歌技巧和诗歌语言）的困境，还是植根于1990年代以来的诗学意义上的困境，抑或是我们今天这个时代本身的困境？我觉得这些话题都是可以展开的。

文脉与肌理

王东东：我先接着吴老师的话说一下。大家已经看到欧阳江河《凤凰》是一个"先锋性"的实验文本，这就意味着批评者需要付出更大的耐心。我写了一个文章，但看到这首诗本身未定，有两个十一节，就停了，只写了三分之二。但是我感到我的问题和吴老师刚才所说有一致之处，首先要看这首诗的完整性和独立性，就是这首诗的艺术价值如何，然后是看这首诗在欧阳江河个人的创作甚或整个当代诗中有何"突破"或批评的意义。而如果一个作品在美学上成立的话，它就可以放在整个的社会历史语境里来进行观察，来确定它最终可能产生的意义。当然这个过程并不和文本细读相悖，在我们的讨论中二者很有可能是并行的。

《凤凰》的"灵感"得自徐冰同名的公共艺术作品，但是极端地说，这一点并不重要，作为一个有完整性的独立作品，欧阳江河《凤凰》有其自身的词的逻辑，与其说它是在同徐冰的作品交流，不如它在对更广大范围内的事物说话，这和徐冰的作品是一样的。

我首先做一个文本分析的引子，以证明这首诗的独立性。我先读一下第一节。可以看到，它在"鸟儿"与"房子"之间，也就是在凤凰"图腾"与现代都市生存空间之间建立了联系，声称："鸟儿的工作与人类相同，/都是在荒凉的地方种一些树，/炎热时，走到浓荫树下。"这是一个在"鸟"与"人"之间的类比，全诗的写作可以认为是在"鸟"与"人"之间的类比性中展开。有了这个开头，以下很多诗句都可以迎刃而解，比如"水的灯笼，在夕照中悬挂"，"钢铁变得袅娜"。"鸟儿以工业的体量感"仍属于顺承前述的类比，因而这一节可以表明，即使读者不知道徐冰《凤凰》——徐冰曾谈到他的《凤凰》追求"工业的体量感"——也不影响阅读这首诗，这首诗在语义上是自足的，"人写下自己：凤为撇，凰为捺"更是通过汉语的字形特征强调了这一点。由此这节诗完全可以摆脱掉徐冰《凤凰》而独立运作，成为全诗"工作的脚手架"。当然这里面还有欧阳江河一贯的语言特征，比如说"甜是一个观念化"属于欧阳江河式的诡辩，有对哲学观念的戏仿，我下面还会说到诡辩和诡辩语言是欧阳江河 1990 年代的一个主要特征。

吴晓东：一开始就从文本细读的角度进入《凤凰》，是一个很好的方式。其实欧阳江河全诗的每一部分，都有待于在文脉、文本肌理的意义上进行具体和细致的解读，然后才可能建立对这首诗更为宏观的分析和表述。东东对诗歌开头"脚手架"的敏感，是一个非常有想法的观照。这个"脚手架"既是建筑空间意义上的脚手架，也是艺术操作的一个"平台"，而同时又构成了对现代工业生活的隐喻，所以，一个"脚手架"就把几个维度和诗歌的初始空间建构了出来。在某种意义上说，欧阳江河是在徐冰《凤凰》的终点处试图重新建立起自己的一个全新的艺术起点，这就是第一节在整首长诗中所具有的一个原点性的意义。从"可乐"的意象开始，欧阳江河就把物质主义和全球化的消费主义引入诗中，这种时代感也契合于他以前的诗歌对时代感的自觉追求。第一节中当然也凸显欧阳江河对徐冰《凤凰》中提供的原材料的运用，比如"钢铁变得袅娜"一句，一方面突出的是徐冰《凤凰》中的钢铁的质料和质感，另一方面凤凰作为鸟的意象又具有"袅娜"的审美特征，由此欧阳江河建立了这种"软"和"硬"两种质感之间的对峙和比照。除了是两种艺术格调之外，在某种意义上来说，"软"和"硬"蕴含的也是现代性和现代生活的两种气质。此外，这一节建立的既是初始的也是核心的意象当然是"鸟"，整节的书写脉络是对"鸟"的隐喻的充分利用，先把"鸟"实体化，从中引发多重联想，到了这一节的最后，则由鸟的

“跨国越界”引出“立人心为司法”的关键判断，最终落实到的是“人”的形象，在这个意义上，本诗借助“凤凰”思考的可能是“人”的神话，或者是人的后现代神话，这一大写的“人”的形象我们至少可以追溯到现代启蒙时期的郭沫若的《凤凰涅槃》中的启蒙主义的神话，两者之间隐含了一种历史性的参照。欧阳江河的确充分运用了鸟的隐喻，换句话说就是凤凰的隐喻，而且他在后面的每一段中都没有离开这个隐喻，也就是对“鸟”的不断“实体化”和“隐喻化”，从中引发多重联想，构成了诗歌的核心线索、理路和具体脉络。

我个人感到，这首诗表现出一种诗歌的“细部的思考力”，可以说，每个句子都很耐读，都体现出意义的繁复性、多义性与含混性，诗的每一部分都须从文脉和肌理的角度去具体深入解读。也正是在这个意义上说，《凤凰》是一首技术性非常强的诗。把这首诗在细读的意义上深入读通，应该是一个最基本的工作。

徐钺：欧阳江河一开始的时候，处理的其实是人和鸟的相异关系，这在一二节就非常明确：“人类并非鸟类，但怎能制止/高高飞起的激动?”从这里一直写下去，到第六段的时候开始说人愿意和鸟趋同，仍然从“飞翔”这一点说：“人类从凤凰身上看见的/是人自己的形象。/收藏家买鸟，是因为成不了鸟儿。/艺术家造鸟，就是要成为鸟儿。”这一段开始说人和鸟的趋近关系，但他还是在说个别人，存在对“收藏家”和“艺术家”的差别划分。再接下去他论述了鸟的形象，论述徐冰，论述凤凰，这其实是不断在论述鸟和飞翔的关系。而到最后，他把关系推到了人和飞翔的关系——我以为最关键的一句话是在第 14 节：“飞，是观念的重影，是一个形象。/不是人与鸟的区别，而是人与人的区别/构成了这形象：于是，凤凰重生。”所以他是不断在把问题往前推，有一个过程，这首诗的基本意义推进结构大致是这样的。

另外想说的一点，就是互涉文本的问题。尽管欧阳江河的这首诗与徐冰的装置艺术存在着很深的互文性，但有的地方做的似乎过了。譬如第 9 节“有人在地书中，打开一本天书”。“天书”是徐冰最著名的作品之一，过去数年已经在文化界引起了很多讨论，“地书”则还没有完成呢；徐冰这两部作品的蕴意和《凤凰》并不能说直接相关，虽然它们在诗歌文本中可以构成“飞翔一天一地”的空间对立意象结构,但将它放在这里仍然有些味道上的突兀。这首诗本身是有自足性的,但是这样去使用的话,在某些具体的修辞上就有可能产生问题。

李松睿:在这首诗里,不管是人,还是凤凰,都被欧阳江河塞入特别丰富的涵义。读的时候我觉得欧阳江河是在对人、凤凰这两个词进行最残酷的剥削和压榨,他像一个最苛严的包工头,让这两个词负债累累,苦不堪言,最大限度地榨取其剩余价值。正是欧阳江河这种使用语词的方式,使得这两词本身其实并不重要了,它们的意义被榨取出来,弥漫在整首诗中。所以我们读诗的时候,觉得诗行与诗行之间的意义特别饱满,但这两个关键词却可以被其他词汇替代。比如,凤凰、鹤、鸟,神以及神的鸟儿这些是可以相互替代的。还有人、李兆基、林百里、路宽、黄行这些都是人,这些人虽然并不可以相互替代,但在诗歌的不同部分它们都是人的代表。人所负载的涵义,在上述这些人的意义之间来回滑动。而人本身则只是成为一个被榨干了的东西,它的意义弥散到了整个诗中。这可能也是这首诗会让人感到比较难读的原因。

路杨:我们可以从文本上看一下“凤凰”这个意象在全诗的脉络里是怎样出现的:诗的前六节虽然都是在谈论“凤凰”,但是绝大多数时候则是被抽象和转换成“鸟”的意义上出现的,形成一个人与鸟、飞与不飞的对位思辨的关系,前四节的意象比较密集,5、6节凤凰的“神性”意义开始加进来,诗也不再靠意象的转换来推动,而更多靠这种人与鸟的对位思辨来展开。而从第7节开始,我觉得似乎回到了以前的、1990年代的欧阳江河的方式,诗境再次以密集的意象展开,7、8节都没有很直接地谈论“凤凰”,但到第9节又开始很直接地谈论,还是围绕人与鸟、飞与不飞的主题。从第10节到第15节是一个按时间展开的过程,先从古代的“凤凰”表述再到现代的“凤凰”表述再到徐冰,从徐冰开始每一节都在用“……之后/然后,轮到了……”这样的起句,展开的是从艺术家到投资者到观者再到抽象的人类并回到人与鸟的关系的进程。而在这部分诗人终于开始谈论“凤凰”而不再是前面那个抽象的“鸟”,而且其实也是第一次直接处理“凤凰”而不仅仅是“鸟”。第10节谈论的是人对于“凤凰”的把握方式,但诗人还是强化了每一种表述方式之中人与鸟的关系，人对于鸟的把握，以及一种人必须通过把握“凤凰”来把握世界和自我，在某种意义上，诗人对于“凤凰”神性的表达更是建立在这个层面上的。到第12节，“凤凰”忽然变成了各种东西，并且是以一种地方性的、初级阶段的现代化经验出现的。在古代和现代的互文本之后，诗人不得不开始直接面对徐冰的《凤凰》，也是以一系列对位和悖论的结构展开，但是这些悖论基本上都是内涵在徐冰的《凤凰》之中的。到13、14、15节，处理的则是一些在徐冰《凤凰》的意义之内，但不受徐冰控制的内容。到15节，再度回到人与鸟、飞与不飞的对位，但同时把“凤凰”“再生”的意涵引进来。最后两节可以视为一个尾声，第15节强化“凤凰”作为“最初”的意义，第16节几乎是唯一一段对于徐冰的凤凰装置的最正面、最直接的描述，最后落到《凤凰》的形象。

李松睿：这首诗一上来就告诉我们，人试图要成为凤凰，人，试图要与凤凰合一。有时候我觉得诗中的凤凰大概可以理解为某种理想或柏拉图的理念式的东西。但有的时候会发生变化。所谓“鸟儿的工作与人类相同”、“人写下自己：凤为撇，凰为捺”。从第二段开始，诗人开始描写人要变成凤凰所需要付出的代价。人要改变自己，但却是以让自己闭目塞听的方式来改造。他要让自己符合某种理想，但那个理想不过是一个假象。而他原本想获得的东西，却因为错误地改造自己，这种东西却失落了。这就是诗中的那句“飞翔本身/成为天空的抵押”。如果说前两段的描写还有些抽象的话，那么下面第三、第四两段则变得很具体，诗人把描写的对象，放置在中国这样一个社会分化极为严重的环境中。在上一段中还显得有些抽象的人，演变成两种人，“急迫的年轻人”、“民工”、“造房者”以及“居住者”、“地产商”，但这两类人虽然差异很大，但行为逻辑或者都相同，不过是“把穷途像梯子一样竖起”。或许在诗人看来，这样的人，自以为自己在为某种理想奋斗，但他不过是为“易碎性造了一个工程”。也就是把多选题，变成了单选题；把特殊性，变成了普遍性。世界上有很多条道路，但人却只选择其中的一条，殊不知那一条道路或许并不通向天堂，而是通向地狱。或许诗人对这种状况感到非常不满意，所以在第四段连续使用很多个“得给”，当诗人说“得给”的时候,他也就是在说目前、现在的社会有很多缺陷,需要用“得给”来弥补。所以他要求人与神之间建立某种联系,要在有限与无限之间建立联系,要在速朽与不朽之间建立联系。第六段出现了艺术家的形象。这个艺术家要沟通人与鸟的联系。这种沟通将不同于之前的那种方式。他要在善与恶、黑与白等一切价值标准都颠倒的时代,重新沟通人与鸟,或者说成为鸟。从这里开始,这首诗开始转而讲述艺术家的创造。那么艺术家的工作是什么? 是要用余烬、用废料,创造出一个辉煌的艺术品。读到这里我想到了鲁迅。当年鲁迅说所有的真理、美名都被那些正人君子之流们拿走了,留下的只有“而已”而已。一切光鲜和美丽都被资本家拿走了,剩下的是什么? 只是废料而已嘛。但又不能不创造,所以要用一点余烬,造出玉生烟,用水泥的海拔,造出一个珠峰。

当代诗中的《凤凰》

王东东:最近十年,中国诗歌进入了一个可以作“现象学”考察的绝佳时期,我们因为强烈感受到1990年代诗歌的“体制化”——诗人好像都是穿着制服写作,语言的制服,和整个思想意识的制服——而感受到了打破体制化的强烈欲望,现在的诗歌可能会满足这种欲望,它正好是花瓶打碎之后、碎片纷呈的状态。当然“90年代诗人”自己也有在变化中寻求力量的冲动,欧阳江河的《凤凰》也是如此。

我认为,1990年代以来,在当代诗歌和批评上完成了一个“语言学转向”。欧阳江河在他那篇著名的文章《89后国内诗歌写作:本土气质、中年特征与知识分子身份》中,就谈到了当代诗的“过渡和转换”,而“过渡和转换必须从语境转换和语言策略上加以考虑”,这已经是一个语言学的“平滑的转换”,有关诗歌的时代整体面貌的“过渡”的“语境转换”被不易察觉地转换了,而代之以对诗歌中“词与物”的语言学的价值承诺和技术分析,但这未尝不是“90年代诗歌”出场和退场的一个没影点。臧棣在《后朦胧诗:作为一种写作的诗歌》中,明确提到以罗兰·巴特意义上的“写作”的“可能性”来认识中国当代诗歌,这可以看做是1990年代诗歌的“前奏”。而张枣在《朝向语言风景的危险旅行——当代中国诗歌的元诗结构和写者姿态》中，似乎表露出比欧阳江河和臧棣还要大的雄心，他试图用一种语言学观念“一统”起朦胧诗人和后朦胧诗人，声称前者随后者逐渐演变为“对语言本体的沉浸，也就是在诗歌的程序中让语言的物质实体获得具体的空间感并将其本身作为富于诗意的质量来确立”。

但同时这也造成了1990年代诗学的紧张，语言学转向是中国诗人的语言焦虑，另一方面中国诗人当然又具有时代焦虑，也就是所谓“中国性”、“本土性”的焦虑。也正是因为这两个焦虑的“不可调和性”，“及物”、“不及物”甚或“叙事”才成为1990年代诗学技术讨论的热点，它们是对1990年代诗学困难的隐喻性表达，这些向文论透支过来的概念术语，它们在运用时的“不专业”和“外行”甚至“削足适履”，恰好显示了1990年代诗人在两个焦虑面前的左右不是。结合1990年代中国社会领域发生的变化，可以说，1990年代诗歌表现出了“语言的物质性”与“社会的物质性”的内在张力。与词语的物质性一道被发现的是社会的物质性，两个物质性的前后顺序并未颠倒。诗歌界的这个变化，也是与激进主义失败、保守主义盛行的时代气氛相呼应的。

而欧阳江河的独特贡献就是发明了一种诡辩的诗歌语言，这种诡辩的语言正好对证了社会物质领域的诡辩，这正是欧阳江河写于1990年代初中期的诗歌力量之所在。具体到《凤凰》仍然可以看到这种诡辩的力量的延续，比如大量的坚硬的名词和外部的物质性的对应，但也应该看到《凤凰》的重心不在于此。《凤凰》想通过对“诡辩”的社会生活和语言生活的“扬弃”，而达到某种精神“不朽”的状态，它甚至极力想要引入一个“超越性”的精神来源，正是在这里凝聚着《凤凰》得失的“寸心”。

徐钺：我觉得刚才东东处理了进入这首诗的两个方向中很重要的一个方向：把它放置一个整体诗歌的框架之内，特别是在1990年代以来的诗歌叙述中。这是一个整体的诗歌理论的问题，一个诗学上的问题：他/它究竟是在一个什么位置上？——欧阳江河在一个什么位置上，他写的这首《凤凰》是在一个什么位置上？但是在这里面讨论的时候会有一个问题：这只是一个方向，在这个方向上我们总是容易讨论相异的东西中共同的部分，因为我们要把它当做一个整体，作为一个统一性的话语来讨论。而假如作为一个个体来讨论欧阳江河的话，则是另一个方向。假如把他的写作按时间一直捋下来，那么这里面更难的一点是他的作品在相同之中产生的差异性问题。具体到《凤凰》的文本中，我觉得还是应该找到欧阳江河自身的某些转变，至少，也该论述一下他这首诗的趋向性在哪里、有什么意义——对于欧阳江河自身而言，也对于像刚才东东论述的1990年代诗歌以来既有的一个背景而言。当然，那是一个大背景、一个"前史"，我们要讨论在作为一个拟构"整体"的当代汉语诗歌之中，这首诗有什么意义。

假如大家回想一下欧阳江河从1980年代到1990年代到现在所写的诗，会发现有一个最基本的特征，就是刚才东东说的：物质性特别强。这种物质性实际上不单单是物质的。譬如他1980年代的《玻璃工厂》这首诗，那里面有一句话，他说自己看到的玻璃有三种："物态的，装饰的，象征的。"再比如像《傍晚穿过广场》，那个"广场"对他来说其实有两种，他不断在用命名性的句子来进行判断：什么是广场。虽然他用的语句大多是"什么不是"："一个无人倒下的地方不是广场/一个无人站立的地方也不是"——但他正在穿过一个现实的"广场"，这是一种"涉物的诗学"。我有一个朋友曾经在谈论《玻璃工厂》的时候，说这是"凝视的诗学"，他对玻璃的凝视实际是既看到玻璃本身，又看到自己，同时看到原本作为石头的东西被融化之后的一种"物"，也是一种装饰品。这里就有了很多重意义，它既是一种"凝视的诗学"，同时它也是一种"涉物的诗学"。假如放在欧阳江河的写作史中，放在他的写作谱系中来看，我们可以说他大部分时间都在处理这种"涉物的诗学"。

那么在《凤凰》这首诗里，从一开始，第一句话开始他所写的就是"给从未起飞的飞翔/搭一片天外天"，在这里他处理的是"飞翔"这个东西，接下来处理的就是"鸟"和"人"的关系，"飞翔"在这里成为一个关键词。我觉得这里就有了一种"超越涉物"，一种"超越涉物的诗学"；这里涉及了"物的物质性"和"物的非物质性"，以及他写到的"词"，譬如第6节就有一句"变词为物"——这里又有了"词的物质性"

和“词的非物质性”。在我看来,欧阳江河的长诗《凤凰》有着对“物的物质性”的超出以往的刻意强调,以及在这强调背后进行超越并达到“物的非物质性”的诉求。同时,因为词与物的某种同构关系,欧阳江河也同时构造了一个关于书写本身的寓言:从词的物质性、或物质性的词开始,用一种刻意施压的方式,自反式地使词的非物质性显现出来。虽然我觉得还很难说,他这里的超越物质性是否便是到达物或词的“精神性”或“精神超验性”,或者更大而化之,说是对某个庞然大物的超越性……譬如他写作的时候是在异国,这里面有没有某种对本土性写作这样的一种超越?像他说的“跨国越界,立人心为司法”,这里有没有一种作为一个中国当代诗人的超越性?这样的大判断可能不太合适,有些危险。但他自己的诗学里面确实存在了一种从原来的、最根本的去指涉物本身到超越物本身的这样一种变化。

李国华:我在看欧阳江河这首诗和以前的一些诗时,也感觉到东东说的问题。但我还是和你有点不一样,就是你说《凤凰》使用名词形成物质的坚硬感,对应着当下社会的物质性,我不太同意。作为一个诗人来说,欧阳江河大概一直都是如此,对于词与物有一种眷恋,所以不一定对接的是当下。在1980年代,在1990年代,他可能一直都是这样写作。我想对于欧阳来说,也对于当下诗歌写作来说,真正可能有的一点不同是,现在的新诗写作似乎少有那种以“大我”或站在某个高处进行叙述或抒情的方式。因此,《凤凰》是少见的,而且它不是很直接地指向个人的隐私、经验、情绪,可能是一个有意思的区别;不好说这就是突破,但很有意思。正是有了一个比较高的鸟瞰的视角,才能够把一些流落在网媒和纸媒上的词汇编织进诗歌文本,以形成某种对当下社会的批评。这个批判性很容易激发读者的共通性的情感结构,形成共鸣,觉得这首诗批判性非常强,诗歌本身非常有张力感。但后半段有几句,说鸟把北京飞得比望京更小,一个国家像一片树叶那么小,这让我感觉他是在纽约写这首诗。如果他是在望京写,他对意象的铺排,对各类词汇的编织以及对其背后积攒的时代欲望、激情、狂暴的力量,可能会是不一样的。置身异域可能让他容易对国内的某些群众性事件、爆发点等特殊事项表达一种关心;但这种关心,与其说对当下中国表达一种批判,不如说是一种乡愁。所以,我的感觉是,一方面《凤凰》确实有所不同,有一个“大我”的形象在出现,各种各样的现状和诗歌的问题因此得以编织进文本当中,形成强有力的批判,虽然未必经得起细节的推敲,但还是能感受到,另一方面,我总觉得脱离开作者谈这首诗,它不是直接针对中国当下问题的,而考虑到作者欧阳江河一直以来的作风,更觉得《凤凰》中的词与物不能与当下物质社会的致密结构对接。

吴晓东:我先简单回应一下国华谈纽约和东东谈中国性的问题。国华注意到这首诗的落款是“2010,10,30,于纽约”,这一写作的地点可能是有标志性的。在纽约写,除了有乡愁感受外,会不会也在凸显一种地缘视野,即域外视野中的中国性呢?我从诗歌本身没有体验到多少乡愁意识,诗人倒是有可能借助异域的眼光,透过“凤凰”思考中国的具体问题。徐冰在自述中也说,像《凤凰》这样的作品,只能生成在他回到中国之后,“凤凰”的特征只能在中国的语境下生成。

这是一点,第二点是国华也提到了这首诗整合了一些网媒和纸媒的词汇。换一种眼光来说,这种整合网媒和纸媒词汇的写法,会不会也凸显了一种整合当下中国各类纷繁复杂的社会现状的努力?关键问题是,在这种整合过程中,是不是生成一种批评的力量?或者的确更有整体感或者超越性?同时,这种整体感或超越性是不是落实到诗歌写作的诗学意义上的整体感和有效性?我觉得国华刚才提到的问题,可以朝这两个方向引申;在此意义上,我对这首诗的评价,相对来说,是更正面的,跟国华还是有点差异。

李国华:我也接着说吧。在看到这首诗的标题时,就在想,它会不会回应郭沫若的《凤凰涅槃》?看完之后,没有,甚至连背后都看不到。这首诗整合了两个层面的内容,一个是已经沉淀下来的中国古典传统,一个是正在发生和流传的当下信息,而中国的现代性经验,在这里出现某种缺席的状态。我这么说也许有我自身现代文学专业背景的原因。不过,它这么宏伟的一个观察,借用东东的说法,考察中国性问题时,不去处理对中国影响那么大的一个文本,缺乏直接或潜在的应对,它批判的有效性就不够。我同意它有很强的批判性,肯定它的发言,不管在多远的距离,是在故国,还是在异域,这种热情都是可以肯定的。但是,对中国现代性经验思考的缺席，我觉得是个遗憾。而且，我注意到一个细节，就是写“穿裤子的云”。《穿裤子的云》是马雅可夫斯基一首献给情人的长诗，但表达的是无产阶级诗人的无产阶级意识和立场。《凤凰》里写：“但一辆自行车能让时间骑多远，/能把凤凰骑到天上去吗?”从这里微讽的意味来说，它的确有吴老师所说的域外眼光的问题。在纽约看到的中国，和在国内看到的中国，的确是会出现很有意思的交叉的。第二个就是，从郭沫若的诗歌当中可能发展出来的无产阶级的文学或和社会主义有关的文学，它是持一种反讽态度的。我觉得这样思考中国和观察中国性的角度，是一个非常有意思的漂浮。无论我们现在怎样判定当下中国的社会性质，诗歌中的词与物以这样的方式结构意象，铺垫寓言，我质疑它的批判性。

吴晓东：这首诗的第一段结尾两句：“人写下自己：凤为撇，凰为捺”，可能还是试图呈现所谓人的主题，无论是大写的人，还是历史中、现实中具体的人。人的主题可能是诗歌的核心脉络。关于“人”的话题是可以上升到启蒙主义时代的，是和郭沫若《凤凰涅槃》中人的启蒙问题有内在的关联性的。这首长诗在表象上没有触及郭沫若诗歌中的现代精神或现代传统，是不是就缺失了对人的思考的历史理性？其实我想说的是，欧阳江河也许是想故意避开大家耳熟能详的《凤凰涅槃》，也许可以理解为某种“影响的焦虑”？所以这种“避开”不意味《凤凰涅槃》没有内涵在《凤凰》的视域中。我觉得这个话题不是很核心的。

《凤凰》中的诗学

徐钺：不过我们仍然在《凤凰》这首诗里发现了大量的“物象”存在。对这首诗来说，“凤凰”在这里作为一个隐喻，我倒不觉得它一定要和郭沫若的《凤凰涅槃》发生关联。假如让我自己来写作这样一类的当代诗，我很可能会趋避郭沫若的《凤凰涅槃》。实际上，欧阳江河对现代的时代性的关注是非常强的，他的诗歌里经常会见到一些很现实的东西，会有很现实的指向，直接触及现实——譬如这首诗里就出现了 CBD 大楼，像出现这样的一些东西。所以，我觉得他是直接有意地回避掉了……或者是无意地回避掉了既有的经典文本,这没什么大不了。

但是我认为还有更关键的一层在里面:他用“凤凰”这个名字这个神话,实际上是对物本身的超越。这首诗里他直接指涉了很多东西,那么我觉得这里其实存在着一种“语言加速度”,存在着用物象带动语言的一种加速度。他不断书写了很多的东西,那些东西他所给的关怀……刚才国华说这里可能没有那么深刻,没有那么深的关怀,但我觉得欧阳江河是有自己的理由的。他要不断把这些东西往前推,他要不断把各种混杂的东西捏在一起,他要把现时存在的一些东西,具象的存在——譬如从水泥、砖瓦、民工、CBD 到天书、字的建筑,甚至徐冰本人,扩展到大量通过带有选择性的联想而显现的、不那么具象的、不那么现时的存在——譬如从凤凰台、庄子的鹏鸟到刚才国华提到的“凤凰牌”的历史化书写等等,再到人与鸟、飞与不飞的对偶关系,而这个对偶关系其实是“不涉物”的。这里面有一种通过不断累加而实现的语言加速效果,通过具体的物象累积而达到了超越物象的效果,一个新的意义就产生了。所谓“凤凰涅槃”,在这里就具有了一种新意义诞生的隐喻。我觉得这种意义超越可以借用语言学、借用波德里亚的符号理论进行解释:符码通过不断的书写和仿造而构成了对既有意义系统的超越,但并不是直接破坏系统——破坏系统通常由波德里亚所谓的“死”或者“湮灭”完成,超越是在系统之外生成了新的意指结构,也就是“涅槃重生”的自我超越。这种意指结构随着文本或者符码的累积推进,上升为超越的、命名式的判断。在不断累积之后,欧阳在第 13 节中出现了这样的表达:“人,飞或不飞都不是凤凰,/而凤凰,飞在它自己的不飞中。”第 14 节接续了这种“命名”,并且更进一步:“飞,是观念的重影,是一个形象。/不是人与鸟的区别,而是人与人的区别/构成了这形象:于是,凤凰重生。”他再次提到凤凰,在这里它的意义,我觉得其实已经构成了从原本具有词的物质性的“凤凰”到具有词的非物质性的“凤凰”的一种超越。不过凭借这些是不是就可以说欧阳江河就用这种方式超越了欧阳江河?或者说按照他这种涉物性的书写,从涉物的诗学到超越涉物的诗学,能不能说,1990 年代诗歌的逻辑就凭借自身超越了1990年代诗歌？我觉得下这种判断是要小心的。像刚才东东做的工作，是把欧阳江河、把这首诗先放在1990年代诗学中去、放到一个大的历史背景中去讨论，我觉得是非常重要的。我们需要把它放在一个大背景中，才能讨论说这里有没有新的变化，出现了哪些相异性的东西，哪里和原来不一样了？我觉得最关键的差异性就是：他到达了某种“超越涉物的诗学”。

之前的分析中提到了欧阳江河所使用的大量具象存在符码和非具象存在符码，这大约是很多人都会注意到的；但我觉得会被较少注意到的是，这首诗里完全没有出现主体“我”。《凤凰》之中出现了“大我”、“我们”这样的词，但是没有作为个体的、作为作者、作为欧阳江河的“我”。这是最明显不过的态度：文本中所指称的一切都是表象上客观的指称，是消除了“格”“性”“态”的、没有个人意志的符号代码，其属性是公共的。但同时，对这些符号代码的选择搭配及判断则是源自个体意志的，具有强烈的作者主体判断性质。尽管这里的“个人意志/主体判断”并不绝对个人，还带有原文本作者徐冰，以及原文本读者、也就是和欧阳江河类似的“他者”的影子，但仅就长诗《凤凰》而言，这个文本中的主体既不是一个个别的、也不是一个普泛的他者，或许在拉康的概念上才能较好地进行解读，也就是一个“大他者”，或者换个方向，一个“大主体”。但这种手法表现的有多好，我觉得就是另一个问题了，需要商榷，需要在细节上再讨论。如果我们暂且不管书写主体的内在指认，而更关注其外在指认，就会发现：欧阳江河的《凤凰》在所谓对具象的、现时的存在的书写之中没有确指任何个别客体。民工没有名字，砖瓦没有名字，CBD中的楼房作为个体没有名字，它们只有作为整体才具有言说的力量；如果说到关怀的话，其实需要把每一个民工的名字都写出来，把北京CBD的每一栋大楼的名字都写出来，但他的关怀不在这儿，他跳过去了。对于最终所谓“超越的”、被提升出的非具象、现时的存在，人、鸟、凤凰、飞翔或不飞翔……这些都只具有公共的名字，它们在文本中不能构成非整体的形象。也就是说，在应该通过——指涉名字来指涉群体的地方，他跳过去了；对于许多具体的东西，他都打碎跳过去了。

王东东：很可能，徐钺对这首诗的评价比他自己以为的要高，甚至比我对这首诗的评价还要高，这不是没有可能，只要听听他动人的分析就可以了，与其说他在挑刺，不如说是为这首诗做阐释的工作。我自己也爱好文学理论，知道"符码的再生产"，但我的态度没有那么乐观，波德里亚无非在说语言是一个赠予意义又回收意义的系统。而在我看来，关键是能够找到每一次的意义指向。停留于波德里亚容易抹杀一个文本和另一个文本的区别，一首诗和另一首诗的区别。如果看到这首诗的用心和它鲜明的意义指向，而仍然犹豫不决，我认为这是由于不愿意摆脱语言学的素养，对语言学的反驳也必须在语言学内部进行，这就说明我们这里真的发生了一个"语言学转向"。

因此可以说，我们面对的不仅是中国当代诗中词与物关系的难题，也同时是整个现代诗写作和批评的困境。欧阳江河对这个是有自省的。——你有时会奇怪，中国当代产生了这么多爱好文论的诗人，他们不仅要写诗，还要写作"学报体"，"诗人批评"在中国也就是这个东西。毫无疑问，中国诗人需要拓展批评的文体，写点有见识的散文什么的。——回到欧阳江河，他个人的写作兴趣一直就不是单一的，虽然在有的时候他会将自己"缩减"为一个"90 年代诗人"，一个"90 年代诗歌"的理论家，他的写作意识是绝对开放的，就像多多说过的那样，欧阳江河能从任何东西写到任何东西。《凤凰》也可以说是欧阳江河的集中爆发，我将之看成对诡辩自我的超越，它寻求和梦想绝对之物，因而和徐冰的《凤凰》一样险象环生：它和《徐冰》的凤凰一样从垃圾中诞生，想要美，想要存在得持久，一种悬于半空的和谐与稳定，"将落未落时，突然被什么给镇住了，/在天空中/凝结成一个全体"。但是，我们的语言真的能够摆脱社会物质领域的诡辩而独自超升吗？也许，很难。但正因为此，《凤凰》就从某一个侧面反映了当代汉语的基本状况。比如，将《凤凰》与欧阳江河 1984 年的作品对照起来看颇有意思：

> 那么你，幸存者，面对高悬于自身陨落的唯一瞬间，有什么值得庆幸？被无手之紧握、无目之逼视所包围，除了你自己，除了一代又一代的盲目，又能收获些什么、炫耀些什么？
>
> ——《悬棺》之《第一章　无字天书》

《悬棺》表达了否定的思想，或者说，以否定的方式表达了形而上学的超级稳固，以及这种稳定性和此在的绝缘；而《凤凰》则要表达肯定的思想，当然这种肯定的超越不可能一蹴而就，它必须经过此在的痛觉的美学；正如徐钺所说，那些民工、警察都是没有名字的，“警察：一个形容词。/民工：一个无人称。”但与其说这是欧阳江河的失误，不如说他在呼唤启示和救赎之光（这是中国诗人的精神难题），这两句诗是欧阳江河对名词的坚硬性的还原，其含义是爆破性的，直指时代整体由于精神缺失而导致的个体消亡。

许莎莎：我不太同意刚才徐钺提出的欧阳江河对涉物的超越，主要是刚才他举的一个例子和我的感觉不太一样。他刚提到欧阳江河以前写的《傍晚穿过广场》，认为“广场”是一个涉物的，是存在性的、物质性的，但是我认为广场在欧阳江河的诗中实际是有两个意义层面的：一个是，他穿过的广场是确实存在的，他会写在他穿过时广场是怎样的；但从另外一个层面上说，也存在着一个具有抽象意义的“广场”。所以他其实是同时在处理一个具有物质性和抽象性两个层面的东西。（对徐钺）看《凤凰》的时候，你觉得这首诗一直在处理“飞翔”这一概念，并认为它不再是涉物的而是比较抽象的。但我觉得在这首诗里也是包含两个层面的：一个是你说的抽象层面的，但同时，因为这首诗是回应徐冰的大型装置，所以在这个装置被展出时“飞翔”也是具有物质性和实存性的。所以你刚才举的那个例子我认为不很恰当。但我很感兴趣的是你后面所说的，也是刚才几位都提到的，就是“加速度”的问题。具体反映到文本当中，它的一个核心意象“凤凰”——也就是“鸟”这个意象——在诗中的寓意，给我的感觉是在不断转换的，或者说是在不断剥离的。有点像你刚才所说，每进行到一个程度，它的意义就发生了一点转换，或是脱离了原有意义而生成了一种新的意义。只是我觉得你刚才说的有些泛，所以希望一会儿能听到你根据文本的更具体的分析，包括它是如何一步步推进的，如何运用所谓“语言的加速度”来完成意象的转换的。这是我很感兴趣的地方。

另外，我觉得之前我们的讨论基本上是在两个层面上展开的。一个如东东师兄的意见，是从诗学内部为我们进行了背景和批评系统的铺垫，谈到了1990年代诗歌及诗歌批评的主要问题和话题。我对此比较感兴趣的，是他刚才强调的1990年代诗歌建构中的两个方面——一方面强调诗歌语言的普遍性，另一方面强调中国的历史和现实——在我看来，这两个方面是有一点矛盾的。此外，我认为《凤凰》这首诗某种程度上是具有即时性的，它是在对一个具有社会影响的艺术事件进行回应——我觉得这可以被视为诗歌对现实的一种发言。由于诗歌与现实的关系——包括诗歌与个人经验、诗歌与其他经验的关系——也成为诗歌界广泛关注的一个话题，所以我最关注的问题是，不论是欧阳江河以前的诗还是这首《凤凰》，他发言的姿态和其他诗人相比，比如说张枣、臧棣之间有没有什么区别或是不同路向？1990年代诗歌确实存在某种语言学的转向，但这种语言学转向的内部是否有不同的分级和路向，在这些分级和路向中欧阳江河处于何种位置？这是我最为关注的。

再有，各位之前提到的"小我的缺失"以及"以集体的姿态进行叙述"其实也涉及刚才我说的问题：诗歌是如何回应现实的？它是以何种角度来连接语言和现实的？是具体的、个人的经验，还是像这种集体性的、更高角度的经验？对于当下的诗歌现实而言，哪一种方式的回应是更加有效的？我觉得这个是需要大家来讨论的。

徐钺：我是在想一个问题，刚才国华兄说到的，这里面是不是一个"大我"的问题？作为个体的"小我"确实是缺席了，但这里是不是一个"大我"？我首先认为这是一个诗歌技法的问题。当"小我"缺失的时候，他能貌似非常客观地去书写"物"，他这里所有词的物属性都变得失去了"格"、失去了"性"、失去了"态"，变得非常公平。在这种情况下，他在进行那种命名性的叙述——就是那种判断句的时候，那些话就好像变得是没有人在说的，那些话就好像变成是不言自明的，他就能写出大量判断性的东西。这种情况一般只有两种"大诗"才会有：一是史诗，二是神话诗；它们都会出现叙述者"我"的消失，但那首先是一种技法。我想到史诗中的一种技法，有一种比喻叫荷马式比喻，最简单的例子就是说"阿喀琉斯像狮子一样"，然后不写阿喀琉斯了，开始写狮子，描述那只狮子。那么在这里就非常有意思了，欧阳江河他先说地产商看星星，然后开始写烟头、开始写吸星大法、写地火点燃的烟花盛世、写吸进肺腑，这里面一直存在着星星和烟头的交互书写。按我一开始举例的理论，符码的不断积累会造成新的意义诞生，这里的技法对欧阳江河就至关重要了。他通过隐喻性的书写造成新的词的诞生，从星星到烟头，再把烟头掐灭，吸进肺腑，再吐出印花税……这种跳跃性的联想就造成了符码的再生产，符码被不断地生产出来，这样才构成了一首长诗。符码越来越多，累积到最后，新的意义就诞生出来了，是有这样一个关系。还有另外一点，好像是阿多尼斯说的，写一首长诗基本上并不是一开始我就要解决什么问题，而是说，先提出一个问题，写完一段之后不是说我立刻为它找一个答案，而是我要为这个问题找到下一个更进一步的问题，这样来推动一首长诗的行进。刚才许莎莎问我能不能解释一下这首诗里的意义推进是怎么进行的，这其实是一个线索。

吴晓东：我觉得莎莎提了几个比较关键的问题。比如在对现实发言、回应当下生活的时候，欧阳江河和别的诗人的差异性到底在哪儿就是一个值得深入展开的话题。还有莎莎认为《凤凰》一诗包含有物象的和抽象的两个意义层面。在我看来，这和欧阳江河的诗歌语言的构成语法是有一定相关性的。他在诗歌中一直在处理具体和抽象两类意象以及两者之间的转换空间。所谓的“转换”表现在，一旦欧阳江河处理的是具体意象，他随即就会对这一具体意象进行升华，赋予意象以抽象性；而当他在处理抽象的理念的时候，又会试图用具象的隐喻把它具体化。在《凤凰》中，这种转换方式的频频出现也许可以归结到他所处理的物象本身的丰富性。“凤凰”既是一个物象，但同时又是象征或隐喻。这可能和徐冰的艺术装置所提供的“凤凰”的原初形象，或者说欧阳江河这首诗的原型本身所具有的丰富性有关。而关涉到欧阳江河这首诗的具体诗艺技巧层面，我个人认为，隐喻联想是诗人的核心话语方式。看第四节：

地产商站在星空深处，把星星
像烟头一样掐灭。他们用吸星大法
把地火点燃的烟花盛世
吸进肺腑，然后，优雅地吐出印花税。

金融的面孔像雪一样落下,
雪踩上去就像人脸在阳光中
渐渐融化,渐渐形成鸟迹。
建筑师以鸟爪蹑足而行,
因为偷楼的小偷
留下基建,却偷走了它的设计。
资本的天体,器皿般易碎,
有人却为易碎性造了一个工程,
给它砌青砖,浇铸混凝土,
夯实内部的层叠,嵌入钢筋,
支起一个雪崩般的镂空。

我觉得诗人接连处理了三个隐喻段:第一个是“地产商站在星空深处,把星星像烟头一样掐灭”,这个隐喻联想是从“星空”来的。一旦诗人想象出一个初始情境,如这里的“站在星空深处”,就会自然地生成“把星星像烟头一样掐灭”的联想,继而延宕出“吸星”这一隐喻,也就顺理成章地生发出“把地火点燃的烟花盛世吸进去,吐成印花税”一句。诗人的具体思路正是凭借这种隐喻联想开展的,当他为“星星”赋予一个隐喻,那么隐喻联想就从“星星”这个物象上生成出来并推衍下去。第二个隐喻段是由“雪”衍生的。“金融的面孔”是抽象的,但是诗人一旦给“金融的面孔”赋予一个比喻“像雪一样落下”,抽象就转化为了具象。“金融”这个难解的范畴,涉及当代最复杂的全球性的资本和货币操作机制,在此就变得好像具体可感,这就是隐喻的具体性的诗学作用。接下来从“雪踩上去,就像人脸在阳光中”,到“雪”融化成为“鸟迹”,“鸟迹”又催生“建筑师以鸟爪蹑足而行”,都是从“雪”这个隐喻意象生成的联想。这是第二个隐喻段落,具体的思维也是隐喻式的延宕。第三个隐喻段则以“资本的天体”为主轴展开。有如上文中的“金融”,“资本”也是一个隐形却无所不在的存在与力量。即使用马克思的理论来分析,资本的抽象性也构成了当代金融社会以及金融生活最复杂和最难索解之处。但当诗人赋予了它“器皿般易碎”的具象性特征之后,接下来的这个隐喻段就沿着“易碎性”展开,一直到“雪崩般的镂空”都是从“资本的天体器皿般易碎”这个核心隐喻生成出来的。

所以我觉得这首诗的具体行文脉络是隐喻联想，诗人正是凭着隐喻建构了具象与抽象这两种现实之间的转换。诗人最终在诗歌中也建构了一种隐喻的现实，这种隐喻现实不仅仅表现为隐喻性的修辞，而是可以与本雅明所构造的那种寓言化的现实进行类比。而欧阳江河的世界只有从寓言的或隐喻的意义上才是可以写作、可以描述、可以理解的，我们所身处的真正的现实所展示的种种物象反而是我们难以捕捉和穿透的。我是从这个意义上理解这首诗的隐喻思维或者说隐喻联想的。

李国华：前面徐钺用“跨过越界”来反驳我对《凤凰》不触及郭沫若的批评。其实，我并非说写“凤凰”就一定要写郭沫若，而是说以欧阳江河这样的方式来写“凤凰”，不提郭沫若是个很有意思的缺席。这是个问题，而且很重要。他所追述的传统历史文本，如贾生垂泪什么的，都是很个人的，近似于某种个人主义或自由主义话语中的古典意象，但整首诗表达则是“大我”关怀。尽管这个“大我”关怀是“立人心为司法”，是在超越性的视野下观察中国，但这个“人心”恐怕很难是个人主义或自由主义式的，否则就不会是以那样的方式讨论民工、拆迁等问题。因为民工、拆迁这些是“大我”的问题，不是个人主义或自由主义所推崇的“慈善”所能解决的。所以，他不回应，或者说不正面回应郭沫若表达过的启蒙诉求和现代性问题，是个大问题，是个遗憾。

燕子：我还想谈谈我对诗中“大我”和“小我”的理解。诗歌的第五节写“得给‘我是谁’/搭建一个问询处，/因为大我/已经被小我丢失了”。我认为全诗所做的工作正是一个以大量的破碎的“小我”重建一个新的“大我”的过程，这样的重建在诗歌戛然而止时实现——“在天空中/凝结成一个全体”。这一个全体，由历史的碎片、现实的垃圾以及多重资源所整合，其生产或许是诗人的最终诉求。这让我想起张枣的一句诗“花朵抬头注目空难”。欧阳江河曾以这一句诗为例，分析个人化的反词所带来的诗意。在我看来，《凤凰》这个艺术装置恰如一场逆向的空难的发生，空难演示着整体瞬间破碎、绽放的过程，而凤凰这一装置生成的时刻则是将所有的破碎、所有的历史残余物，瞬时凝结成全体。与这样一个新的“大我”的诞生相为互文的,是由无数破碎和异质性因素并置融合形成的这个“当下”。

吴晓东:燕子对欧阳江河以大量破碎的“小我”重建一个新的“大我”的追求的揭示,诗人看了或许会心有戚戚焉。我夸张点说,燕子可能是这首诗的理想读者。

两个《凤凰》

李松睿:诗人在《凤凰》这首诗中回顾了一下徐冰之前的一些作品。似乎是认为徐冰是这样一个要沟通人神的艺术家的代表。显然诗人非常看重徐冰的作品,他认为“不闻凤凰鸣,谁说人有耳朵/不与凤凰交谈,安知生之荣辱?/但何人,堪与凤凰谈今论古”。我觉得在诗人心目中,至少徐冰是没有闭目塞听的人,是知荣辱的人,是真正可以沟通人与鸟的人。第11段我非常喜欢。“十年前,凤凰不过是一台电视。/四十年前,它只是两个轮子。”显然诗人认为“凤凰”始终与时代联系在一起,所以后面诗人才会说“凤凰”并不只有一只,几千年前有,百代之后也有。每个时代有每个时代的“凤凰”。但从诗人给我们描绘出的变化可以看出,物质的欲望在不断膨胀,今天“凤凰”已经变成了“恐龙”。一个怪物。所以在这样的时代,“凤凰”可能真的就要只是“恐龙”了,人们大概也愿意接受这一事实,并把我们这个社会的种种当做常态。但艺术家不,他要让凤凰成为凤凰。然而资本的力量却无处不在,艺术家在今日也只能靠资本家才能完成他的作品。这就是第12段所写的。在资本面前一切都可以化作交易,多重性被简约为单一性,但这就是我们这个时代给艺术家的条件,艺术家只能在这样的条件中进行他的创作。他要与金钱、与时代进行搏斗,完成他的创作。这个东西,就是这样一个硬邦邦的“凤凰”。集丑陋与华美于一身。肩负起时代的所有矛盾。或许这个时候,作品已经完成了,所以诗人的描绘从艺术家那里转移到观众,转移到“凤凰”本身。我觉得诗人似乎认为,《凤凰》这个作品一经完成,它就脱离了人的掌控,以它的体积、它的质感、它身上所负载的意义,成了独立的凤凰。在某种意义上,这个硬邦邦、傻乎乎、丑陋的东西，就是我们身处的这个时代本身。

徐钺：首先，这首诗我们要承认它是有自足性的，不把它当做一个互涉文本它也是自足的。但我们首先还是必须要理解徐冰的那个作品，因为徐冰作品有他自己的超越性，他的作品首先就是自足的。徐冰的超越性在哪里，在什么层面上呢？徐冰在制作《凤凰》之前，曾进入北京的建筑工地——就是那种被各种网布罩起来的、还没建成的大楼，我们看见建大楼都是这样包起来的——他到那里面去进行参观。他进去之后感到很惊讶，后来这样说过："我没想到以这么低的科技的条件，盖出那么现代化的大楼。"由这句话，我们可以引申到他创作那两只"凤凰"的初始隐喻意：从垃圾到艺术，或者说，从现代城市之中的工业废料到现代城市之中的大型装置物，从废弃的东西到有用的东西，这就是一个现代神话，可以理解为"凤凰涅槃"的表层含义。第二层隐喻是：从物本身，从有使用价值的物，到艺术品，一种有象征价值的存在。第三层隐喻则像刚才吴老师所说的，可能是有一种启蒙神话在里面。

路杨：我比较关注欧阳江河的诗与徐冰的《凤凰》之间的关系，我想谈的主要是徐冰的《凤凰》作为一个前文本在欧阳江河的诗中是怎样被谈论的。我觉得一方面徐冰的《凤凰》当然构成诗人创作的契机和兴趣点，这可能和欧阳江河一直以来都保有对于现实的热情和那种诗歌应该对现实发言并进行检讨和质询的承担的观念有关；另一方面，我觉得徐冰的《凤凰》还构成了诗人创作的某种压力，这在文本层面就体现在诗人是怎样谈论"凤凰"这个意象和徐冰的《凤凰》装置的。欧阳江河一直很关注的词与物的关系在这首长诗中也多次出现，我觉得徐冰的《凤凰》在"词与物"的关系层面的表达方式似乎也给予欧阳江河很大的冲击，这种冲击既表现为一种兴趣，也表现为一种压力。

我觉得欧阳江河在诗中其实一直都有两方面的努力，即对于"凤凰"本身和对于徐冰的《凤凰》发言的努力，表面上看似乎前一种努力是渗透到后一种努力之中的，形成一种纠缠的关系；但从某种意义上讲，后一种努力则甚至可能是为前一种努力做的准备，也就是说诗人其实最终还是要形成一个对"凤凰"的自我表述。这使得徐冰的《凤凰》有时候仅仅构成诗人谈论"凤凰"的契机，但很多时候诗人又没有办法完全抛开徐冰的表达，因而这首诗就一直在两种表达、两种"凤凰"之间徘徊着。

燕子：我接着松睿师兄的话来说。刚刚松睿兄说，他很欣赏本诗中的两句："十年前，凤凰不过是一台电视。/四十年前，它只是两个轮子。"松睿兄指出，这几句诗将"凤凰"与现实生活中的器物衔接起来，使诗歌与现实发生了联系。而我想谈的则是从这一句诗中，我所看出的诗人的写作态度，即以写论文的方式写诗。如果我们读了记者胡赳赳与艺术家徐冰的对谈，就会知道，徐冰在应对胡赳赳关于"第一次跟凤凰发生关系是什么时候"这一疑问时，将答案指向了"凤凰女车"。这或许是诗人由此展开文字肌理中的现实感的一个契机所在。与此同时，这样以词汇与现实生活的联系而生产诗意的操作，让我联想起半年前风靡网络的一首小诗《中华》：

小时候，
"中华"是一管白白的牙膏
我在这头　笑容在那头，
上学了
"中华"是一支细细的铅笔
我在这头　考卷在那头，
工作了
"中华"是一条红红的香烟
我在这头　领导在那头，
结婚了
"中华"是贷款买的轿车
我在这头　而奋斗的路，还在那头，
将来啊
"中华"是道细细的国境线
父辈在里头　孩子们在外头！

同样也是以词汇为线索，串接起个人生活史和物质史的一些断片。谈起这个我是想回应国华师兄的看法，即诗人的资源不是直接来自中国经验，而略略带有隔膜感，可能来自纸媒和网媒。我觉得这样的感觉与其说是一种隔膜感，不如说与诗人的写作态度休戚相关，也就是我所说的以写论文的方式写诗。无论从诗人四易其稿，还是从该诗宏阔的话题领域和丰沛的内容含量来看，都能看出诗人的用力。欧阳江河在写诗过程中，必定怀着极为严谨而认真的态度，仔细研读了关于徐冰《凤凰》的各种背景材料（这从鸟胎、陆宽、黄行几个语词的引入清晰可知），并且在这首诗中对文学史、物质史中“凤凰”这一语词和意象的沿革进行了统摄性地把握，显示出史诗性的追求。

李松睿：我一直有个偏见，就是文学不能沉浸在个人情绪、小圈子里面，它不能当小摆设。它要去把握我们身处的那个时代。就像鲁迅说的，你不能梦想自己回到远古，也不能梦想自己飞到未来。你只能扎根在现在，才能写出好的文学。我非常欣赏的作家张承志有句话，他说一个有出息的穆斯林，不能只想着穆斯林的事，他要思考中国的问题。我估计张承志自己就是这样的人。那么借用他的这句话，可能好的文学家、诗人，他不能只想着文学的事，他要思考中国的问题。我觉得这首诗是相当成功的，其原因也正在于此。

读这首诗，我一直觉得欧阳江河的写作一定非常费力，我能从中揣摩到他遣词造句所花费的精力和心血。到目前为止，诗人已经四次修改了，甚至还要继续修改。我前面已经说了，欧阳江河是个特别凶恶的包工头，穷凶极恶地压榨语言。这让他的诗达到了相当高的水平。但在水平提高的同时，他的诗也让人感到一种阅读的难度。如果不是今天的讨论，我大概不会认真去读他的诗。那么我们这个时代是否还需要诗歌？我想比较一下欧阳江河的《凤凰》和徐冰的《凤凰》。我当然不是说徐冰创作他的作品很容易。这件作品肯定是非常难操作的。那么大，那么重，要反复试验。但当作品完成的时候，以一种非常直接的方式让人目击到我们的时代。没有废话。直接抵达。莱辛在《拉奥孔》中有一个经典的说法，就是雕塑是空间的艺术，而诗歌是时间的艺术。而詹明信在《后现代主义，或晚期资本主义的文化逻辑》里讲了个很有名的观点，就是今日的世界，也就是跨国资本主义的世界，空间成了最重要的艺术形式。比如建筑等。一个建筑，一个雕像，让人一下目击这个时代。而诗歌就相对来说低效率得多。它只能让人在潜心揣摩中有所领悟。不过同一句话可以有正反两种说法,正是这种揣摩,这种距离,这种难度,逼迫人去真正思考。而一个雕塑,可能很多人看到了,但很多人看到也就跟没看到一样。有思想准备的人才能从中看到时代的真谛?从这个角度讲又可以把问题掉过来。我自己没有想清楚,或者说自己在胡思乱想。请大家给我指教。

个人语境与公共语境

路杨:我之前说,诗人其实一直在寻求一种他对于“凤凰”的表达,这种表达由徐冰作为引子,但不是徐冰的。从诗的技巧形式上看,诗人保持着他对技巧一贯的复杂调度,密集的意象纷至沓来,意象之间的联想、推进和跳跃、分延,使用繁复的对位结构制造诡辩性的张力等等,甚至形成了很多更为精巧、复杂的结构(如第8节中“升降机”那段)。但我觉得重点不在于此,而在于诗人一直都试图去寻找一种表达的个人语境,并且试图把词与物的关系在体制内形成的公共理解对于个人语境造成的压力剔除出去,时刻保持一种对于“不纯”的个人语境的警惕和质疑,这其实是他在1995年所写的一篇诗学论文中明确表述出来的一种诉求,多年之后有没有改变也是我所关注的。我想他还是希望能够揭示那种“词与物的异质性”(姜涛语),把词与物的关系还原到一个最初的、没有公众理解和历史记忆的状态中去,我想这可能就是他不断从人与鸟、飞与不飞的维度去表述“凤凰”的原因。因此“凤凰”本身带有的强烈的符号性和一种类型化的语境就成了诗人特别拒斥的东西。

但是欧阳江河的难处又在于个人语境怎样在公共语境中发言,所以我觉得欧阳江河在这首诗中很大一部分努力都在于他希望能够不断剔除掉或者转化那些公众理解,包括那些古代文本谈论“凤凰”的方式,现代化初期在“凤凰”身上集结的词与物的关系,同时也包括徐冰对于“凤凰”的把握方式,而且“凤凰”的仪式性、符号性和徐冰的《凤凰》甚至是诗人在整首诗中都一直在试图躲避的。欧阳江河还曾经说诗人在处理这种困境时可能有两种失败的做法,一种是无视公众理解及当代批评，但这样就会失去处理日常素材的能力；另一种是使个人语境获得公共性质，但这样词的精神品质就难免被一种功利性、表演性危及。而他理想的做法是为词的意义公设找到一个不可通约、不可公度的反词，即找到一种个人化的反词立场，以在隐匿于人群的同时又能从中抽身而出。所以我猜想，欧阳江河在这首诗中对于公共理解和历史记忆的处理大概也是以谈论它们的方式剔除它们，同时又通过不断制造反词来营造自我的个人语境。

燕子：与此同时，对艺术装置“凤凰”和历史意象“凤凰”的丰富阐释，也正是由于引入了生活史、物质史的维度，从而获得了某种新的自足性。在论文《当代诗的升华及其限度》中，欧阳江河指出了“从反词去理解词”的诗意策略。他详细指出，“我在这里所说的反词，不应该被狭义地界定为词与词之间自行产生的语义对立，而应该从广义上被理解为文本内部的对立语境。我的意思是，反词是体现特定文本作者用意的一个过程，这个过程将词的意义公设与词的不可识读性之间的紧张关系精心设计为一连串的语码替换、语义校正以及话语场所的转折，由此唤起词的字面意思、衍生歧义、修辞用法等对比性因素的相互交涉，由于它们都只是作为对应语境的一部分起临时的、不带权威性的作用，所以彼此之间仅仅是保持接触（这种接触有时达到迷宫般错综复杂的程度）而既不强求一致，也不对差异性要素中的任何一方给予特殊强调或加以掩饰。”（欧阳江河：《谁去谁留》，第283—284页）我想我们读这首诗的时候，都会注意到俯拾即是的或可称为“反词结构”的一对相关语词的并置，飞与不飞，人与鸟，天与地，大我与小我，部分与整体。如果说上世纪90年代欧阳江河在使用反词结构时有着吴老师指出的“使意义封闭”的可能，使得本来丰富的意蕴被对称出现的词语所平面化，那么本诗之不同正在于，这种对称不再是一个层面上的对称，社会历史文化语境的引入，生活史、物质史的掺和使得反词本身获得了开放性。这是很高明的，而诗歌直面当下的现实感与瞻前顾后的历史感因此得以圆融。我今天读到清华大学一位博士生的论文，题目是《先锋诗歌“词语的诗学”研究——以欧阳江河为个案》（毛靖宇，蓝棣之：《先锋诗歌“词语的诗学”研究——以欧阳江河为个案》，《清华大学学报(哲学社会科学版)》2010年第4期),论文指出欧阳江河甚至当代诗歌的语言探索的不足之处有二,一是这种诗学探索具有过于浓重的哲学色彩,二是诗歌写作脱离现实和历史。我觉得这篇论文的作者如果能有机会读读《凤凰》这首诗作,那么他必定会作出新的判断。而《凤凰》最为难能可贵之处,正是在于从一个现实题材出发,走进艺术,又走出艺术,在这样的回环往复中,引入社会历史文化语境。整首诗中,对于这一点操作得最为出色,也是我本人最喜欢的即是诗歌的第四节。可以说,诗人在全诗写作历程中很有目的性地加入了社会历史文化语境,将“凤凰”植入后工业时代扶摇直上的钢铁丛林中,这是诗人的野心所在,这样的制作至少在诗学的意义上实现了一种突破。

李松睿:徐冰谈到他的这个作品一定要在中国展出。我觉得他的判断非常对,也只有在中国这个作品才能出现,才有价值,才能和环境相配相合。为什么这么说呢?我觉得就在于徐冰这部作品有一种强烈的未完成性。凤凰把自己所有的骨骼暴露在外面,不避讳自己的丑陋。而这种丑陋本身就是它的力量所在。徐冰在访谈中有个比较有意思的细节。出资人,也就是资本家不喜欢这个作品,觉得应该在外面包上一层水晶什么的。这个细节其实也从另一个方面说明凤凰这个作品的未完成性。“未完成性”其实对应另外一个概念就是“生产性”。生产就是把原料加工,然后成为成品。生产是过程,因此它是未完成性。而资产阶级其实是害怕这种未完成性的东西。资产阶级虽然建立在现代大工业之上,但它却不喜欢工业。我们看电影,很少看到工业。除了卓别林,弗兰茨·朗什么的。大部分我们看到反映资产阶级生活的电影很少有工业,都是咖啡馆、酒会。生产是必须被遮掩的。这是我说徐冰作品的未完成性的一个层面。还有另一个层面,就是这部作品对应着中国的现实。什么作品是好作品,我的观点很保守,就是它必须是一个时代的反映。它要包含这个时代本身的特点。包容力越强,作品的强度越大,也越伟大。鲁迅在谈到小品文问题时说,风沙扑面、虎狼成群的时代,要那些小摆设有什么用。同样的道理,今日的中国就是个大工地。改革开放以来急剧的社会变革,不仅改变了我们社会的组织形态、生活方式,也改变了中国的地貌,中国人的心灵。我今天如果走到海淀第三极后面，那片玻璃幕墙建筑群，我会完全找不到方向，那毕竟是我生活过十多年的地方啊。只有几棵树还依稀是原来的树，但脱离了周围的环境，那些树也让人感到陌生。正是今日中国的在变动中，在未完成中，所以今日之中国也就有多种可能性可供选择。发达国家是已经完成了的。它就那个样子了。美国没有任何可能性，它已经成形了。指望美国人做出什么改变那是不可能的。但中国有这种可能。所以说今天人们愿意去讨论中国模式问题是非常有道理的。在这个意义上，徐冰作品的未完成性恰恰也正是中国的代表。因此我觉得欧阳江河在理解徐冰作品时，理解得非常到位，在诗中那个"凤凰"，既是美丽的，也是丑陋的；既是黄金，也是废弃物；既是废料，也是建设；既是凤凰，也是恐龙。一切矛盾性都聚集在这里，无法剥离出来。尤其是那句诗我觉得特别好，"每分钟的凤凰，都有两分钟是恐龙"。既是吉祥的象征，又是怪物，恐怖的意象。里面蕴含的力量特别充沛。这是徐冰作品所捕捉到的东西。所以我不喜欢徐冰作品出现在夜幕中，夜幕中的凤凰身上所有质感都消失了，它被披上了外衣，变成了纯粹意义上的装饰品。

吴晓东：我曾经评论过欧阳江河的1990年代的诗艺，他非常善于处理异质性的事物，但在处理异质性的同时有把对象同质化的迹象，由此带来的一个问题可能是诗歌的文本世界的同质性与平面化。这可能与他对修辞的过度关注有关，过度修辞的后果之一是将世界修辞化和文本化。在他1990年代的诗中，处理对位、悖反性的事物的技巧用得太繁复，其诗歌世界反而给人以自我指涉的封闭之感。这种处理异质性事物的能力在《凤凰》这首诗中依然得以延续，但却充分保留了异质性本身固有的繁复特征，即把异质性与同质性互为观照，还原的恰恰是世界的复杂性本身。因为我们所身处的当代世界既是异质性的，同时又是同质性的，单从异质性的层面理解或者仅从同质性的角度把握，都无法洞穿当代生活。如刚才松睿欣赏的"每分钟的凤凰，都有两分钟是恐龙"一句，就是把异质性与同质性互为观照的范例，"恐龙"既是"凤凰"的异质性的因素，但又不是"凤凰"的反面，在某种意义上"恐龙"恰恰是"凤凰"内生性的维度。而在我看来，《凤凰》最出色的地方是把一个同质化的当代世界处理成一个异质性的多重空间,而且处理得活色生香、“斗转星移”。诗中的悖论性空间也超越了自我指涉的封闭性,向现实政治、当代生活以及历史纵深开放,最终指向的是“事物的多重性”,建构的是一个具有极大的包容性的繁复而多义的空间。在这个意义上,我借用诗中的一句,把欧阳江河称为一个“为事物的多重性买单的人”。

路杨:对于徐冰的“凤凰”表达,欧阳江河在直接把握它的时候似乎就会显示出一种无力感,但在一些角落,比如在那些徐冰无法掌控的地方,如《凤凰》被社会化的过程等方面,欧阳江河的表达就显示出其个人语境的力度。比如诗的第三节,将《凤凰》背后的资本依赖及艰难的形成过程作为一个时间过程描述出来,同时又与一个个人被询唤为主体的过程相并置,二者不仅在时间形式上被赋予同构,还是一种共谋关系上的同构。诗在这里将《凤凰》作为一个资本积累过程中伤痕累累的昭示者同时又由资本作为支撑的共谋秘密讲述了出来。我想这是诗歌作为诗歌的方式很精彩的地方。包括诗中对于《凤凰》创作过程中与现实之间的复杂关系的表达也是如此,如第 12 节;以及诗人反复指涉徐冰此前的一些代表作并将其拉入自己的对位结构之中的表达也很有效。

但他的无力则可能来源于这种对于个人语境的执拗。徐冰对于词与物的关系的处理的方式与欧阳江河不同。徐冰的个人语境(如果我们也借用这个概念来谈论徐冰)的生成是通过对公共语境的调用和转换来实现的,即公共语境以一种被利用的方式显现出来。即徐冰自己在访谈中所说的,他也不喜欢用符号化的东西,但他注重的是如何使符号的强大力量变得为我所用。比如建筑废料—垃圾,凤凰—吉祥/财富/百鸟之王/中华民族这样的属于公共理解的词—物关系没有被剔除,而是被安置在了这个语境的结构形式的不同位置之上;在这个位置上,那种公共理解中的词—物关系越被强调,徐冰的个人语境就越强化,越突出,效果越强烈,这种体制内的公共理解的力量其实是被徐冰的个人语境调用了甚至是玩弄了。这反而是一种要更热烈、更亲密地去拥抱这种“不纯”的个人语境,“我”的个人语境就是要用这种“不纯”来讲故事，当然其中徐冰对于那些公共理解也做了很多非常审慎的挑选。如果我们也将其视为一种反词结构，那么徐冰不是寻找一个不可通约的反词，而是以两个都可通约的词与物的关系形成反词，并以这种反词结构作为个人语境。

欧阳江河的选择也非常有趣，他不仅仅是在做一种剔除，同时还要把剔除的过程写出来，而不是放在写作的后台，我想这可能就是他所谓藏在人群中又抽身而出的立场。但是具体到他的个人语境的创造时，他那些繁复的对位结构有时候反而会显得有些无力，也有一些似乎更像是从徐冰的结构中延伸出来的（如第12节），而只有在徐冰无法控制的地方他才能逃出来，这或许是因为要谈论徐冰就不得不去直接面对他引以为质料的那些公共理解。但是在整体上，正是因为诗人呈现了这样一种剔除的过程，这中间种种意义的角力才得以显示出其意味所在。

这使人觉得，其实这两者的创作都最终显示出一种对于词的兴趣：徐冰在他的访谈中不断提及他愿意从日常生活中、从身边寻找材料，放在合适的位置，变日常性和符号性的东西内在的强大力量为自我的力量；欧阳江河对词的兴趣则在于一种对词—物关系的还原，但他也意识到词一旦进入了文本/语境（无论个人或公共）就必然会产生意义的滑动与生成，而不可能仅仅停留在原本的词与物的关系上，所以他才希望能够找到一种个人化的反词立场来对词形成规约。

但我想这种立场的寻找在遭遇到徐冰这种以公共理解为质料构成个人语境的反词结构时就可能显示出其困境。这种寻求大概也只能在一定限度上有效，就像欧阳江河在他的旧作《雪》中所说：“词所缺少的只是词，这正是哀愁所在。”

吴晓东：路杨选择的是徐冰和欧阳江河的互文性和对位性的角度，我觉得这个空间依然很重要，予以充分阐释肯定有助于我们同时理解徐冰和欧阳江河的《凤凰》。另外一个问题是假如我们没有徐冰的《凤凰》，只看欧阳江河的《凤凰》，那么这首诗的价值何在？其自足性会不会像东东所说同样能够建立起来？或者说欧阳江河是不是在借用了徐冰的装置艺术的同时有意规避徐冰的《凤凰》所提供的语义空间?两者之间的辩证关系到底如何理解?换句话说,假如有一个诗歌读者只看到欧阳江河的《凤凰》,那他对诗歌的理解是不是就完全无法抵达它的核心?或者说诗歌自身自足的核心到底存不存在?我很孤陋寡闻,拿到欧阳江河的诗歌的时候对于徐冰的这个大型装置艺术其实并不是十分了解,我是先读的这首诗再去追踪徐冰的《凤凰》。但我在对徐冰的《凤凰》一无所知的时候依然感到了这首诗的自足性。当然把它放在和徐冰的装置艺术的互文性上也会阐释出别样的空间。

许莎莎:我还想补充一点。刚才路杨比较了一下“凤凰”在徐冰和欧阳江河那里的意义,我觉得这点很有意思。我感觉从某种意义上来讲,欧阳江河的野心看上去比徐冰的更大。因为徐冰的事件在欧阳江河的这首诗里面有一个以时间顺序排列的段落,只构成了其中的一部分镶嵌在内。而且这首诗的开头也是从一个非常抽象的意义上来建构的,所以我感觉他谈论的是一个更重要或者说更宏大的话题,是能指与所指之间的对立性的关系。这个在东东师兄的稿子里也有提示,他说欧阳江河在很早就接触到了一些文论,所以“如果欧阳江河想利用理论的虚构和本源的空无自娱自乐并非难事”。因此我觉得欧阳江河的这首诗还是延续了他以往的这个特点,只是这个特点在这首诗里讲得不是很清楚。比如说诗中他对徐冰的评价是一个非常正面的评价,但在其他的一些段落里面我又感觉他的那些带有诡辩性和批判性的语言是和对徐冰作品的肯定有矛盾的。我觉得他在写作时可能并未有意识地意识到这首诗中所包含的这种悖论性和丰富性。

吴晓东:正像莎莎所说的,欧阳江河肯定在这首长诗中追求一些特别有野心的、宏大的主题。而且我倾向于认为,诗人的这次出手非常谨慎。他肯定追求的是不仅要超越自我,可能在某种意义上也要寻求对于时代的超越,至少是追求对时代的某种全景式的观照和把握,包括试图以长诗的形式,甚至可以说是当代神话的形式,为当代的生活提供一种全景扫描或美学抽象。他所追求的可能是以“诗”为“物”——比如说当下的建筑、垃圾、消费、资本、时间等等一些现实生活的物景——提供美学和观念的双重形式。我感觉这是他的宏大追求所在。比如诗的最后一句“在天空中/凝结成一个全体”就有一种把时间性和历史性凝定为一种空间性、雕塑性的“全体”之感。所以在某种意义上说，这是一首处理空间性的长诗，而在当代生活中，空间性比时间性更为繁复与复杂，包容了太多诗人所谓的“事物的多重性”。正是这种空间性也决定了诗歌技巧的并置性和拼贴性，这与徐冰的《凤凰》的“组装”方式是同构的。而诗歌的复杂繁复多重的语义空间也正与这种空间性诗艺技巧互为表里，我前面虽然说这首诗的核心技巧是隐喻联想，因为“凤凰”本身就是一个隐喻；但是徐冰的凤凰原型因其材料和质感也决定了欧阳江河的《凤凰》必然要处理大量的转喻，因为在转喻中更能承载“事物的多重性”。而这一切最终都决定于我们这个时代，按福柯的话说，我们所处的是一个“共时性的时代”，是一个空间性超越了时间性的时代。而反思时间性和历史性在我们后现代生活中的作用，也是史诗所涵容的一个因素，所以《凤凰》中对历史的追溯也是诗歌的应有之义。

但另一方面，欧阳江河诗中的自觉性还表现在，他同时也在思索，在我们这样一个非史诗以及非神话的时代，史诗与神话的可能性到底何在。在诗的第 11 节中有这样两句：

> 掏出一个小本，把史诗的大部头
> 写成笔记体：词的仓库，被掏空了。

我一直在想，当徐冰的《凤凰》呈现的是一种“掏空”的艺术的时候，当以垃圾、施工的废弃物组装成的是一个“虚无”的存在物的时候，“史诗的大部头”是否也只能在一个“小本”上“写成笔记体”？在一个一切都被掏空的匮乏的时代，如果说徐冰和欧阳江河都在“写”各自的神话与史诗，本身是否是一个悖论的判断？因此，我们需要进一步思考的是，史诗和长诗写作在 21 世纪的今天，是否应该呈现某种新的形态和样式？欧阳江河的《凤凰》作出了一个非常值得我们予以重视的回答。至少我觉得欧阳江河在追求某种“大诗”，至于这一追求是否已实现，我觉得诸位今天的发言都有助于为欧阳江河自己理解这首诗提供一个有意义的借鉴。而且我觉得大家并非众口一词，这样才提供着多重的参考的方向。我觉得这也是欧阳江河先生所希望听到的。

（附记：本文《当代神话："为事物的多重性买单"——欧阳江河〈凤凰〉讨论纪要》依据的是《凤凰》第四次修改稿的文本，与欧阳江河发表在《今天》杂志 2012 年春季号的定稿有一些出入。为了保持当初讨论的现场性，本文未根据《凤凰》的定稿进行修改，特此说明。）

域外论坛

呈现风景

——新诗的"公共性"

佐藤普美子

我们必须观看许多城市，观看人和物，我们必须认识动物，我们必须去感觉鸟怎样飞翔，知道小小的花朵在早晨开放时的姿态。我们必须能够回想。

——里尔克《布里格随笔》

一、"观看风景"的中国诗歌传统

山水诗是中国古典诗歌中的传统范畴之一。叶维廉在《中国古典诗中山水美感意识的演变》①中，把中国山水诗与西洋自然诗（主要论述的对象是英国的华兹华斯）相比较，通过两者各自的传统及演变的历史对比，指出它们在整个观物应物表现的程序上或观物的方式上都存在着明显的差别。他还引用了不少山水诗为例，并做了如下的说明与结论②：

中国的山水诗人要以自然自身构作的方式构作自然，以自然自身呈现的方式呈现自然，首先，必须剔除他刻意经营用心思索的自我——即道家所谓"心斋""坐忘"和"丧我"——来对物象作凝神的注视，不是从诗人的观点看，而是"以物观物"，不参与知性的侵扰。……是脱离了种种思想的累赘以后，诗人仿佛具有另一种

① 叶维廉：《中国诗学》，第83—98页，生活·读书·新知三联书店，1992年。

② 同上书，第97页。

听觉，另一种视觉（读者因而亦袭染了的听觉视觉）；听到他平常听不到的声音，看到他平常不觉察的活动。

这种说法虽然看似过于玄学，但是该文后半部叙述的对于“看”——“凝神的注视”的阐释，却重新提醒我们应注意近代现象哲学中的中心课题——“观看”或观者与被观看对象之间的关系，以及值得注意的所谓“风景”（被观看对象）的问题。在另一篇文章里①，叶氏还借用卞之琳的《断章》的开头两句“你站在桥上看风景/看风景人在楼上看你”来分析主（意识）客（世界）关系与定位的问题。他用“风景从四面八方看你们”的表现来解释“不同的观者，观者的换位，不同的距离，深度不断的变化与调整，便把定位遮破”。我们不能轻易地指责这里老庄玄学的成份太多而对他的说法置之不理。因为观看世界的方式以及诗人如何使用语言表达，一直是值得继续探索的问题，当然，这无疑也是所有的当代诗都将面临的难题。

现代哲学家梅洛—庞蒂（Maurice merleau-Ponty）说：一个身体促使他自己看得见的风景不断地存在，使它活泼起来，从内部给它营养，跟它一起形成一个系统。……我通过知觉的经验来深深进入世界的厚度（épaissseur）里。换言之，一般所谓感受，当然包括观看在内，可以说是感觉者与被感觉者之间的交换或共存。②

叶氏在上文中说，诗人“凝注”需要首先“脱离了种种思想的累赘”。这个部分姑且不论，值得注目的却是他在下面谈到的“具有另一种听觉，另一种视觉”，“听到他平常听不到的声音，看到他平常不觉察的活动”。这种阐释看似神秘，但实际上与现代日本评论家柄谷行人的文章《风景的发现》中的如下叙述不无共同点。这两位中日学者以不同的说法表现了同一内涵：

风景不仅仅在外部。要让风景显现在眼前，人的知觉状态不得不发生变化。为此，必须有某种反转……“风景”只有在价值的反转后才能显现……“风景”与孤独、内心世界有着密切的关系

---

① 叶维廉：《中国诗学》，第37—64、51—53页。

② 参看熊野纯彦：《梅洛—庞蒂》，第79—84页，NHK出版，2005年。

(《日本现代文学的起源》[1])

在此我们才察觉到里尔克在《布里格随笔》(1910)里所重复的“观看”的涵意,和他如此发问的本意:我们到底是发现了些什么呢?围绕我们的一切不都几乎像是不曾说过,多半甚至于不曾见过吗?对着每个我们真实观看的物体,我们不是第一个人吗?

里尔克还在一篇短文《论山水》[2]中阐明了人与风景的关系。最后的一段话是这样说的:“把山水看作是一种远方的和生疏的,一种隔离的无情的,看它完全在自身内演化,这是必要的……因为若要使它对于我们的命运能成为一种迎刃而解的比喻,它必须是疏远的,跟我们完全是另一回事。在它崇高的漠然中它必须几乎有敌对的意味,才能用山水中的事物给我们的生存以一种新的解释。……他有如一个物置身于万物之中,无限地单独,一切与人的结合都退至共同的深处,那里浸润着一切生长者的根。”

二、新时期诗歌中的“观看风景”

新时期以后,起步与朦胧诗的新诗已有30年左右的历史,它使用多种多样的素材和手法来将一个崭新的世界展现在我们的面前。这些诗歌中,尤其是以看风景为主的作品能够让人理解当代诗人“观看”的特色。从1980年代到1990年代,韩东的《有关大雁塔》是看风景的诗词中重要的一首。这首诗写于八十年代前半期。

这首诗的特色是反讽“看风景”而“登楼咏叹”的人,嘲讽人们这种被机械化了的感动。这在同一时期诗人的作品中并不多见。这样的表现方式说明1990年代以后的诗歌或调侃,或反讽,比较低调。这首诗的划时代的意义不只在于其使用了调侃或反讽的口吻,而在于它犀利地解构了以往的感叹模式,打破了传统性登览诗的俗套。这首诗一经

① 《定本柄谷行人集》第1卷,第23—24页,岩波书店,2004年。

② 原载《沉钟》半月刊第18期(1932年12月30日)。《给一个青年诗人的十封信》(商务印书馆,1938年)附有此文。《冯至全集》第11卷,第326—330页。

发表,诗人们就不能再用以往的方式去做登览诗了。这种平淡写实的手法可归于自《诗经》以来的传统性白描方式。不过,这种冷静的反讽促使读者反思自己的既成观念以及被机械化了的行动模式。一般地说,1990 年代新诗增加了叙事成分。这种反讽或调侃性的语言卓有成效。比如,于坚那种白描表现就有一定的影响力,所以后来出现了不少模仿者。尽管这种调侃性当然含有作者本人的自省,但对于观看这种姿势来说,旁观色彩则更为浓厚。这大概是因为诗人观看的是"我们"、"很多人"、"那些人"这一群体,而不是作为孤单的人。不过,重要的是,这首诗能够让读者感觉到他自己也置身于诗所表现的风景之中,而反思他自己平常拘泥于其中的抒情模式及思维模式。如果诗人仅仅在旁观风景的话,就不可能促使读者去做这样的反省。

那么,韩东以外的当代诗人具有什么样的看风景的方式?这种方式蕴涵何种诗学姿态呢?

姜涛撰写的评论《巴枯宁的手》[①]从上述的卞之琳的短诗《断章》说起,探讨了现当代诗人的所谓"看风景"的诗学。在常见的玄学式的读解中,他对于把这首短诗意识形态化,以及认为无奈地观看风景的解释特别感兴趣。他把像卞之琳这样的自由主义知识分子(多半是文学史上的所谓京派人物)的观看解释为对历史采取的一种疏离态度,指出他们对"风景"的偏爱。姜涛说,这类现代诗人在忍耐与观察中可以进行超越性的思考,获取内省的存在深度,他们通过心智的成熟,来消化、对抗外部世界。从这个意义上说,"看风景"的姿态不仅是玄学的、美学的,同时也是政治化的,处于某种与历史拉开距离的反思位置和旁观位置。

不过,姜涛更注重的是,当代诗不再与这种现代诗(已被美学化、经典化了的)相同,要它具有的是一种独特的观看风景的方式。他列举的典型例子是肖开愚的《下雨——纪念克鲁泡特金》。这种诗中的"观看",并非来自卞之琳的现代诗传统,反倒是更贴近 20 世纪中国文学中的另外一种现实主义文学的传统,比如茅盾。令人吃惊的是,在肖

---

① 姜涛:《巴枯宁的手》,北京大学出版社,2010 年。

开愚的这首诗中，“巴枯宁的手”猛然地介入了风景，其实发人深思的“巴枯宁的手”就是看风景的人（在场的局外者）渴望“加入”这种意识的一种体现。这是对于中国现代知识分子影响颇深的无政府主义传统，也是接近于儒家的伦理观。另一方面，他更强调“一种对于有限的公共生活的兴趣，一种对于与他人休戚与共的生活的可能性的思考，一种可以共同执守的信用价值的发明”。对此，周瓒指出，诗人、批评家姜涛关注的是诗歌如何“触着”现实的问题。[①] 现当代诗人们“看风景”的诗学，正如姜涛所批评的一样，容易变成漂亮潇洒的架势，陷入犬儒主义。他所分析的诗人“观看”这种态度或许还需要从语言表达方面加以考察，但是尽管如此，我也认为，对于当代诗人来说，如何“触着”现实（就是如何表现切实的现实感），则是当代诗歌中一个至关紧要的问题。

最近读了有些年轻诗人的作品，令我十分惶惑，有些失望。它们都是一些以看山水自然为主题的新诗，不过，我只能称它们为旅游指南诗或环保主义诗。从作品里我们看不到本来不可或缺的作者的“观看”姿势，也看不到任何“风景”。那里只有顺口的广告词汇和谁都不会反对的标榜正义的口号的罗列。再附上一张身穿旗袍，嫣然一笑的作者照片以供参考而已。

一方面，虽然新诗界出现了这种情况，但另一方面，有些诗人仍然在认真地探索“现实感”。他们观看风景的方式各种各样。我只想在这里对孙文波和臧棣两位诗人“看风景”的诗学略抒己见。

孙文波是通过“游”的行为方式观看风景的一位具有代表性的诗人。但这并不意味政治意义上的所谓漂泊，不过，在精神方面，他与那些遍历战乱辗转各地的以往的诗人们不无共同处。香港诗人也斯也写过一系列“游诗”，他曾在《游诗后记》里[②]说过：“游是从容的观看、耐性的相处、反复的省思。游是那发现的过程。”孙文波虽没有也斯那样

① 周瓒：《2010 年中国内地诗界回顾》，《新诗评论》2011 年第 1 辑。

② 写于 1985 年 4 月。《半途——梁秉钧诗选》，第 143—145 页，香港作家出版社，1995 年。

从容，但他具有韧性的相处和反复的省思。他的语言不含自恋情绪，朴素直率，这些品质都与当前诗坛的风气恰恰相反，这也是他为什么能形成独特的风格之原因。他最近的作品有《新山水时》系列(2010)。现将他很早写的一首诗《冬日登黄山有感》[①]摘录如下。

石梯向上伸进云中：
深的寒冷。千百年来，
所有的赞颂都因此说出。
那些刻在石壁上的字，
写出的是我们的卑微。
尤其是当我们终于站在山巅，
看见更高的山在远方，
在一片不可能到达的苍茫中。
内心的惶惑应该是对渺小的惶惑。
因此攀登不是征服不是占有，
只是一次向虚无的行进。
而进入我们眼睛的，
哪怕是挺拔的树、奇诡的岩石，
或者飞翔的鸟群，都成为注释，
说明万物就是万物，
从来只属于它们自己。
我们爱它们只是枉然。

如果把这首诗与韩东的《有关大雁塔》做比较，就会发现虽然二者都在反讽，但孙文波的口吻没有韩东那么调侃和冷讽。尤其是他那看似平淡的语言却蕴藏着复杂深厚的情感。这位诗人在面对山水时，通过他孤独地观看来发现“风景”，同时也获得了对外部世界的新认识。诗的最后一句“我们爱它们只是枉然”则表达了诗人的尴尬或失落感。可是，我们从把山水异化了的诗人那里却能感受到一种韩东诗中没有

① 诗合集《剃须刀》2004夏季号。

的正直和温馨。虽然诗中使用了第一人称代词复数形“我们”,但其实这首诗的诞生是经过了一种孤独的内心观看。下一首《反风景》[1](只引用前半部分)则具体地说明了他用“游”的方式观看风景。总之,欲观看流动或变化的人与自然,关键则在于减速与更换定位。

沉着,但不沉重。一首诗
开始了它的长途旅行:坐着汽车,
高速公路上它没有看见风景;
一切像闪电,来得眩目又猛然消失。
只有在次一等的公路上,
因为不断减速,会车、让人,
主要是穿过集市,它看见了很多。
在一个小镇上它还停下来,
进饭馆吃风味菜。这些虽然算不上风景,
不过使它多多少少了解一些事:
汉语的祖国如今村镇密集,
到处都是人。这成为它灵感的来源。……

孙文波的新作《新山水诗》同样采取了他那种观看的方式,虽因其玄学气味过重使人感觉晦涩难懂,不过,他绝未放弃探索某种切实的现实感的姿态——或许由于他切身感受到了主体、风景和语言三者之间的不协调性。

臧棣近年来的著作也呈现了一种观看风景的独特方式,可称之为“系列诗”。他也是一位持续思考如何观看世界,并将之付诸实践的诗人。从2005年到现在,他写了三百多首“丛书诗”。刚刚出版的诗集《慧根丛书》[2]收录了近3年来的作品。不知为何,每首诗都被臧棣自己命名为“某某丛书”。对于这略为新奇的命名,他做了如下的说明:

用丛书的方式,表明对细微事物的特殊的关注。我心里觉得

① 诗合集《剃须刀》2004夏季号。
② 重庆大学出版社,2011年11月。

> 这是一种类似百科全书式的关注。比如,蚯蚓丛书,比如蒲公英丛书。这类诗,都被当成现代咏物诗来写,大都是静态的写法。比如,把蚯蚓看成是一个静物,诗人把自己的目光投射上去。但我的想法是,这自然中单纯的物象,其实都包含着一个丰富而自主的空间,蚯蚓有它自己的蚯蚓的世界,所以,蚯蚓,不应该只是一首诗,或一本书的主角,而是一套丛书的主角,或向导。我们不应简单地看待它们,或将它们归为简单的事物。①

这里特别值得注意的是,"对细微事物的特殊的关注"这一部分。正像臧棣所说,它们是现代咏物诗,其实,新诗集所收的并不全是歌咏细微世界的诗,比如《悠悠的不一定都是往事丛书》、《假如种子不死丛书》、《革命的诗经丛书》、《最基本的礼貌丛书》、《比我更像我自己的人丛书》等等。诗集后半部分还有五十多首《某某学丛书》,比如《极端诗学丛书》、《身体风景学丛书》、《深渊学丛书》。从整体上来说,我们与其把他的诗称为咏物诗倒不如称为哲理诗。当然,它与所谓玄言诗不同,他所关注的对象不是主观的幻念那种概念性的东西,而是以当代日常生活为资源的切切实实的经验及感受。换言之,他为了"对现代人的生存经验保持一种强大的现实感",而努力试图"写出有深度的充满现实感的生存体验"。他这种观看方式可以令人联想起里尔克式的"怀着纯洁的爱观看宇宙间的万物。……小心翼翼地发现许多物体的灵魂,见到许多物体的姿态"。然而,即便如此,他却不使用过多的意象,以免过于形象化。他说"诗的空间应该是一种开放的流动的空间,应对生存经验保持密切的即时的捕捉"。由此可见,每首"丛书诗"具有的流动感都与他自由的思维和心里流动有关。

另外,未收入该诗集的还有一首叫做《野眼睛丛书》的诗(写于2011年4月),这首诗有趣地暗示人可能存在着不同观者视角。臧棣说,"野"这一文字来自日文的启示。或许"野"这个字——本来与"雅"、"公"相互对立——他思维宽泛、感触上自由自在。像里尔克所说,这难道不是脱去文化的衣裳,赤裸裸地用原始的眼睛在观看吗?

---

① 臧棣2011年10月2日致笔者信。

不一定很大,不一定很漂亮,
不一定就很迷人,不一定就只长在
采野菜的人的脸上。
不一定就和你我无关。
不一定属于人,但很愿意借我们一用。
它们的大方向新生和原则敞开,
它们不挑剔我们,不在乎
我们的无知是否令它们的美蒙羞。
它们比我们更忠实于世界的本来面目。
它们愿意我们借用它们,
因为每一次借用,它们都会发出
奇异的光亮,令我们的见证
更深地跌向心灵的谷底。
但那降落也可能是我们的
小小的颂歌。那也许是我们飞升之前
最后想去的地方。不一定意味着
全部的风景都会尽收眼底,
不一定看到的全会变成启示——
比如,现在,我用不野的眼睛
看身边的事物,我用野眼睛看
属于你的世界。荒野中
有现实的反调,孤独中
有伟大的友谊。难以捉摸的情绪中
有漫长的愉快,和一座由露珠建成的教堂。

诗中重复的“不一定”意味着拒绝断定(武断)、承受未定。观看需要有一个定位。有了定位,便有了定向。但定向并无法避免限制与偏执。为了尽量减少这些限制与偏执,更换“野”与“不野”(野 = 雅)的眼睛来观看风景,或许就成为诗人可能做到的最好的办法。

三、探索“共通感觉”

对于中国诗人来说，观看风景可以说是传统性诗学姿态之一。真实的观看意味着关注。关注藏有一种“介入”的意识。但观看又不同于冷眼旁观或袖手旁观。对于当代诗人来说，更重要的问题在于如何切实地表现他内心所创造的风景即无数个“现实”。借用柄谷行人的话来说，现实主义并不意味着描写风景，它想要创造出风景，将不可视的风景变为可视化、可触觉化。

比如，杜甫的名句“朱门酒肉臭，路有冻死骨”，仅仅十个字却有超越写景的语言力量，它并不仅仅停留于表达“贫富差距”概念。诗的语言刺激五官，发人思考，深化对世界及事物的认识。有时，只有诗的语言才能表达人所存在的世界之现实感。

日本思想家中村雄二郎曾在《共通感觉论》(1977)①中如此阐释日语“常识”(英文 common sense):英文 common sense 是由亚里士多德(Aristoteles)所谓“共通感觉”(Sensus Communis)即贯彻五官来统合它的根源性感觉派生出来的。后来，那个共同关涉一个人的诸感觉的原意“共通感觉”转变为社会成员应该共有的正确的判断即常识。虽然如此转化的原因不够明确，但可以说，为了常识(经过考虑各方面的情况再来做一种直觉式的全面的判断)的成立，需要使用一种通过它来统合诸感觉(所谓五官)的“共通感觉”。换言之，在人的内部统合诸感觉的整体性感受力(即“共通感觉”)就像是每个人对社会共有的判断力(即常识)的一种呼应。前者是后者的基础。后者则是把内在的前者外在化了。“共通感觉”既通过省思关怀他人，又把自己放在他者的立场去想象。因此作为共感、共同的痛苦或受难几乎与“共通感觉”相似。诗歌的“公共性”，也许离不开“共通感觉”这一问题。

18 世纪德国哲学家 Herder 曾说:人是一个 Clavier(键盘乐器之

---

① 参看中村雄二郎《共通感觉论》，岩波文库，2010 年;《术语集》，岩波新书，1984 年，第 81—85 页。

一）。梅洛—庞蒂也说：人是一个永久持续的共通感官（sensorium commue）。观看风景的“观看”，绝不属于狭义的视觉，而是使用共通感官的一种整体性的感受。如果那种感受产生的语言能够唤起人们的“共通感觉”从而发人深思，那么就可以说它是诗性语言。而那种“共通感觉”中应该洋溢着当下人生所有的现实感。因此可以说，当代诗人的工作仍然在于认真观看当下的风景，从而呈现一个新风景。

四、风景与“公共性”

我在上文提到了诗歌语言所唤起的“共通感觉”之重要性。不过，应该注意的是，这个“共通”并不意味着让读者去形成同一价值观或同一种情感。应该说，所谓“共通感觉”指的是观看人与人之间的各种事物，从而形成一种对其关注的基本感觉。

“公共性”的基本条件在于价值观或看法因人而异。换言之，只有在不同价值观或不同意见存在的地方，“公共性”才能成立。具有“公共性”的交流空间应该允许各种人自由地出入。它不像所谓的共同体那样自我封闭，被同一价值观或某种认同感主宰。从这个意义上说，“公共性”空间是一张将人与人之间的差异作为前提的开放性版图。并且，“公共性”的交流是围绕着人们普遍关心的事物而展开的。①

一般地说，人会认为现代新诗与“公共性”这一观念互不相容，相差甚远。这也许与读者的数量和阅读方式有关，不过，这种看法显得片面。如果现代诗能够具有什么“公共性”的话，那就是它将通过语言创造出一个风景，以此唤起人们对存在或发生于人与人之间的普遍事物付诸注意及关心。在此我想重申，诗的“公共性”并不在于引起人们的共同情感或者一种霸权含义的认同。凡是真正的风景诗都会创造出一个新的风景，换言之，它会使读者进入一个能发现“他者”的境界。如

① 参看齐藤纯一《公共性》，第5—7、37—52页，岩波书店，2000年；藤野宽：《给想学公共性哲学的人》，第77—83页，世界思想社，2004年。后者还指出“公共性与隐私性”这一问题。

果一首诗能把风景(他者)呈现于读者的眼前,那么,它将会把一般大众媒体的语言(包括映像)所无法表达的“现实感”都形象地表述出来。同时,它也能启发读者去关心非个人性的事物。我认为,里尔克所说的“诗是经验”就是这个意思。

当今世界,一切事物之间的距离都日益缩短。人与事物之间的交流也显得更加容易。因为世界上某一个遥远的地方所发生的具体事件都能通过新闻映像等种种媒体广为传播。

但尽管如此,我们对共同事物的关心却未必因此而增大,毋宁说是在逐渐减少。出于某种犬儒主义的眼光,对共同关心的事物我们往往倾向于回避直接的判断。为此,描绘一张共同课题的透视图便变得愈发困难。空间(地域)的分断化不断加速,不过,幸而有关他人的信息越发增加。虽然如此,人们对他人的关心却日益淡薄(“人肉搜索”不能说是这里所说的“关心”)。总之,生活在封闭的亲密圈里的人对于个人事物的关心远远超过对于公共性或非个人性事物的关心。这也许与人们和某事物接触时,产生的感觉是否具有“现实感”有关。发人深省的是,“现实感”是否只属于个人性事物?我看未必如此。要是一首诗可以带着“现实感”把作为他者的风景呈现给读者的话,那么就可以说,这首诗具有诗歌特有的“公共性”。

最后,我想举两首诗为例以总结本文。这两首诗所表达的是不同时代的人间风景。它们都会使我们联想到里尔克《布里格随笔》中的一节所用过的意象。第一首诗是 1940 年代冯至的《十四行诗》第 21 首。它用暴风雨、一间小屋和灯光这些意象把人与人、人与事物的关系生动地勾画成一幅风景图。

我们听着狂风里的暴雨,
我们在灯光下这样孤单,
我们在这小小的茅屋里
就是和我们用具的中间

有了千里万里的距离;
铜炉在向往深山的矿苗

瓷壶在向往江边的陶泥，
它们都像风雨中的飞鸟

各自东西。我们紧紧抱住，
好像自身也都不能自主。
狂风把一切都吹入高空，

暴风雨把一切又淋入泥土，
只剩下这点微弱的灯红
在证实我们生命的暂住。

这首诗用一种鲜明的对比，描述了外界与内心世界的相互重叠。它使用了古典诗歌常见的对偶性表现和重复，非但不显得陈旧，反而营造了一种宁静的气氛和平衡的感觉。

寒冷与温暖，生硬与柔软，干燥与湿润，光明与黑暗，广阔与狭窄，这些相反的意象却给予这首诗一种有机的统一感。尤其是，向外界与向内心，换句话说，“弥散”与“凝结”这一相反心态的往复运动恰好凸现了诗人那不断流动的“主体”形成之方法。“紧紧抱住”，既真实地表达了人与人在最亲密的接触中所得到的温暖与安慰，同时也使人再次感受到人生的孤独与寂寞。狂风暴雨的夜晚，两个孤单的人却不能自主地相互拥抱，这一图景发人深思。它虽并不十分凄楚，但也并不仅仅只有快乐。它是一种不乏寂寞的爱的感悟。诗中主人公持有共同的忧患意识，但两个人永远是分别存在的。

另一首是香港诗人也斯 1980 年代末写成的《广场》[①]。这首诗明显地继承了冯至的上述十四行诗的构思，不过，也斯不仅承袭了这些意象和词语，还表现出人与人、人与时间相互错位的复杂关系。

连场春雨后我们一朝醒来
忽然发觉家具都老了

① 写于 1989 年 5 月。《游诗——梁秉钧诗选》，《游历》，第 116 页。

今日的躯体无处安顿
在我们和旧日的床褥之间

产生了许多时代的距离
终日在静物间寻找所爱
记忆蒸发墙壁渗出了汗水
龙纹瓷砖上看见了裂缝

四周堆积的言语堆积的事物
界定我们我们却想重新界定门窗
永远的广场上搭起一个个临时帐篷
心中有漂泊的灯光来往开关

从头整理居所重拾种种意义
失去了屋脊我们在被搜查过的客厅
寻一捆新的绳子去丈量今天
想跨过地上纵横的牵绊紧紧地

抱住自身也不能完全自主
被黑夜惊醒让我们有新的秩序
想拉开一幅布遮住涂污的肖像
风砂刮起纸屑雷暴劈裂了桌椅

这首诗所表达的荒凉的人间景象——场所的主要意象是广场与帐篷——充满了孤独感和不稳定感，我们从中体会不到冯至那首诗所具有的宁静气氛和平衡感觉。诗中流露出一种被撕扯而分裂的凄惨情调。从“我们”“今日的躯体无处安顿”“终日在静物间寻找所爱”中，我们无法寻觅冯至诗中表达的那种“人与人最亲密的接触中得到的温暖与安慰”。在冯至那里“微弱的灯红”这一核心意象象征着人的存在虽易碎但仍可连接。而在也斯的《广场》里，“心中有漂泊的灯光来往开关”的“灯光”却表达了人的存在与人间交流的不可靠性。这首诗促使我们重新反思人与人、人与事物以及人与时代的距离或错位。这种错位的感觉是也斯的诗特有的,也在这首诗里起作用。现在,随着人们生活的空间被日益分断隔离,个人的亲密圈也逐渐丧失了爱的感悟或共有的忧患意识。说不定这种失落感能让人更加怀念曾经共同患难的时代。不过,更重要的是,"永远的广场"与"一个个临时帐篷"形成了鲜明的对比,既不乐观又不悲观,象征着也斯同时代人的"生命的暂住"。

十分有趣的是,读者可以通过这两首诗看到作者读者超越时空的交流和共鸣。人的世界是由公共圈与亲密圈组成的,它时而被联为一体,时而被分割切断,在相互影响中,不断生成。也斯的诗围绕着人们对于普遍事物的关心,超越时空与冯至的诗进行对话、共振,发出的是不同时代的不同声音。由此可见,一个具有风景的诗会刺激另一个不同风景的诗的产生。并且,不仅两首诗之间,二者与现代读者之间,更会产生形形色色的交流。这不也在暗示我们,风景与诗的"公共性"有着密切的关系吗?

两种语言下的“树”

——中日现代诗歌比较论

田　原

一、近似孪生的两棵《树》

1987年,在不惑之年摘走诺贝尔文学奖桂冠的美籍俄裔犹太人诗人约瑟夫·布罗斯基(Joseph Brodsky,1940—1996)在《文明的孩子》(The Child of Civilization,1977)一文中所表示的“诗歌是一门极端个性的艺术,它敌视各种主义”同样适合谷川俊太郎的诗歌。因为谷川整体上的诗歌创作你很难为它界定是一种固有的什么主义,在其创作的两千数百首诗篇里,有典型的超现实主义和浪漫主义写作,又有纯粹的印象主义和象征主义写作,甚至连写实主义作品也不乏有之,这首题为《树》的短诗就是其中一个例子。

《树》在谷川的诗歌创作中称不上重要作品,但这首诗在表达上与中国诗人艾青的同样是写树的一首诗却不谋而合。这里就这两首诗抒写的雷同进行简单的比较和分析。

看得见憧憬天空的树梢
却看不见隐藏在土地里的根
步步逼近地生长
根　仿佛要紧紧揪住
浮动在天空的天体
那贪婪的指爪看不见

一生只是为了停留在一个地方
根在继续寻找什么呢?
在繁枝小鸟的歌唱间
在叶片的随风摇曳间
在大地灰暗的深处
它们彼此地缠绕在一起
——谷川俊太郎《树》

谷川的这首诗最初发表在1984年10月出版的须须原光弘的写真集《穗高光彩》里,估计这首诗的写作年月也是在这一年(或许是配合图片的即兴之作),也可称为是他的后期作品,该诗后来收录到1991年5月由集英社出版的《欲赠诗与你》(该诗集截止到1994年1月就已经重印了七次)。

树作为一个重要的意象始终贯穿着谷川的诗篇,似乎也是谷川偏爱的一个意象。谷川对于树木的情有独钟自然使我们联想起诗人的童年和少年时代在群马县北轻井泽森林(他父亲的别墅)里度过的那段生活经历。从谷川的整个作品来看,诗人对树木的抒写,无论是在前期作品或是在中年和后期作品里,都是频繁出现的一个意象,这一点足够使我们断定:自然景观映现在诗人幼小心灵的投影的不可磨灭性(或曰诗人对大自然的感受性)是多么的持久。

同样是对树木的抒写,而在不同文化背景下和生存环境下成长起来的中国现实主义诗人艾青对树木的抒写却是这样一种情调:

一棵树,一棵树
彼此孤离地兀立着
风与空气
告诉着它们的距离

但是在泥土的覆盖下
它们的根伸长着
在看不见的深处

它们的根须纠缠在一起
——艾青《树》

这两首诗在创作时的“灵感的出发→词语的组合→意思的传达→诗篇的完成”一系列的思维活动的接近，从具象到抽象渐渐递进的表现手法，以及该诗在尾句表现结果上的雷同都无不使我们感到惊诧。如果在同一国度使用同一语言进行写作，无论时间的跨度多么久远，这种巧合与偶然的接近，都无法排除我们顿生的疑窦：即后者的《树》是否是对前者《树》的拷贝和沿袭——一种被复制的关系。这种诗歌文本和诗意的类似现象在世界诗歌史上是不多见的。

艾青（1910—1996）这位“站在中西文化汇合处”[①]将西方的象征主义与东方的现实主义融合渗透到极致的具有经典性的诗人，在中国现代诗歌史上，无论是诗作还是其《诗论》，其折射出的艺术光芒无疑都将会在中国未来的天空和大地上闪耀。1940 年春天，艾青在动荡不安、草菅人命的战争年代完成了这首诗的写作。作为一名远离故乡（浙江）、在当时（湖南）弥漫着战争硝烟的南中国的死亡线上挣扎的形单影只的流亡者，诗人或许很难明朗化地将自己内心深处的感觉直接表现在诗篇里，借着对自然实景这一客体的描述，巧妙地赋予《树》以主体上象征的意味（顺便提及，象征主义也是艾青惯用的一个创作手法，与他青年时代赴法国留学，受到法国现代主义和象征主义的影响有关。尤其是受到比利时法语象征主义诗人魏尔伦、英国的浪漫主义诗人雪莱、拜伦以及苏联诗人叶赛宁和马雅可夫斯基的影响，这里并不追及他受法国文艺思潮的影响源，以及他回国后，中国在五六十年代一味地翻译同是社会主义的苏联现实主义文学作品，对艾青这一代诗人造成的冲击及影响）。与谷川的《树》相比，艾青的这首在文字上被提纯、意境简练透明的《树》，至今反复阅读，仍是耸立在我们感觉世界里的一棵挺拔、风骨铮铮和具有充沛生命力的树，它并不因为对比而减弱我们以前阅读上的满足和愉悦。相对而言，谷川的《树》则显得枝叶繁茂、葳蕤，有着复杂的外观。纵观两首诗的表面印象和感受文字表层上

① 吴开晋：《当代新诗论》，第 196 页，山东友谊出版社，1999 年。

的抒情气氛,艾青的《树》适合将它命名为生长在大地或平原上的白杨树,谷川的《树》则有点像生长在恶劣气候环境里的针叶松。

作为同题为《树》的两首诗,艾青的《树》里的主要意象为:"风与空气"、"泥土"、"根"。诗中的关键动词则为:"兀立"、"告诉"、"覆盖"、"伸长"、"纠缠"。而谷川在《树》一诗中,宽泛、丰富、大量地运用意象的本领却使我们叹服。"树梢"、"根"、"天体"、"指爪"、"小鸟"、"叶片"、"大地"是这首诗的主要意象。串联这些繁复意象的动词则为:"憧憬"、"隐藏"、"生长"、"揪住"、"浮动"、"停留"、"寻找"、"歌唱"、"摇曳"、"缠绕"等。通过对比,谷川诗情的饱满凝重和厚重感与艾青诗情的平淡朴素我们便一目了然。这两首诗的写作时间跨度相隔四十余年,艾青完成在30岁,《树》被认为是他的代表作之一;而谷川的《树》则是完成在50岁之后,《树》这首诗不在他的代表作之列。单单读这两首诗,我们无法读出两首诗不同的时代——战争年代与和平年代的痕迹。从另一层意义上讲,甚至可以说这两首诗都具备超越时代的写作意义。概而言之,谷川的《树》在诗意上的成熟和语言上的尖锐犀利以及他日积月累创作经验的丰富性拓宽了其诗歌空间,使其诗歌文本没有仅仅停留在语言的层面上,有一种鲜活的内张力。艾青的《树》则显得大智若愚,其形而上的形象思维的特质能让我们联想起老子的思想哲学。

从整体作品上看,谷川和艾青的诗歌文体都有语言简洁明快、平易、随意、自然流畅等共同特点。所不同的是,艾青的创作趋于诗歌抒情的笼统和表面化,稍稍有缺乏更深层次的挖掘之感(或曰平面抒情=横向抒情),即将诗歌抒写的过程简单化(这一点或许恰是作者有意的"去繁就简");谷川则在叙述的抒情上显得具体和细节化(或曰立体抒情=纵横抒情),即注重细腻的表达,繁复的意象,将抒写的过程复杂化,从而提高深化主题表现的质地和深度。

从同是写树的两首诗来看,我们不难发觉两位都是具备良好直感的诗人,更有趣的是他们在同一题材下都不约而同地朝向一个共同的抒写目标:艾青《树》中的"在看不见的深处/它们的根须纠缠在一起",若单从这首诗的写作背景来看,也许是在暗示像树木一样"彼此孤离地兀立着”的飘泊的人们，团结起来形成一股强大的力量，这与后来艾青本人在谈到这首诗的创作体会时所言及的“把没有关联的东西紧紧地纠结在一起了。人与人之间，外表上是分离的，但在心里深处总是相通的”[1]极其吻合。谷川的《树》则向我们展现了人性的一种不屈不挠的精神风景。“在大地灰暗的深处/它们的根纠缠在一起”，或许诗人有意向我们传递人性那难以言喻的部分。两首诗的后两句都是该诗《树》的关键句，然而有趣的是：同是作为该诗结句的后两行，且都同时肩负着对全诗主题的烘托和诗意的升华，谷川的诗中使用了一个形容词“黑暗”，艾青则使用了一个动词“看不见”，除此之外，这两行诗可以完全翻译成相同的语言。顺便提及，汉学家、诗人秋吉久纪夫先生在日语的译文中漏译掉了一个“深”字，这一个字笔者认为在该诗中可谓举足轻重。艾青诗中的“深处”一词与谷川日语原作诗中的“奥处”一词都分别在该诗中扮演着同等角色，强化和加深着表现的情绪与气氛，从对视觉上的叙述嵌入对感觉世界的描写——即从树木的外部形状的写实转入对树木生存状态（将树木抽象化，或曰进入灵魂状态的写作）的构思，使其诗呈现出隐喻结构的本质，起到使整个诗意升华和递进的作用。

生长在我们面前的两棵《树》，泛绿在不同的语言和文化土壤之上，隔着时间的屏障，它们的生命气质和血素以及摇曳出的声音却是如此的无独有偶。我们除了向它们投去惊异的、犹如“孪生”般相似的不可思议的目光之外，真的不知道用一种什么样的表情来面对它们。无疑，我们将只能成为其树下的乘凉者或过客，而不会成为植树者。

二、“树木”迥异的气质和形状

将“树木”作为抒写表现的对象，在谷川俊太郎的整体作品中大概有五六篇之多。对于一个多产的专业诗人而言，这或许不足为奇。这里我们不妨再列举两首他的有关“树木”的诗篇。从这两首诗中，我们

① 艾青：《和诗歌爱好者谈诗》，《艾青研究专集》，第375页，江苏人民出版社，1992年。

不难发现：在同是写《树》的诗篇中，谷川笔下的“树木”与其他中国诗人所描写的“树木”的气质和形状迥然不同，甚至连树木的绿色和散发出的气息也存在着质地上的差异。

树木作为一个抒写的客体在中国文人墨客的诗文里自古有之。这一文学载体可以说被中国古代诗人发挥得淋漓尽致。我们如果稍稍把目光放远，或者将眺望的目光落在《诗经》、楚辞、唐诗、元曲和宋词上，就会发现有关树木的诗篇包罗万象，俯首皆是。风、花、雪、月、桃、柳、竹、梅、松等等是频繁被中国古代诗人抒写的对象。日本或许同属于这种文化源头的缘故，过去的短歌、俳句和日本人的汉诗作品里的“松竹梅”以及对树木的描写也是应有尽有，丰富多彩。这是一种文化的血缘关系，也是源头与源流之间的关系（这种血缘关系尽管被日本近代文化史明显地在明治维新时期画上了一道分界线）。我们即使看战后的日本现代诗歌作品，除谷川俊太郎之外，有关“树木”的诗篇我们仍然同样能够顺手拈来，像在日本现代诗界举足轻重的《荒地》诗派的鼻祖诗人田村隆一（1923—1998）的《树》，以及与江藤淳（1933—1999）等一起创办《位置》的诗人安藤元雄（1934—）的《树》[①]等等不胜枚举。古代中国诗人对树木的描写，一般都是借树木寄托自己的理想、抒发内心的孤独积愤和爱情。这一点我们都可以从早在1953年就被列为“世界文化名人”的楚国诗人屈原（约前340—前278）《九章》中的《橘颂》和唐代诗人（与李白等在长安被称为“饮中八仙”）贺知章（659—744）的《咏柳》等诗人的诗篇中找到佐证。屈原在歌颂橘树的《橘颂》里：“闭心自慎，终不失过兮。秉德无私，参天地兮。”这首被视为屈原早期作品的《橘颂》与他杰出的诗篇《天问》有所区别的是：《天问》（被认为是屈原放逐之后的作品）在长达1500字的诗篇里，向“天”质问了一百七十多个问题，而且运用大胆的想象和极度夸张的手法，通过对神话传说、历史故事、日月风云和山川草木的形象描绘，创造出了他独特绚丽的艺术世界，使他的作品呈现出积极的浪漫主义的精神光芒。《橘颂》

① 参阅《日本名诗集成》，株式会社学灯社，1997年；田村隆一：《木》，第427页；安藤元雄：《树》，第530页。

则是通过颂橘树以颂人，围绕橘树的叙述和抒情专一集中，语词简练，诗意浓厚，没有繁复的铺张，这一点与现代诗的写作颇为接近。我们再看晚屈原数百年的贺知章的《咏柳》："碧玉妆成一树高，万柳垂下绿丝绦。不知细叶谁裁出？二月春风似剪刀。"这种构思的精巧、诗句清新、通俗易懂和含蓄有节地对柳树的描写使人耳目一新，尤其是后两句中的动词"裁"和名词"剪刀"，这种鲜活的想象力和譬喻不但值得现代诗借鉴，而且也是现代诗写作的楷模。

那么，让我们重新回到有关树木的现代诗篇里，谷川的另一首《树》向我们展示的则是这样一种风景：

一

树正因为是树
树才能够站立于此
而树为何物我却无从所知

二

若不把树称做树
我甚至无法抒写它
若把树称为树
我只能抒写它

三

但是，树
一直凌驾于树的语言之上
某日早晨，我真正触摸过的树
是永远的谜

四

面对树
树以它的树梢指给我天空
面对树
树以它的落叶告诉我大地
面对树
世界从树木变得柔和起来

五

树被伐倒
树被削刨
树被凿刻
树被涂抹
越被人类的手指触摸
树就变得越固执

六

人们给树起了无数不同的名字
可是，树寡言无语
在每个国家
尽管树随微风沙沙作响时
人们只是倾听一种声音
只是倾听一个世界

——谷川俊太郎《树》

这首诗创作在前文《树》一诗之前，选自诗集《俯首青年》，该诗集正像谷川自己在后记中所写“是比较重要的一本诗集”。1971 年 9 月 25 日由版画家南桂子设计封面在株式会社桑里奥出版社出版，1989 年 10 月由平野甲贺重新设计封面，在该出版社再版，至 1990 年 8 月该版本重印了三次。2000 年 2 月由早川力设计封面，由矢口以文、Gary Tyeryar 合译以日英文对照的形式由响文社出版，并附带有谷川本人和武藏野高校美国籍英语教师凯宾·巴戈曼的日、英语朗诵的 CD 光盘。诗人在这首诗里叙述了“我”以及“人类”与“树”的关系，或曰阐明了一种人与树之间的生存哲学，与前文《树》一诗节奏紧密、跌宕迂回的描述相比，这首《树》的抒情和叙述似乎带着诗人漫不经心的样子，大有娓娓道来之感。阅读这棵“树”，我们一目了然的是：诗人放弃了前文《树》一诗中的象征和暗示的手法，这种有意的回避对同一题材《树》抒写的雷同，使我们可以从中窥见作为一名大诗人的素质和探索精神。这棵“树”我们可称它是停留在“平面抒情”层面上的写作。该诗最后两行的“倾听一种声音/倾听一个世界”中，“倾听”一词的重复使用加强了表现的语气，前者倾听的声音有着一定的不确定性，它没有具体的所指；后者倾听的“世界”则是固定的，它为整首诗圆满地划上休止符。

对于树木的写作，中国当代诗人牛汉曾写过一首代表作题为《半棵树》。这位当今中国诗坛“苦行僧”般的吟客，每一次跋涉的带血的脚印都深深地刻印在共和国的土地上，使得他的每一首诗几乎都充盈着生命的痛感。严格意义上讲，蒙古族后裔的牛汉应该是中国历尽大灾大难一代诗人中最具有个性和代表性的诗人之一。坎坷的生命历程造就了他诗歌文本痛苦的主格调。我们不妨在此简略回顾一下牛汉苦难的人生史，或许更能容易使我们进入他的诗歌文本。

牛汉少年时代（1937 年，14 岁）便随父亲离开即将沦陷的故乡（山西定襄县），踏上了流亡的路程。在高中时代拒绝集体加入国民党后，遂投身到了火热的救国救亡的爱国主义运动之中，成为一名布尔什维克。令人啼笑皆非的是，他先后蹲过国民党和共产党的监狱，曾被开除党籍然后又恢复党籍，在历史的捉弄中度过了大半生。这位硬骨铮铮、宁折不弯的诗人，50 年代中期，在刚刚进入而立之年的创作鼎盛期便在那场不堪回首、颠倒黑白的“胡风反革命集团”案中第一个遭到逮捕；后来，也没有逃脱 60 年代的那场史无前例、举世闻名的“文化大革命”的魔爪，他“被关进‘牛棚’，除挨批斗写交代材料外，每天从事强制性劳动”①，拉板车、耕田种菜等等。这首《半棵树》就是诗人在湖北咸宁“五七干校”劳动改造时，在一年中唯一留下的一首诗。

真的，我看见过半棵树
在一个荒凉的山丘上

像一个人
为了避开迎面的风暴
侧着身子挺立着

① 参阅《牛汉诗选》中的“牛汉生平及创作年表简编”，第 453 页，人民文学出版社，1998 年。

它是被二月的一次雷电
从树尖到树根
齐楂楂劈掉了半边

春天来到的时候
半棵树仍然直直地挺立着
长满了青青的枝叶

半棵树
还是一整棵树那样高
还是一整棵树那样伟岸

人们说
雷电还要来劈它
因为它还是那么直那么高
雷电从远远的天边就盯住了它

1972 年

——牛汉《半棵树》

这首诗可以说完全是诗人生命个体的写照。与日本的战后现代诗人相比，中国现代诗的曲折成长和现代诗人的命运多舛以及艰难竭蹶罄竹难书。牛汉的这首《半棵树》诞生在这样的时代境况中，一字一句地诉诸我们的是满纸最真实的痉挛般失语的痛楚。“半棵树”或许是诗人在现实生活空间中不经意发现的实景，或许是诗人灵感闪现的刻意追求。在一虚一实展开的叙述里，它显得神秘而具有生命的张力。这首诗也与牛汉在《诗学手记·独特性》中所强调的诗歌“是一种本能的流露”极为吻合。这与柏拉图的“诗是天才恰遇灵机精神惝恍时的吐属，是心灵不朽之声，是良心之声”也达成一致。从此意义上讲，牛汉不愧为具有灵魂意义的写作者。战后的日本现代诗人包括谷川俊太郎在内，都缺乏这类有生命痛感的写作，可以说与他们平和、安逸、舒适的生活环境不无关联。痛楚的生命体验有时往往会激发出伟大的诗情。

当然，只是局限在自身经验中展开的诗篇有时很容易使诗歌拘泥于有限的空间，而冲破自身经验的羁绊又谈何容易！就现代诗歌而言，无论持哪种语言的诗歌写作者，都无外乎是"语言×(感性+理性+情调)×想象力"的较量。其实，类似这样的诗歌定义，唐朝诗人白居易早在其《与元九书》里有过描述："诗者，根情、苗言、华声、实义。"

我之所以曾在一篇谈到谷川的短文里称他是"具有国际意义和最富有独特诗歌体系的诗人，而且也是具备广泛意义素质的诗人"①，并不是因为他除了诗歌写作之外还有电影和广播剧本、诗论、随笔等等的写作，而且还有大量的翻译作品，编著书以及摄影、录像带的制作等。我是针对他整体的诗歌作品而言的。类似谷川这样的诗人，可以说无论在哪个国度，其存在都是寥若晨星。这样具有涵盖意义和压倒性的诗人有时一个世纪甚至产生不出一位。谷川可谓是天才加勤奋的结果。

谷川更多作品的可解读性很容易导致人们产生"浅显"的误解。其实，诗歌的优劣无法用"易懂"和"艰涩"来界定。一首易懂的诗不见得就劣，艰涩不可解读的诗也并不见得就好，优劣要针对具体作品而言。印度诗人R.泰戈尔(Tagore，1861—1941)的诗易懂，同样是优秀诗人。美国W.斯蒂文森(Wallace Stevens，1879—1955)的诗歌抽象艰涩，也同样被誉为大师。诗歌的优劣关键在于诗人驾驭诗情的本领和对感觉平衡的把握。

接下来，让我们再继续品味和对比一下谷川以另一种视角对《树·诱惑者》的描述。

树没有谁去顾及它更多
指着天空让枝叶繁茂
让花开和果实落下
每年增添着年轮
到人死后还长生不老

① 拙文《我的诗歌国际观》，《诗学》月刊，2000年7月号。

在遥远的未来仿佛变成白骨
因为它是毫无道理枯萎下去的东西
树决不疏忽大意
它的根在地下紧紧攫取着
我们的灵魂不松开
它的嫩叶将闪烁的阳光千百次地拍碎
让恋人们陶醉
它的枝干以无骨骼的表情
佯装不知一切暴君的历史
因此，它的树阴不定在哪个年代
会让羁旅者梦见天堂
树以它的绿色
让我们的目光去彼岸遨游
那庞大舒展开的枝干
使我们怀抱动荡不安的未来
树以它叶片的沙沙絮语
向我们的耳鼓里窃窃诉说永恒的贴心话

因为树是谁都不反抗的诱惑者
我们不得不畏惧它
因为树远比人类更接近神
所以我们不得不向它祈祷

（谷川俊太郎《树·诱惑者》）

这首诗与开篇的《树》一诗出自同一诗集《欲赠诗与你》，发表于1989年5月《绿色加一》杂志。诗人在这首诗里对树木的敬畏几乎接近于宗教般的虔诚。从树木的枝叶繁茂、花开花落到人类死后它还能够存活于世间，以至于树木最终也变成白骨，是对整个映入视野之内的树木生命过程的复述。这里诗人所叙述的永恒性，为诗的结尾“树远比人类更接近神”一句埋下了伏笔。从“树决不疏忽大意”一行开始，到诗的最后一节，诗人大致上描述的是“树木”背后的东西——树木的生存状态和处世态度。而最后一行“不得不向它祈祷”除强调树木的神圣外，又似乎流露出了作为人类在树木面前的无可奈何的心境，是一种内在的倾诉。

从谷川诗歌文本的成熟度来看，会使我们想起西方的现代主义文艺思潮传入日本比传入中国早近20年这一文化背景。确切地说，中国的现代主义诗歌从1917年胡适在《新青年》上发表《文学改良刍议》，到1949年之间的成长是正常的(尽管期间内战外侵和中国数千年沉重的历史文化包袱使它始终没有放开前进的步履)。可是，建国后，由于中国社会局势的激变动荡及各种政治运动的接踵而来，剥夺和摧毁了上一代诗人奠定的基础。中国社会一直没有为中国现代诗创造一个良好安定的生存环境这一残酷现实，曾使中国现代诗只是一味地呈现负增长的趋势。这是一个沉重的、令人痛心疾首的代价！在看文学作品首先强调“思想性、革命性、阶级性”的那个时代，中国现代诗的进展几乎完全停滞了下来，也彻底地使它从世界文学中落伍，以至到70年代末造成了数十年的“空白期”。日本现代诗歌不存在这样坎坷的命运，它是在“温暖的襁褓”里长大的，也始终是在良性的环境中循环和自由发展的。

70年代末80年代初，可以说是中国现代文学发展的一个分水岭。随着人们的思想在长时期压抑下的解放、创作的自由化和文学的多元并存，中国现代诗加速了前进的步伐。下面引用的这首题为《树》的诗就是在复苏和解冻的80年代完成的。

从树的根部进入并生长。有如灯盏
军舰鸟们成熟的喉囊会倾斜入海
海，海峡
鱼和水草的天青色姓名
我们四周的冷风是光
是深秋的光和石头敲打树冠的
光
树皮粗糙，我们在它的体内生长

最终我们将引导着它,这些树苍老
白,有嘶哑的阴影
有翅膀狭长的军舰鸟之月。我们引导
树进入海
海,海峡
鱼和水草的天青色姓名
树的四周有深秋的光和石头敲打西风的
光
树皮粗糙,我们在它的前面引导
(1985)

(陈东东《树》)

该诗收录在诗集《即景与杂说》,2000年10月由中国工人出版社出版。在此之前,这首诗曾收录在1997年3月改革出版社出版的诗集《海神的一夜》。但在该版本里,《树》一诗中两次出现的“海峡”一词却是“海岬”。不知是当时该版本的印刷错误还是作者后来的有意改动。按照《树》一诗下面标明的写作年月,我们知道这首诗完成在1985年。这是一个值得注意的时期,80年代可以说是中国现代主义诗歌小小的“黄金期”,90年代是它的良好延续。对陈旧诗歌模式的否定和打破,对崭新诗歌艺术的尝试和探求,使中国现代诗终于在20世纪末才凸现出黄金般的面孔,从而使它缩短了与世界优秀诗歌的距离。

按照中国诗歌界对现代诗的划分,陈东东属于典型的“第三代”的写作者。所谓的“第三代”其实是一个暧昧和缺乏缜密学术性的称谓,包括目前的“90年代诗歌”这一提法在内。这与当下有人重新对“朦胧诗”的说法提出质疑是一样的(笔者在此将不涉及阐述有关称谓的是非问题)。朦胧诗的《今天》之后,《非非》、《他们》、《声音》、《锋刃》、《现代汉诗》、《倾向》、《发现》、《城市诗人》等民间诗刊相继在全国各地创刊,构成了中国现代诗登峰造极的繁荣局面。用历史的眼光看,这些纯正民间诗歌阵营的崛起与壮大,实际上恰恰是历史赋予了边缘文学向主流文学挑战的契机——即地方对中央文学主权的颠覆。在第三代诗人中,60年代以后出生者居多,而且他们大都受过良好的教育，有着踏实的知识结构（尽管诗歌创作与所受的教育程度不存在太大的因果关系，这里论述的谷川俊太郎就没有上过大学，准确地说应该是他拒绝上大学），从整个第三代诗人的作品看，他们把中国现代诗固有的诗歌美学演变得更加复杂化和陌生化，在诗歌里进行“空白”与“空间”和“专业”的处理，致力于与世界优秀诗歌的“接轨”，使诗歌呈现出“多义性”和“不可解读性”。这一点与我接触的为数不多的几位60年代以后出生的日本青年诗人的作品有接近的趋势。

针对近二十来年的中国现代诗，批评家程光炜有过这样的总结："朦胧诗人希图重建的是一种二元对立模式里的政治意味的诗学秩序，第三代诗人则通过达达的手段对付复杂的诗艺，文化的反抗被降低为文化的表演。"[①]鉴于此，现在让我们把目光投向第三代诗人的作品。

同是对《树》的描写，陈东东的这棵“树”与谷川的“树木”凭直感就能使我们知道在表现上存在着一种遥远的距离。这种距离感包括文化背景、思维方式、诗歌美学、价值观、思想和知识结构等方面的差异。无论是日本现代诗还是中国现代诗，追根究底对一首现代诗进行解读和分析似乎都是一件愚蠢的事，因为现代诗忌讳不可“说破”性的不确定和超现实主义等诸多因素，会使你觉得一切努力都会成为徒劳。读陈东东的《树》，诗人首先会让我们聆听到他丰富的想象之羽展翅的声音，这声音接近于音乐，它动听、神秘，愉悦着我们的感官和听觉。即使是这首写树的诗，“灯盏”、“海，海峡”、“石头”等这些很难与树联系到一起的意象也会跃然纸上，这似乎是第三代诗人写作的普遍倾向，也是他们始终做的一种努力，即将一些风马牛不相及的词语或一些死结的词语激活，使一切不可能在诗歌中变成可能。谷川俊太郎好像是不刻意去追求语言雕琢的诗人，他“注重的是内在的和诗歌骨子里的东西，语言对于他似乎是一个附加的‘外壳和陪衬’”[②]。

陈东东在《二十四个书面回答》中曾对自己的作品有过明确的阐

① 程光炜：《不知所终的旅行》，《岁月的遗照——九十年代文学书系 诗歌卷》（导言），中国社会科学文献出版社，1998年。

② 拙文《日本诗人谷川俊太郎作品辑》，《世界文学》1999年第2期。

述:“事实上我很难说清楚我在诗篇里到底想说些什么,说了些什么。也就是说,我的诗篇里即使是清楚的、透彻的,却也很少有那种明确的主题意旨,我只想传达出我的节奏。我也很难去论证我所使用的意象的‘必然性’。”[①]诗人对自己作品的诠释已十分明了,无须我们再去饶舌。

树木作为与人类休戚相关的有生命的实体,仿佛格外受到诗人的青睐。面对谷川俊太郎栽下的多棵“树木”,以及中国三代三位诗人和两位古代诗人的“树木”,有的树木是经过他们精心地在诗歌的园圃里栽培出的结果,有的则是他们不经意的偶然意外的收获,就像在天空飞翔的鸟歌唱时,不慎将嘴中衔着的种子抖落在地成长起来的植物。这些树木,有的伟岸挺拔,有的优美典雅,有的则粗陋剽悍。它们竖立在我们的眼前,随季节的变化而枯荣,或四季常青。谷川俊太郎的三棵“树”有着三种风貌,艾青、牛汉、陈东东的“树木”则是另外三种姿态。当透过两种语言来审视这些“树木”时,我们惊异于它们相似的风貌,当然也为这些树木之间存在着较大的差异而不以为然,因为毕竟它们生长在不同的文化和语言土壤之上。

谷川俊太郎曾写过一篇随笔《树与诗》,阐述了作为意象出现在他诗歌中的树木。笔者愿意引用这篇随笔中的一节,作为这篇论文的尾声:

“在我的第二本诗集《六十二首十四行诗》里,尽管没有直接把树木作为抒写的主题,但在62首诗歌中,和树木有关的作品算起来占了16首。这本诗集将青年的我的自然观作为媒介,把与宇宙的联欢作为大主题,这可以说就是自然。但是,在诗歌里描述的树木并不是一棵棵具有具体名称的树木,我想,莫如说像是作为一种观念上的树木……对于我来说,树木的存在是永远持续着的一个启示。”[②]

① 陈东东:《明净的部分》,第257页,湖南文艺出版社,1997年。
② 谷川俊太郎:《以语言为中心》,第184页,草思社,1985年5月。

对话与访谈

与杨爽一席谈

翟永明

一、诗歌的译者应是原作者的知音

杨爽(以下简称"杨"):我是个外国人,如果我找您,告诉您我想看一首中国诗,您会把哪一首推荐给我?

翟永明(以下简称"翟"):一首可能有点难选。如果是一首——,你是说新诗?

杨 都可以。

翟 有点困难,因为在庞大的诗歌体系里选择,还要解释——,不一定是最新的诗吗?从新诗里选吧,因为古诗太多了,而且你也可能不一定熟悉。如果要我选一首当代新诗,让你从中了解中国诗歌,可能我会推荐北岛的《回答》。北岛的《回答》对中国当代新诗潮是一个开端,"文革"结束之后中国诗歌有一个复兴的过程,北岛这首诗比较有代表性。如果国外的读者想了解中国的当代诗歌,通过这首诗进入可能是最好的切入点,它首先是从一个大的背景进入,顺着这条线就可以了解到从朦胧诗一直到现在的中国当代诗歌,中间经过第三代诗人或者说是我们这一代诗人到下一代诗人的写作,这是一个比较清楚的脉络。北岛的这首诗也被认为是他本人的代表作。

杨 真巧。对我来说这也是第一首,是我个人,我看中国诗的过程也是从这一首开始的。

翟 真的吗?挺好。

杨 对。我看的是中文原本，如果不懂汉语也可以看波兰语的译本，我还算幸运。您觉得看原本和看译本会有区别吗？

翟 译本我不了解，我没看过，所以我没法说明。

杨 我也做翻译，但我翻译散文和小说，从来没翻译过诗歌，因为我自己不写诗，我不敢翻译诗歌。

翟 哦？

杨 是啊。我想问的是，你觉得只有一个诗人能真正理解另一个诗人的心灵吗？

翟 不一定。如果本人是诗人，也可能在翻译其他诗人的诗时能找到准确的切入点。但我并不确定只有诗人才能理解另一个诗人。诗歌也好，诗意也好，是两个心灵之间的沟通，并不见得跟身份有关。你知道中国过去有一个知音传统吗？有一个著名的故事说到一位琴师弹古琴被一个砍柴的樵夫听到。樵夫不是音乐家，只是个普通的樵夫，但是他能够听懂音乐，而那位琴师认为他就是自己的知音。读者跟作者的关系也是这样，如果两者是属于特别有默契的，无论心灵还是思想，不管彼此相隔多远，也不管他们使用哪一种语言，肯定有一种比较神秘的东西，让一个人对另一个人的音乐，或者另一个人的文字，或另一个人的思想特有感触，仿佛一下子打动他的心。

杨 那我明白了。以前我并没有关注这个问题，在看您的《咖啡馆之歌》时，我既读了原本，也读了译本，发现有一种不对的感觉，但又说不出来。我觉得你诗歌里的"我"有时候确实是一个"女性的"的"我"，而有时候是一个"不确定的"，甚至有时候是一个"反串的""我"，但是那首诗的翻译者，他让他的性别进入了那首诗，所以可能翻译会把一首"女性诗歌"变成"男性诗歌"。

翟 这个是可能的。在中文里面，尤其在中文的诗歌里人称都是不确定的。古典诗歌没有称谓，连"我"都基本没有，它全是不确定的。也正因为这样，我觉得中国古典诗歌容量特别大。诗中的"我"，可以是"我"，可以是"他"，可以是任何人。每个人都可以从中找到跟自己对应的关系。我的诗歌在被翻译的过程中，也比较容易碰到这个问题。一旦翻译成外文的时候是不是必须确定“我”的身份？因为不懂外语，我有时也不是太清楚，不能判断。是不是在外语中必须确定一个“我”？是“我”、“我本人”还是别的人？

杨 我觉得译者最需要对文本负责。假如原文本的“我”是不确定的，你也应该译成不确定的。这是我个人的看法。

翟 你的看法是对的，在我所有的诗歌里这个人称代词“我”都是不确定的，不能直接对应成“我本人”，更不能直接对应为一个男性，那样更是一个错误。

杨 那你看译本吗？比如英文的你会去看吗？

翟 我只能看大概，基本上看不太深。我想翻译里面可能有误读，误读肯定存在。问题有点复杂，翻译是个很大的问题。如果是视觉艺术就不一样，艺术在交流中可以完全保留个人的东西，比如画一幅画可以随便拿到哪里去展示，个人的东西一点都不会丢失。但是文学是一种特别的或许是很成问题的交流方式，它得靠翻译。我觉得翻译得好也有问题，翻译得不好更有问题，它永远是有问题的，这个方式本身就有问题。但是没有办法，只存在着这么一种交流方式，除非每个人以后都学会看原作。但是能看原作，翻译时还需要母语的水平很高。诗歌是比较特殊的一种语言。有时候我看一些外国诗，感觉这个诗人应该是非常好的，但翻过来的时候你发现语言上好像不是那么好，我想有可能翻译里存在问题。中国的翻译问题更大，特别是从外语翻到中文来的文学作品问题更大。过去还好点，现在很糟，因为现在这个时代大家都很浮躁，中国的出版社现在又都特别商业化，导致翻译存在很多弊病，积重难返。

杨 我同意。在翻译中译者很重要，比如在我的国家，出版社常把译者看做钟点工似的。

翟 钟点工？中国更是这样的。

杨 就是除了成本问题其他的什么都不考虑。有一位我很喜欢的文学理论家，也是译者。她总是强调一个译者，尤其是一个女性译者对原作的责任。她说你不仅应该把语言掌握好，还要了解一个国家的出版市场，要学会评估，找到好的女性文学，这样你才会影响整个的出版过程。可我觉得这是一个理想的说法，目前根本做不到。

翟 确实是这样。但是诗歌总是遇到这个问题，即“翻译过程中诗歌是不是被改变了”这样一个问题。你知道中国有一个游戏叫传话吗？

杨 我听说过。

翟 传话这个游戏，进行到最后可能完全变成另一句话。翻译也很像传话游戏。

杨 那您翻译过诗歌吗？

翟 我翻译过英国女诗人帕斯卡·葩蒂(Pascale Petit)的诗，你知道这位诗人吗？

杨 知道她。

翟 我们是一对一、面对面的翻译。这种方式可能是比较理想的，因为两个诗人有直接的交流，当然也通过中介——一个通双方语言的译者在中间——帮助大家交流。这样翻译出来的是相当深入地了解了对方的一个作品，比互相完全不了解，一个人单独翻译出来，跟作者一点交流都没有的作品，还是好很多。

杨 如果我真的有一天想翻译当代诗歌，非跟诗人交流不可，这是不可少的工作部分。

翟 那个中间的译者起的作用也挺大，如果处在二者中间的译者不太好，就会出问题。不久前我参加了斯洛文尼亚举办的翻译工作坊，大家在一起互相翻译对方的诗歌。但来自斯洛文尼亚的那个中间译者的水平有限，可能没有学过多长时间汉语。在交流过程中明显不行，无法深入，译者起不到沟通双方的作用。

二、谁在苛责“女性艺术”？

杨 您刚才提到出版社的霸权，我想起去年九月参加德国法兰克福书展时的体会。中国是主宾国，但我还感觉到那是一个男人的节日。

翟 对。第一是男人的节日，第二也是官方的节日。本来有几个诗人和作家受邀了，但中国作协把他们都取消了，他们选了一部分官方的作家和诗人去。当然,如果不是官方的选择,那也存在一个性别上的比例分配问题。实际上,我认为当代诗歌中女诗人写得好的有很多,不比男诗人少。但是,差不多在许多重要的会议上,尤其是国际交流的会议上,女诗人仍然是点缀。因为话语权和选择权大多时候是在男人手上,而且,女诗人也倾向于低调而淡泊,甘当绿叶,有时甚至连绿叶都不是。要想改变这种状态需要双方的努力。

杨 是啊。好像只有张洁,是唯一的女作家。但是我也不太清楚她到底去了没有,反正也没看到她。让我们谈谈另一个话题吧。读过您的《天赋如此》,我认为这是属于女性艺术研究之类的典型的女性主义作品,中国以前好像很少有类似的著作吧?

翟 是的。这样集中地来谈中国当代女性艺术的前景和困境的著作不多。

杨 您构想这本书的时候,是不是想把当代艺术,尤其是中国当代女性艺术介绍给中国人?尤其是受过国外女性主义影响的女性艺术?依我看这也是一种翻译过程。

翟 差不多吧。中国的当代艺术这几年发展得很快,但中国当代艺术中的女性艺术却是被忽略的。可以说,中国当代艺术发展得再快,女性艺术还是处在一个附庸的位置。这一点跟中国当代诗歌不一样。中国当代女性诗歌在1980年代有过一个蓬勃的发展期,作者很多,也非常活跃。即便是现在市场化了,也有大量的女性诗人活跃在各个领域,她们一直在写作。当然肯定有时候,比如在某个活动里面,女诗人比较少,各个方面的原因都存在。不能否认,女性在许多方面会受到一些束缚,比如婚姻、孩子等会在时间和精力上消耗掉女性的很多能量,但是,女性天性更倾向于精神性的追求(这一点我与男性关于"物质女孩"的认识不同),所以很多女性尤其是知识女性从来没有放弃过精神追求,只是这一部分女性的精神层面在喧嚣的大时代被忽略或被淹没了。因此,在一些重要的活动中,看似女诗人不太活跃,而实际上,女性写作的线一直延续着。

总的来说,中国的女诗人都有比较自觉的女性意识,而在当代艺术里面,因为我一直在这个圈子里,跟一些女艺术家很熟悉,我不认为这是"受过国外女性主义影响的女性艺术",即使受过,也是一些二手的影响。我觉得她们的思想很多还停留在1980年代以前。很多女性艺术家迄今也还没有自觉的女性意识,她们自觉或不自觉地附庸在一个或多个男性艺术家或者男性批评家的圈子里。但我觉得这怪不得她们,因为这是中国当代艺术的一个现实:中国当代艺术圈一直是一个男性主导的世界。

在中国当代艺术里面,比如说你可以看到所有的展览里面很少有女艺术家,最多有一两个,也完全是点缀,是花瓶。在评论里更是这样。作为艺术家她们自己不能给自己写评论,她们也不太会写下她们自己的观念,因为她们毕竟是视觉艺术家,不像诗人可以很好地阐释自己的观念。在中国,一些女诗人自己也在做评论工作,是吧? 周瓒,我,还有蓝蓝,我们都可以写。我们都可以把我们的思想、想法写出来,但是视觉艺术家比较困难,她们一般没有这种能力。而且由于她们在这样的环境里面,也不太敢这样做。所以我在《天赋如此》的前言里面特别讲到,当代的女艺术家都特别矛盾,一方面她们想参与到当代艺术中,另一方面她们又怕因为性别,因为性别划分而被排除在男性主导的艺术圈之外,所以她们一般都不太敢强调自己是一个女性艺术家。她们基本上倾向于消解性别身份,还特别爱强调"我是一个艺术家,而不是女艺术家"。

杨 但是我看女性文学也有类似的感觉,比如女性文学在很多大学里面仍然不是一个正规的研究对象,很多人把它看成不重要的"女性味儿"而已。我看还有一个问题,她们被排除的原因可能是因为中国艺术受了西方艺术的影响。

翟 什么艺术?

杨 就是中国当代的女性艺术。很多中国人也许认为它太西方化了,但是我觉得原因就是不理解,也不想理解。

翟 但中国的男性艺术家们也在照搬西方当代艺术的一套。他们完全是身在其中,所以没有人有资格来说女性艺术"太西方化了",是吧？因为他们自己也是从西方现代艺术的潮流里面过来的，并没有多少创新，没有来自中国传统的创新，他们更不应该来指责女性艺术家，是不是？因为大家都是在一样的大背景下，进行一种尝试性的创作。

杨 现在798艺术区有喻红新的展览，我挺喜欢。您看过吗？

翟 我也挺喜欢。喻红是中国很优秀的女艺术家。实际上她比很多男人画的还好。但是因为她的性别身份对她还是一个威胁，再说她也没有男人一样的野心，她一直在事业和家庭中寻找一种平衡。从男性角度而言，这都是一些不太有利的因素。如果她是一个男性艺术家肯定会比现在更成功。其实，并不只有喻红一个人是优秀的女艺术家，她们还很多。

杨 那您将来还会写类似的书，或者根本不做这样的写作计划？

翟 暂时没有类似的计划。当代艺术总体来说令我失望。写《天赋如此》的时候，我实际上是综合了很多年的一些思考写成了这本书。我的出发点是想通过思考当代艺术中的女性艺术家的问题，来讨论中国所有的女性都面临的困扰。所以我写这本书的时候，还计划要写另外一本，因为这本是谈女性艺术家的，而要写的另一本是跟女性作家有关的，从古代一直到现代的女性作家。我是肯定要写的，但现在还没有具体的时间计划。

杨 我很期待。

翟 已经写了几篇，关于古代女作家的，鱼玄机、苏蕙等等，我都是结合现在的问题来写，大概写过几篇，后来我又去写别的。也可能明年或后年我会再重新写。

杨 我看了很多这方面的材料，有时越看越糊涂，好像一些作家、评论家他们只是重复以前的误解，不太想真的去理解女性写作。这让我想到下一个问题，因为很多理论家说您的组诗《女人》和随笔《黑夜的意识》是受了埃莱娜·西苏的影响，您看过《美杜莎的笑声》吗？

翟 我可能看了一点。有人把我和她作比较吗？

杨 对，但是我觉得这不能一概而论，是一种误读。这是我的论文里要谈到的，我想仔细比较您的和她的文本，因为我觉得中国批评家写的不够仔细。

翟 至少我肯定没有受她的影响。她的文章是在一本论文集里，看过，但印象不深，可能因为翻译得不太好吧，我没读完。

杨 她的写作风格很特别，对我来说也很难看，不简单。

翟 这个中间涉及翻译，原文难懂，翻译过来也就更难，更麻烦。

三、女性主义仍是我们的需要

杨 说到西方理论，您是不是对理论方面的写作感兴趣?

翟 我感兴趣，但是看的不系统，我在 1980 年代没有系统地看女性主义的论文。看过一些散文，一些女性作家谈论相关问题的文章我看得多一点，比如说吴尔芙的《一间自己的屋子》等。非常系统，非常严密的女性主义理论文章我看的并不多。

杨 我自己注意这个问题是从参加一些具体的社会活动开始的，当时我也没看过理论书，现在也是慢慢看。理论也挺有意思，但是有时候想想还是具体的工作更让我喜欢。我非常喜欢看书，对中国文学也很感兴趣，但我最关心的还是波兰妇女的情况，因为早晚这就是我的生活状况。

翟 对。

杨 那您觉得中国现在最需要什么样的女性主义? 或者是哪些问题比较大?

翟 中国随着经济地位的提高，在世界上变得越来越重要，中国人的文化复兴的愿望就提升了。很多人开始关注民族的文化复兴，伴随着文化复兴的愿望，我觉得有一些特别糟糕的现象。在复兴的中国传统文化里，沉渣泛起。过去已经被批判的或者被唾弃的封建的东西又回头了。在中国，女性的地位正慢慢地，不太被别人察觉地后退了。但是很多人不觉得。有一次一个女记者来采访我，她是《中国日报》海外版的记者。她在采访我时问到中国女性的地位的问题，我刚说，“现在中国女性的地位——”，我还没说完呢，我其实是要说“倒退”，但她一下就接过我的话说“进步”。

杨 这特别有意思。

翟 对。我说“我完全不是这个意思，我想说的跟你的恰恰相反，我说的是中国女性地位在退步”。她一下子瞪大眼睛说：“你为什么觉得在倒退，没进步？”我说“你可能不觉得，因为你是在一个很好的工作位置上”。她在外企上班，平时多跟外国人打交道。周围的同事多是外国人，都很尊重她而且还很喜欢她的。所以她对这些问题一点感觉都没有。我说“这是因为你把个人的处境当成是所有中国女性的处境。你应该在社会上去看一看，你看一下别的中国女性的处境，你才能做一个准确的判断。中国女性地位，很简单，你可以看到：首先同工同酬已经不可能了，以前是同工同酬。第二，你去看我们现在所有报纸的招工启事，招工的标准都是要求求职女性，什么年轻，漂亮，谈吐温柔，个子都是在1.6米以上”。

杨 那我就找不到工作了。

翟 对，你找不到。我也找不到，因为不年轻了。最近还看到一个求职经历，要求女性都得穿泳衣应聘。我接着和她讨论，我说“你想一想，很多女性不在招工的标准里，并由此导致一种价值观。比如很多女孩毕业以后马上去整容。还有，你知道中国有一种手术，把腿锯断、拉长的增高术？很多女孩都去做这种手术。我说她们为什么要去做？难道她们只是为了追求漂亮吗？肯定不完全是这样的。是因为她们必须生存，要适应这个社会”。后来那个记者觉得我说得对，有道理。

我们后来还说了一些别的，比如说现在的农民工、女农民工的性需求问题等。另外，今天我在微博上还转发了一条消息，我刚看到的，有11种大学教材、中学教材把“婚前守贞”这一条写到教材里面。你知道什么是婚前守贞吗？这么一个腐朽的观念要写到教材里。我转发了这条消息之后，网络上有很多回应、跟帖，所有的跟帖包括赞成的，反对的，都是一上来就把“婚前守贞”当成是针对女性的要求，没有一个人认为这也应该包括男性。

杨 当然不会有！

翟 对。换句话说,没有一个男的觉得这条要求还包括我自己,所以很多男人非常赞成,说如果是一个女孩儿婚前守贞,那么在结婚之后,我会对她怎么怎么好,没有一个说那我也应该婚前守贞。这里面对等关系一点都没有,这只是对女性的要求。所以我想说这个“贞”字应该跟古代一样,加一个“女”字偏旁。这样就让我们回到封建社会,我们都希望立贞节牌坊。

杨 这涉及我的下一个问题。我先补充一下,因为在我眼里,东方文化对女性身体的要求、忌讳、拘束非常多。在日本、中国,“美丽”成了一个可怕的词,我会产生一种恐怖感。

翟 对。你为什么觉得在日本可怕?

杨 可能是整个亚洲吧。我今年6月第一次去日本,只是作为一个旁观者,但我认为在那里你能感觉到很多年轻女人都做过整容,都是大大的眼睛,高高的鼻子。

翟 所以,在整个亚洲,对女性不仅要求“美丽”,还要加上“年轻”。比如你年龄大了也没有用。在中国或在整个亚洲,“美丽”一定是跟“年轻”挂在一起。“美丽”是因为“年轻”才“美丽”,这个是中国人的观点,我的一个朋友总结说“中国人不是审美主义,而是审嫩主义”。这是包括中国在内的整个亚洲的审美,可能也是东方悲哀的事实,对一个女人来说。

杨 也有一位我非常喜欢的女作家,她说在我们的社会中,一个女性40岁以后就变成透明人。不管她多么漂亮,你看不到她,也听不到她的声音。

翟 中国作家?

杨 不,是波兰人。即使中国和波兰文化区别很明显,但是有时也有相同的地方。但波兰最主要的文化背景是天主教,对女性的身体也管得很严。我很长时间根本没注意到这些问题,一直被蒙在鼓里,但参加工作以后,我发现在这个社会里我一直在吃亏,只是因为性别的原因我不停地吃亏,所以我越来越烦恼。我很关心涉及身体政治的一些问题。您觉得在中国的不同年代,比如1960、1970、1980年代的身体政治有什么特点?

翟 很有意思的一个问题。你问到三个不同的年代——

杨 也可以拿"文革"前和"文革"后比较。

翟 60年代正好是我经历过的。"文革"的时候我挺小,所以我只能大致地谈谈。你知道"文革"时期,对中国女性的要求是什么样的吗?一个禁欲主义的时代。我现在穿的衣服都是在那个时代不让穿的。60年代末到70年代那一段时间的禁欲风气是最严重的。所有人穿的衣服都相同,服装无性别之分。关于身体政治,我想起了我曾经写的一篇长文,题目叫《青春无奈》,我谈的是我成长的那个年代的青春。

杨 是不是收在那本《七十年代》书里的,也曾是《今天》的一期专辑?

翟 对,你看了吗?

杨 看了,这是为什么我想起了这个问题,因为现在很不一样。

翟 对。那个时候对男性和女性身体的要求是取消差别,完全把女性的身体特征抹杀掉,那时女性都穿特别宽大的衣服,外表看起来跟男的一模一样。再加上毛泽东说过"不爱红妆爱武装",女孩儿都穿一样的军装,穿军装变成一种时髦。而且一定要穿比较大的军装,还不能穿特别瘦身的,凸显身材的不能穿。在中国,一个时代的审美是跟这个时代的政治连在一起的。在那时,越瘦的人,越没有女性特征的人,越是那个时代的潮人。而另外一部分人,特别有女性性别特征的人,在那个时代是属于被歧视的。我自己在当时就是处于被歧视的境况。

我在《青春无奈》里写了很多具体的事情,可以说身体跟政治密切相关。"文革"结束以后大概因为前一段时间的被压抑,状况完全像反弹一样:大家都想反抗对身体的那种压抑,在整个80年代和90年代,尤其是80年代人们都纷纷模仿国外,模仿西方人的打扮。那时候西方对中国的影响也特别大。刚刚改革开放,都尽量去展现自己性别的特征。但是回到现在呢,我觉得整个风气趋向于保守,也就是说退回到了过去的旧中国对女性的一些要求。比如你打开一些网站,假如你足够敏锐,去看和身体有关或跟性别有关的言论,你就会发现它们呈现出一种保守、退步的趋向。比如我认识的一位作家,就公开在微博上说女人成熟与否就看她是为男人英勇献身或为男人卑贱地活着。另有一名所谓的文学教授公然为女人裹小脚唱赞歌。冯小刚在《唐山大地震》里借角色之口宣扬“守寡”的道德含义等,沉溺在一种极度自私、自恋和自我定义的幻觉中。老一代就这样了,新一代呢?最近看到被称为“年轻鲁迅”的韩寒发在微博上的一段话:“如果有一天我跟我女朋友说,走,我们一起去看电影。她告诉我,不行,我要陪老板去见个客户。这是我不能忍受的。我也不能去把她老板揍一顿,因为这也不是他的错,是雇佣关系决定的。所以,我哪怕卖血也不会让我的女人去给别人打工。”这看起来是一个骄横、矫情的男性自我中心宣言吧,完全无视女性自我。可他还受到热捧,追随者甚多,这是很恐怖的事情。中国有些男性知识分子连工人农民的水平都不如。抑或说时代、社会的分配不均导致工人农民和底层社会的男性无法像那些精英男性一样,既拥抱现代社会的各种好处,又迷恋农耕社会的封建糟粕。

杨 我在这儿晚上一个人有时很无聊,时常打开电视,看中国的连续剧。我发现,那些关于家庭、爱情、女人的连续剧都非常强调传统的价值观。

翟 把“婚前守贞”写在教材里面的事,不是一个突然的事件,而是社会缓慢的一个变化。比如张艺谋最近拍了一部电影叫《山楂树之恋》,讲述了在那个压抑的年代里,也是女性被压抑的时代里“处女”的观念:处女多么可贵多么清纯。张艺谋在挑演员的时候就宣布,大概意思是现在要找一个处女太困难了,找不到那么清纯的女孩。他把这个作为这部电影的一个标志,当然也是给电影打广告。但是从另外一个方面讲,它确实代表中国男性的一个集体记忆。整个电影就是要表现那一代男性的集体记忆,好像是说,只有在那个年代才有这么珍贵的处女。

杨 现在呢?

翟 他们觉得没有了,所以他们现在需要重新来塑造处女的形象。

四、身体无边界？文字渐衰落？

杨 我还想起沈浩波的一说法："语言的时代结束了，身体的觉醒开始了"，您觉得我们真的生活在一个特别强调身体或者肉体的时代里吗？

翟 沈浩波说的可能适合一个比较小的范围，而且可能是有点受到西方局部的影响。西方从60年代开始，艺术、文学都是在表现身体的觉醒，当然中国也在经历这样一个阶段。我觉得不能说中国现在是身体觉醒时代的开始，中国的身体觉醒的时代早就开始了。现在实际上是我们处在身体觉醒得过分这样一个大的环境，需要去梳理和反思它。

杨 那您觉得现在身体在大众文化里的出现，跟在艺术里面的出现有什么样的区别？比如什么是色情？什么是通俗？什么是艺术？从哪儿来的标准？

翟 总的来说"身体"是外来的，从西方来的一个概念。这个词过去并没有出现在中国的艺术史里。但我说没有并不是说它不存在，实际上是埋在下面。因为中国曾是保守的一个国家，从古到今走到现代，可能是不到一百年前，比如说学人体美术的时候，裸体模特就曾引发过很大争议。"身体觉醒"这个说法到了现在实际上需要重新看待。因为你知道，其实中国没有宗教的禁忌。没有宗教约束它，所以中国的性政治一旦放开，就没有任何禁忌。不像波兰或者西方其他国家，虽然说表面上很开放，但是里面还存在着一个在约束它的东西，就是宗教。中国现在是完全没有，以前有过，比如道教，但是它反而提倡一种身体的修行。后来的中国由于没有宗教上的禁止，一旦出现所谓"身体觉醒"，它就会完全没有边界。"身体写作"也好，"身体艺术"也好，"身体觉醒"也好，这些其实都没有边界。没有真正的边界，也没有它是"艺术"的，或"生活"的，或"色情"的界定。比如说，怎么定义色情和艺术？在中国这是很难定义的。有一段时间摄影师特别热衷于去拍裸体模特儿。

几十个摄影师合拍一个裸体模特儿，他们觉得拍这个就是艺术，实际上他们嘴上说"这是艺术"，而心里却把它看成一种色情。镜头所呈现的全是色情的眼光。我曾看过一张照片，照片拍的画面是至少有一百个摄影师围着一个裸体模特儿拍照，但是，最有意思的是，这个拍照的人却在拍这些摄影师。这张照片也许是当时那个情景中最"艺术"的一张。它也特别能说明他们这些人并不在关心艺术，而是把这个过程当做色情的释放。

这个感觉特别像前几天我读到的一篇回忆文章，谈到 80 年代中国刚刚开放裸体画展的时候，特有意思。你可能不知道，在中国裸体画被禁止了很多年，特别是"文革"期间完全被禁。80 年代开放了，在中国美术馆举办了第一届"艺术中的人体"展览。你根本无法想象，有 20 万人去看，排着长队，因为在那个时代以前，一个男人根本不可能看到除了他妻子之外任何一个没有穿衣服的女性。中国画里也没有裸体这个概念。这一幕大概是 1988 年，到现在不到 20 年。现在你让这些人去看，他肯定不会去看，因为网络上铺天盖地的裸照你想怎么看就怎么看。当时（1978 年）艺术家袁运生给北京首都机场画了一幅画——《泼水节》，其实是高度抽象化的裸体，领导全都通不过。最后传到邓小平那儿去，邓小平说"我看可以嘛"，这才算通过。但是还有人不断反映，最后他们进行修改，在裸体身上披了一层纱。这是很有意思的一个现象。但是现在这些画也全都没有了。

杨 波兰还有，特别是女性。如果想红，应该画身体或者写身体。

翟 全世界都是这样的。

杨 但大部分西方国家已经不是了。他们会觉得很无聊，又一个来了，已经都知道了，看过了。

翟 对，但可能是因为波兰可能比中国开放还早一点？

杨 差不多。

翟 但波兰没有经过中国"文革"的那种压抑，压抑到那种程度，反人性的那种压抑可能没有吧。中国有过这一时期，到现在一直还在反弹中。你看中国作家里面，比如卫慧，她一写"身体"马上就成功了，后来也有很多女作家写作是靠这个，她们靠这个就可以马上创造一条捷径。女艺术家更是这样，“一脱成名”，再脱更成名。我并不反对身体艺术，甚至不反对以此作为“博出位”的手段。因为在男性主导的社会里，女性的“出位”是太困难了。但“脱”也要有一个理由，一个艺术的理由，而不是“脱”本身就是艺术的理由。美国有一位著名女性艺术家有一句名言：“身体就是我的战场”，所以她“脱”是为了强调她的这一个观念的实践性。

杨 现在还可以吗？

翟 现在的情况是这样的，比如你挑战一个禁忌，你得不断地挑战，比如你今天第一次是把衣服脱了，下一次不能再脱衣服，你得把这个禁忌的尺寸加大。

杨 那木子美以后——？

翟 对啊——

杨 根本没有发展的空间，她把所有的都脱了。但是我觉得还有一个新的身体现象，就是最近两三年，比如这个芙蓉姐姐，您对她怎么看？

翟 芙蓉姐姐跟木子美还不一样。实际上芙蓉姐姐她并没有要很暴露，她穿的还挺严谨，但她摆出各种各样的姿态，摆出那个“S型”，主要是为了出名，也是为了满足男性的观看。木子美还是有很强的女性主义心态的，她是从满足自我的角度出发。芙蓉姐姐完全要满足男性的想象，因为她不能完全把握这个尺度，最后变成一个笑话。但她内心实际上是想模仿或者变成中国男性想象里喜欢的这样一种——

杨 偶像？

翟 是，不过是玩偶的偶。很多东方男性一直也有把女性当成玩偶、可以把玩的那种玩偶的兴趣。但是，网络总是需要新的刺激。木子美那一段时间还没有照片，可能更多是文字。木子美主要是日记，后来又有许多人是利用照片。想象一下，下一个可能利用什么呢？这个禁忌是什么呢？很可能——

杨 图片？

翟 已经有图片了。很可能是视频。这样的话,培养出来的会是一大批无聊的"看客",而不是对文学艺术、对社会实质有深刻了解的人。

杨 那您觉得将来图片和视频会淘汰文字吗?

翟 文字是有可能被图片取代,至少会沦为图片的一个解释。

杨 或者我们是接近一个,怎么说,综合艺术的年代?

翟 是的。

杨 就是把文字和图片结合起来。

翟 这算是比较好的了。但是我们更打开来想一想,有可能连这个也只是理想状态。有可能文字沦落到非常不重要的一个位置,沦落成"插字"、"题字",就像以前的"插画"、"提花"。这是完全有可能的,因为未来不可预知。

杨 我还是觉得不一定。

翟 是吗?你比较理想主义。中国变化太快,好像所有的东西都被快速体会过了,西方在这方面没有中国变化快,他们还在阅读,看书,到哪儿都带着书。你来中国一看,每个人都拿着手机,都在看手机,你很难看到一个人在看书。

杨 对,这是一个巨大的变化。因为我五年没来北京,五年前坐 13 号线旁边的人都在看书,现在都在看手机屏幕。

翟 对。中国的变化跟西方没有可比性。就中国本身这个变化来讲,可以看得很清楚。第一是文字越来越短,你只要写长一点就没有人愿意看。我的一个朋友,其实她写的东西是比较轻型的文学,已经算是畅销的,浅显的,即便如此,我听过一个年轻人议论说:"啊呀,我一打开她的博客,一看那么长的文章,我马上就不想看"。这代表很多年轻人的想法:他嫌文章长,想看短一点。最后终于短到大家看到的"微博"。现在大家就看微博,微博 140 个字,大家比赛在 140 几个字里面谁能容纳更多的信息量。至少你在中国能看到文字在改变,变得趋向于取消文字,趋向于无,这一点特别明显。

五、谷歌时代的“隐私”问题和东方诗人的联诗传统

杨 我看中国网络上的文章时，给我印象最深的是有很多关于文学，关于诗歌的博客和网站，这也许是中国的特点。非常有趣，因为跟1980年代相比，可能网络提供了一个新的交流空间，也可能是文人之间的交流的一种复兴，1980年代您的诗歌就是给一些少数人写的。

翟 对。

杨 您觉得这个诗人朋友们之间的交流今天有什么变化，跟以前相比？

翟 当然是有很大的不一样。过去很受发表的限制，可能最了解你的诗歌的人就是你身边的一些朋友，交流也是这样。1980年代我写完诗后，常常骑自行车到我的一个朋友那儿给他看，当场听他的意见，我们交流，很纯粹地交流。接下来我会把这首诗打印。我的组诗《女人》当时就打印了20份，因为没有印刷的条件。我自己在单位通过朋友的帮助打印。20份只能有20个朋友看到。但当时有很多人喜欢抄诗，那时候我们都没事干，喜欢抄诗，不过传播的范围还是比较小。但是现在就不一样了，诗歌相对而言仍然在小的范围内传播，但在博客上总归还是有上千上万的人看到，而且今天在博客上发表一首诗，在美国的一个人也可以看到，那还是完全不一样的概念。网络这种新媒体从交流角度看还是挺好的。

杨 对，我在苏黎世可以看到《翼》的网络论坛，也可以到看您的博客。

翟 对，以前你不可想象。1980年代你们可能也看不到，只能通过写信了解一个人。现在你要了解一个人你google一下就可以了。

杨 对，这让我想起一件事。我刚到苏黎世的时候，找房子，有一天去看一套子，房东问了我一些关于中国的问题。我觉得莫名其妙，问他怎么知道我在做这方面的工作。他回答说：“你来之前我google了你一下。”虽然没什么，但我感觉还是不对劲，就没租那套房子。

翟 今天我看了一条消息，中央电视台有个记者，她没在网上公开过任何个人信息，只是网上有一张放着鞋的她的鞋架的照片。很多很

无聊的人，通过这张照片来推理这个人的身份。从鞋子看她的鞋架可以看出她是一个单身女人，她是跟另外一个女性同住；最后又从她的鞋架或衣柜看出她在哪儿工作，是一个记者，然后，一个个都像福尔摩斯似的最终根据这么一张图片，这么小的一条信息，竟然把她找出来了：这个人是中央电视台的，身高1.7米，住在什么地方，房子在哪儿，喜欢什么东西，全找出来了。真可怕。

杨 但是您也经常写您的朋友。看您的作品，特别是看您的散文时，我有两种收获。第一是语言上的享受；第二，我把您的文章当成中国知识分子的微观历史。我能了解中国艺术家、作家的生活，还有他们生活中的变化。您写作时就是这么考虑的吗？

翟 中国有这个传统，文学家之间会形成一种对话关系，诗人和诗人之间的对话像古代李白和杜甫，他们之间形成了对话关系，是文学圈子里的一个佳话。很多作家的大量作品都是跟友情有关的，我们今天要看当时的生活，就可以通过这些文字去了解。他们当时的交往，创作的根源，互相的影响，形成的流派，我们都可以通他们的作品来了解。

杨 那您会不会考虑到隐私的问题？

翟 隐私？我觉得在现实生活中，我们到底还有多少隐私是一个重要话题。其次，要看每个人对隐私的理解。我比较尊重别人的隐私，一般不会提到文学之外的，比如说朋友们的妻子、家庭，我一般不提家庭、孩子，很少或者个别情况下只提一两句，我主要是谈他本人的文学成就。但是有很多人不在乎这个，可以乱写。

杨 您的书上一般有您的照片。《天赋如此》及《最委婉的词》里面有同一张照片。这张我觉得跟以前的完全不同。你看起来很自信，面对着读者，手里也拿着一个比较专业的照相机。为什么你会有这种变化？

翟 我没想那么多，主要是我比较喜欢那张照片，因为它是在一个比较特殊的地方——雪山拍的。我自己比较喜欢，没意识到这张照片会给别人“我是一个摄影师”的感觉。

杨 还有，怎么说呢，照片给我的印象，您是很强大，很自觉的一个人，也是做艺术的人。

翟 是吗？我没有意识到这一点，它可能表达了我的精神状态：我确实希望自己是一个独立的人，看我过去的照片我也会觉得我有些变化。我过去有点，怎么说呢？特别腼腆，不喜欢面对我的读者。很长一段时间我是不可能到台上去发言的，有社交恐惧症，最近一两年稍微好了一点。我从来不做讲座，因为一上台就紧张，也没有当过老师，我的一些诗人朋友现在都在大学里教书。不过，可能这是相对的，因为怕紧张，所以我就没有去当老师；如果我去当老师可能我就没有那么紧张了。

杨 对，这就是一个习惯不习惯的问题。

翟 也可能当了老师我就会习惯。但是我因为一开始就不习惯，后来连当老师的机会我都放弃了。

杨 我看您书的时候觉得您比较关心装帧设计方面的工作，是吗？

翟 对，可能因为我很早就跟艺术家们交往。这个圈子里有设计师，有艺术家，我会受他们的影响，我对书籍的要求有点像一个艺术家。我会觉得装帧设计很重要，但是很多作家不是太在意。

杨 我也觉得这很重要。中国的一些女性诗歌、女性写作的书装帧设计做得很差。有些书里常常配有美女照片，做插图，中国的外国的都有，跟内容没有任何关系。我觉得像讽刺，反讽内容似的。

翟 对。我曾经写过一篇文章谈到这个现象，我自己的第二本诗集的封面设计也特别的可怕，到现在我家里还留着好些书不敢送人。当时我想把诗集全部买回来藏在家里，我对朋友说“这本诗集不能见人”，因为诗集的封面用了一张很俗气的照片，设计特别俗气。那时出版社根本没有设计这个意识，他们还觉得挺好。那张照片的关键是它很莫名其妙，不知道是什么意思，别人以为那张封面上的很俗气的人就是我。不是我，为什么还要放到书封上？现在出版情况稍微好一点，装帧设计出书，有些出版社已经比较讲究了。我没有一本诗集是出版得好看的。现在希望我下一本诗集能够做得好看一点，因为下一本诗集是我的一个朋友策划的，马上要出版，他比较讲究装帧设计。

杨 对，我觉得您最后三本——

翟 还勉强？

杨 对，说实话还勉强，应该有更好的设计。

翟 但是比较困难，因为这还涉及出版社不太愿意花钱。

杨 下一个问题涉及白夜酒吧。这话有点长。我看过您的一篇文章，里面您写到设想白夜酒吧的过程。谈到颜色的时候，您提到紫色，接着您提到《紫色》这本书，同时也讲到中国四川彝族地区的一种紫色植物。您说到两种边缘现象：一位黑女强人的自传小说以及四川少数民族。您是不是对社会上的一些边缘现象，非主流现象特感兴趣？

翟 我都不太记得了。不过，是的，我一直对中国的少数民族特感兴趣。我为什么当时会提到这个——？

杨 我觉得这篇文章挺有意思。

翟 我写这篇文章的时间或者与1980年代我经常去彝族地区有关。因为成都离彝族地区和藏族地区都很近。我特别爱去。我对少数民族一直有比较天然的亲近感，有时候我觉得汉族非常没有意思。它太成熟了，各种价值观，生活方式，各种文化主流的思想都成熟到至于沉闷。但是，少数民族远离汉族的主流价值观，他们的生活观、价值观、自然观跟我们的完全不一样。这带给我一种诗意、自由的感觉，远离尘世。你知道，尤其是1980年代，跟他们的接触，到他们住的地方去玩，给我带来了特别多的灵感。

杨 那您现在还去吗？

翟 我有的时候还去，但去的少了。我现在在北京待的时间比较多，而且现在不像年轻的时候身体好，到那里去需要特别好的身体，适应海拔，坐长途车。

杨 但是现在去您还能找到那种感觉吗？因为可能这些地方变化也挺大。

翟 肯定有很大的变化。比如四川阿坝这个地方，我1988年去的时候印象特别深。阿坝靠近黄河源头的一个地方，有大片的草原。我们第一次去在那儿骑马，那里有一个军马场。草原上的草有马肚子那么高。我们在那片草原骑马就跟藏民一样，骑在马上，高高的草掠着马的肚子唰唰的，那声音给我留下了深刻的印象。有个朋友，马失前蹄，被甩出去很远，我们都吓坏了，但他一点事情都没有，因为草非常深，非常密，他没事。过了几年，我从美国回来以后，带着那个印象去那里。想找到当年骑马的地方，但一直没找到。后来到了黄河边上，我觉得就是那个地方，但是怎么又不像？原来是因为草退化了。退化了的草只有马的小腿那么高。又过了一些年，我去那里，发现草都退化到马蹄那里。最后一次去的时候，我们发现草不多了，可以看到下面的沙子，由此你会发现这个地方正在沙化。有一段时间据说阿坝的沙变成沙尘暴了，以后会随风吹到成都。这个变化很恐怖，也非常糟糕。我觉得中国的旅游业摧残了很多有价值的地方，地方政府不懂得保护，没有这个意识，慢慢地，地方的生态就改变了。

杨 中国旅游业最近五年发展得太快，也缺乏环保意识。

翟 对。这跟旅游业本身的认识有关，比如导游缺乏环保意识，更不可能对游客有环保的积极影响。现在有些地方开始注意了，一般是最著名的那些地方。

杨 对，比如四川九寨沟。

翟 因为很有名，去的人也非常多，才开始注意保护，否则它就会被毁掉。但是有些偏远的地方，还没有太多的正式游客的地方，就完全没人管了。

杨 现在真的是最后一个问题了，我昨天上网时看了一下 international poetry 的网站，上面介绍了日本今年三月份举办一个写诗活动，有四位日本诗人还有一位美国诗人一起联诗。您如果能参与类似的活动，您想跟谁一块儿写诗？

翟 可能我觉得跟日本诗人会比较好。

杨 比如？

翟 我比较喜欢一位叫高桥睦郎的诗人。我很喜欢他的诗，我想跟他一块儿写联诗可能比较有意思，哈哈——

杨 但是这样一个活动我觉得跟东方诗歌传统很有关系。

翟 对。

杨 因为对我们来说一个诗人就是——

翟 独立的?

杨 对,独立的。你看整个浪漫主义的传统就是这样吧。

翟 对,但你知道中国早就有这个联诗传统吗?中国的联诗传统比日本还普遍。那是在古代,而在中国现代、当代就没有这个传统了。联诗其实非常有意思,虽然有些诗带有游戏性质,但有时也会产生非常好的诗,《红楼梦》里面就有。

杨 对,这篇文章的题目叫《没有中心的诗歌》,意思就是没有一个作者。

翟 很有意思。只有诗能够联,小说不能,散文也不能联。只有诗歌可以,因为它比较抽象,可以几个诗人一块儿来创作,发挥每个人的想象力。我在《白夜谭》这本书里还讲过一个联诗的故事。我们最近还在白夜搞过一次中秋联诗,但是没有成为好的联诗。因为有些诗人太游戏,太不认真。没有中心,有时当然也就没有限制。如果再没有个性在里面,就不能出来好的东西。有时候,限制会产生一种张力,会在这种限制中发挥最潜在,最有爆发力的能量,就像古代的格律诗。现代诗尤其有这个问题:太自由了,反而就没有了自由,也没有了张力。

(谈话时间及地点:2010 年 9 月 1 日,北京)

本辑作者简介

刘涛 1971年生，河南邓州人，博士，河南大学文学院副教授，研究方向为中国现代诗学、现代文学史料学，著有《中国现代小说范畴论》等。

许莎莎 2005年考入北京大学中文系，现为北京大学中文系2009级硕士生。发表有论文《从神坛走向狂欢——未名高校诗歌节文化符号意义阐释兼论诗歌现状》等。

姜涛 1970年生于天津，北京大学中文系博士，副教授，著有《"新诗集"与中国新诗的发生》、《巴枯宁的手》，译著《现实主义的限制》，诗集《鸟经》等。

周瓒 江苏人，诗人、学者、戏剧工作者，1999年于北京大学中文系获文学博士学位，现为中国社会科学院文学研究所副研究员。出版论著《当代文学研究》(合著)、《透过诗歌写作的潜望镜》，诗集《松开》等。

张永峰 1974年生，文学博士，现任职于衢州学院中国哲学与文化研究中心。

高恒文 1995年毕业于华东师范大学，中国现代文学博士，现为天津师范大学文学院教授。著有《京派文人》，《东南大学与学衡派》等。

毕婧 现为天津师范大学文学院中国现代文学博士生。

陈大为 1969年生，台北大学中文系教授。著有《中国当代诗史的典律生成与裂变》、《亚洲阅读：都市文学与文化》等。

肖学周 河南人，文学博士。著有《北大十四行》（2004），中国传统文化研究三部曲：《中国人的身体观念》（2008）、《权力的旋流》（2009）、《理解父亲》（2011）；编著《外国精美诗歌读本》（2009），译著《牧羊人》等。

杨宗翰 1976年生于台北。佛光大学文学系博士，东吴大学中文系、台北教育大学语创系兼任讲师。著有评论集《台湾现代诗史：批判的阅读》、《台湾文学的当代视野》等。

刘奎 1985年出生于湖北神农架，现为北京大学中文系博士生，发表有《"我在一条天路上走着我自己"——纪念骆一禾离世20周年》、《鲁迅：作为精神资源》、《"抒情传统"的诗学政治》、《〈第三代〉的两个世界》等论文。

赵楠 北京大学中文系2011级硕士生，发表有《新的"困惑"与"可能"》、《并不枯萎的白玫瑰——我看〈子夜〉中的林佩瑶》等论文。

吴晓东 1965年生于黑龙江省勃利县。现为北京大学中文系教授。著有：《阳光与苦难》、《象征主义与中国现代文学》、《记忆的神话》、《20世纪外国文学专题》、《镜花水月的世界》、《从卡夫卡到昆德拉》、《漫读经典》、《文学的诗性之灯》、《二十世纪的诗心》、《废名·桥》等。

李国华 1980年生，2012年在北京大学中文系获博士学位，现为同济大学人文学院教师。曾发表论文《章太炎的自性与鲁迅留日时期的思想建构》、《〈野草〉：梦与忆之诗》、《虚构上海的四重根》、《"旧小说”与茅盾长篇小说的生成》等。

佐藤普美子　现为驹泽大学综合大学教育研究部教授。著有《彼此往来的诗学：冯至与中国现代诗学》(汲古书院)、《追求思考与感觉的融合——九叶派的诗歌及其诗论》、《解构抒情模式——八十年代新诗中的“慈母”意象之变容》、《现代汉语诗歌的探索——关于九十年代新诗》(论文),《桃园》(废名著)(翻译)等。

田原　诗人,文学博士。现在日本国立东北大学任教,并同时兼任东京大学外国人研究员。先后出版过《田原诗选》等五本诗集。在日本出版有用日语创作的诗集《岸的诞生》、《石头的记忆》和多部文论集等。主编有日文版《谷川俊太郎诗选集》(文库版三卷)。编选有两册日文版《中国新生代诗人诗选》(竹内新译)等。

杨爽(Justyna Jaguscik)　来自波兰,瑞士苏黎世大学博士候选人,中国社会科学院文学所访问学者。

翟永明　成都人,诗人。作品曾被翻译为英、德、日、荷兰等国文字。著有诗集《女人》、《在一切玫瑰之上》、《称之为一切》、《黑夜中的素歌》、《翟永明诗集》、《终于使我周转不灵》;散文随笔集《纸上建筑》、《坚韧的破碎之花》、《纽约,纽约以西》等。

编后记

本期在栏目设置和文章编排上力求有些新意,“诗歌现场”和“域外论坛”都是新推出的栏目。在“新诗史研究”、“诗歌现场”、“诗人研究”、“域外论坛”等几个板块都有一些重头的文章值得推介。

现代格律诗学问题一直是新诗史中的一个难题,同时对中国新诗史不同阶段的格律诗的体式以及诗学形态也一直存在价值和审美判断上的歧见。刘涛的《现代格律诗学的滥觞》试图在“白话—自由诗学”的参照视野中重新探讨现代格律诗学的生成问题,进而翔实而多元地梳理了现代格律诗学滥觞期的格律诗学理论,为现代诗学彻底厘清格律诗学问题开辟了一个坚实的讨论基础和起点。顺便说一句,本文是作者四十余万字的《百年汉诗形式的理论探求——20 世纪现代格律诗学研究》之一部。许莎莎的《夹缝中的立场重构——对“第三代诗”的“反叛”的分析》试图重回历史现场,解读第三代诗反叛姿态的复杂性,通过对第三代诗与寻根和朦胧诗的复杂关系,以及第三代诗对“民间”概念的建构等角度,揭示了第三代诗姿态和宣言背后在一定程度上被遮蔽的内里,以及与意识形态之间错综复杂的纠结关系。

艺术家徐冰的大型艺术装置《凤凰》在北京 CBD 的横空出世,也催生了欧阳江河的长诗《凤凰》,两个“凤凰”因此具有了一种共生和互文的关系,共同构成了当代世界的现象学意义上的征候性。如果说徐冰的《凤凰》以其意蕴极度宽泛又高度浓缩的物态结构提供了一个当代世界的视觉抽象,欧阳江河则在徐冰《凤凰》的原初形象的基础上,力图营造当代史诗的形态,追求一种全景式的容量,希冀涵容全球化后工业时代可能具有的繁复而斑斓的物象。本期的《当代神话:“为事物的多重性买单”——欧阳江河〈凤凰〉讨论纪要》从两个《凤凰》的对比解读出发,侧重探讨了欧阳江河的《凤凰》的“文脉与肌理”、《凤凰》在当代诗以及欧阳江河个人写作中的谱系、《凤凰》中的诗学、个人语境与公共语境的关系，以及在一个非史诗以及非神话的时代，史诗与神话的可能性到底何在等一系列问题，希望能揭开近来长诗写作现象的冰山之一角。

之所以开辟“域外论坛”专栏，是想借助域外的研究视域为中国新诗研究提供一些新的观照角度。佐藤普美子的《呈现风景——新诗的“公共性”》在“观看风景”的中国诗歌传统的背景下讨论了当代诗人看风景的方式及其所蕴涵的诗学姿态，进而别开生面地探讨风景与诗的“公共性”之间的密切关系，呈现了诗歌语言所唤起的“共通感觉”之重要性，为诗歌的“现实性”问题提供了一个独特而贴切的面向。田原的《两种语言下的“树”——中日现代诗歌比较论》则把谷川俊太郎的“几棵树”与屈原的《橘颂》、贺知章的《咏柳》以及艾青、牛汉、陈东东创作的与树木有关的诗歌进行比较和考证，从中找出在不同时代和文化背景以及语境下存在的异同点，并通过对具体文本力度强弱的比较分析，试图为中日两国现代诗的抒写情调和表现方法勾勒一个轮廓，并力图使中日现代诗复杂的成长过程和审美取向折射其中。文化和价值上的雷同和冲突，以及意义上的和谐与分歧也是这篇论文力求描述的视景。

翟永明是当代诗坛多年来持续写出了卓异之作的诗人。近来连续获得“中坤国际诗歌奖·A奖”(2007年)、“中国十佳女诗人”(2010年)、“意大利国际文学奖”(2011年)即是对她的执著探索的最好肯定。本期发表的瑞士苏黎世大学博士候选人杨爽(Justyna Jaguscik)对翟永明的访谈，借助于一个外国文学研究者的问题意识，展示了翟永明一些独特且富有思想魅力的洞见。对话的方式虽然像她发表于《今天》2012年春季号上的长诗《随黄公望游富春山》，有些“散点透视”，但诸如“诗歌的译者”、“女性艺术”、身体的视域、谷歌时代的“隐私”以及东方诗人的“联诗”传统等话题都有引人入胜的吸引力。

此外，本期的“诗人研究”和“穆旦专辑”发表的文章也各自表现出独特的问题视野，值得予以关注。

“诗歌现场”栏目是洪子诚先生建议设置的一个新栏目，意图快捷而迅速地反映当代乃至当下行进中的诗歌图景，回到诗歌的原发性现场，对一些具有总体性、复杂性、新锐性和前景性的诗歌事件和现象进行“短平快”式的回馈。姜涛的《“快感之快”与当代诗歌的总体性》敏锐地捕捉到诗歌“强行进入历史”的机遇以及“在更广泛的社会联动、更驳杂的语言资源中”“诗歌空间拓殖的可能”，尤其试图从一些体制庞大的长诗、组诗中洞察到某种特定的“征兆”和新的写作前景。文章以骆英的《第九夜》、《小兔子》两部诗集为案例，探讨汉语“异质混成”的潜能、风格背后诗歌的“总体性”以及文化再生的可能性。周瓒的《匿名、隐身与行动者诗人——后消费时代，诗人何为?》则通过作者近年来对于诗歌生态考察的感受，“旨在思考诗人在当今世界中的位置”，在“当代诗的动力学面临挑战”的历史背景下，思考一个诗人选择“匿名的方式”的可能性。张永峰的《江南诗人的超然与入世》则描述了“融踏春、饮酒、吟诵、创作于一体”的“三月三诗会”，追问了“诗人何以要借助雅集形式获取‘古老悠久的诗歌精神’？所谓‘古老悠久的诗歌精神’指什么？这些诗人的创作与‘古老悠久的诗歌精神’构成怎样的关系?”等一系列堪称重大的命题。这几篇文章都具有鲜明的“现场感”。开辟“诗歌现场”栏目，也是《新诗评论》力图贴近当代诗歌原发的“现场性”的一个举措。借此机会真诚欢迎《新诗评论》的作者和读者参与到当代诗歌的“现场”中来，也同时带来诸位的“现场感”。